文萱脸上的笑容也悉数敛去，默默垂下眼帘。

“如果是因为钱，他完全可以来找我。犯不着就这么……”他百思不得其解地摇了摇头，毕竟他和堂兄已经分开五六年，彼此都走得太远了。

文萱低声道：“你应该了解他的脾气，嘴上不说什么，心里却很要强。轻易不会跟你开口。”

叶吟风叹息一声，他何尝不清楚，自尊就像孝祥心上的一根刺，时粗时细，但永远存在。否则他不会对寄人篱下的事耿耿于怀，更不会因为离婚大受刺激而远走他乡。

孝祥的死讯从兰溪传来时，恰逢叶吟风在俄罗斯谈生意赶不回来，一应后事均由父母亲临兰溪和文萱一同操办，这一直是叶吟风引以为憾的事情。

而内心深处，他的愧疚还不止于此。

自己处处比堂兄强，到哪儿都锋芒毕露，惹尽眼球，孝祥表面无所谓，心里不见得真那么达观，他一直生活在叶吟风光环的阴影下面，那种滋味想必并不好受。

“孝祥一生不如意，只有迈信——虽说多亏了你——但好歹也是他创建起来的，如果说他还有一点成功的话，就是开了这家公司。”文萱的话语把叶吟风拉回现实，“所以，迈信的事，还是拜托你了……看在你哥哥的分上。”

温言软语的劝说令叶吟风再难招架，他点了点头：“我会尽快给你答复。”

回家的路上，叶吟风开着车，思绪万千。与文萱的几番谈话，每一个话题似乎都带着足够的分量，需要他好好掂量盘算。

走还是留？这个原本有着清晰答案的命题，忽然又变得模糊混乱起来。

好容易盼来个不用去公司的周六，夏夏拿被子蒙着头正呼呼睡得起劲，晓春推门进来。

“郭夏夏，都快九点了，你怎么还不起床！”晓春不由分说上来就掀被子。

夏夏被闹醒，睡眼惺忪地刚想抢过被子来再睡，忽然闻到一股诱人的香味，立刻耳目清亮。

“晓春，你带什么好吃的来了？”

晓春把一罐子熏鱼搁桌面上，气哼哼地笑：“吃货！鼻子倒挺灵——

我妈给你做的酱汁熏鱼。”

“哇噻！你妈太好啦！”

夏夏垂涎欲滴，火速跳下床，揭开盖子捻了一块就往嘴里塞，瞅得晓春直皱眉：“牙都不刷就吃！”

夏夏置若罔闻：“味道真不错！替我谢谢阿姨！”

晓春环顾四周：“你看你住的地方，乱糟糟的跟猪窝有什么分别！还有，怎么你们大门都不上锁的？我一推门就开了。”

夏夏嘴里塞满了鱼，含混不清地解释：“可能是丽丽下楼去买早点了，很快就会回来的，她一向这样，懒得锁门。”

“还有啊！我进来的时候经过卫生间，看见里面蹲了个男的，吓我一跳，什么时候这儿进男舍友了？！”

“哦，那是丽丽的男朋友。”

“真乱！你晚上就没听到什么乱七八糟的声音？”

夏夏一脸正气：“我睡觉那么死，天塌下来都不会醒。”

晓春摇着头：“不是我说，合租房的环境就是差，叫你搬去跟我合住你还不肯。”

夏夏吃完一块鱼，心满意足地擦净了手指，开始穿衣服：“我知道你跟阿姨都对我好，可我也不能总占你便宜。”

“什么便宜不便宜的，我不早说了，就当陪陪我。”

“我是为你好。”夏夏一脸狡黠，“你想想，咱俩大学这四年，一点桃花运都不走，毕业了要是还这样蹉跎下去，早晚你妈得跟我急！”

晓春被气乐了。

“放心吧，等我年底加了工资就找个单间住。”

夏夏洗漱完了回来，见晓春坐在桌边，面前摊开一本杂志，但目光不知凝聚在哪里。

夏夏推推她：“今天打算去哪儿玩？”

晓春回过神来：“去湖边骑车怎么样？”

“好啊！”夏夏兴致被勾起，“要是人多一点就好了，我上回在路上看见一队骑车的，前后加起来得有二十多个车友呢，可热闹了！”

“拉倒吧！瞧人家那装备多专业，咱统共就两辆破自行车，就别去丢人了。”

“那有什么！”夏夏不以为意，“玩的不就是个气氛嘛！不过他们的车子确实比咱们的好，我听熊汶说，那种专业的公路车车速能拉到七八十码呢，都快赶上摩托车了。”

“哎，夏夏！你说……喜欢上一个人到底是什么感觉？”

晓春这句没头没脑的话让夏夏唬了一跳，随即转过弯来，乐道：“你，你不会真跟熊汶搅和到一起了吧？”

“去你的！谁跟那头大熊搅和啊！”一贯悍劲十足的晓春忽然也扭捏起来，“前两天碰上我一小学同学，聊得还挺开心的，忽然就……反正吧，那种感觉跟从前不太一样。”

“你小学同学都能认得出来，看来变化不大嘛！”

“也不是，变化当然有了，不过我们初中时候也经常见面来着。”晓春满含期待望着她，“你说说看嘛，到底喜欢一个人是什么感觉？”

“我，我也没经验啊！”夏夏挠挠蓬松的短发，着实有点为难，“我不是跟你一样，从来没谈过恋爱吗？”

“那不一样！”晓春严肃地揭她老底，“我知道咱们班有几个暗恋你的小子，只不过都胆儿小，没好意思找你表白。反正这方面你肯定比我强。”

夏夏抓耳挠腮，但看到密友苦恼的表情，也只能硬着头皮充当起情感专家来。

“我觉得吧，喜欢一个人就是，就是……经常能想起他，总想跟他在一起，看见他开心你也跟着开心。不管帮他做什么事心里都乐意，哪怕什么也不干，只要能跟他在一起，就会很开心……”

在夏夏越来越流畅的叙述中，叶吟风的身影从脑海深处走出来，面目清晰，神色温和。

晓春一开始疑惑地听，渐渐地，她发现夏夏的表情有了微妙的变化，不觉张开嘴，如临深渊似的喃喃低语：“完蛋了，完蛋了……”

“嗯？”夏夏住口，仔细审视她，不确定地问，“你这么快就喜欢上对方啦？”

“不是说我！说你呢！”晓春像看待一个绝症病人似的瞪住她，“郭夏夏，我打包票，你一定是爱上叶吟风了！”

夏夏的脸顿时涨得通红：“你少胡说！”

“你敢发誓你刚才没想到他吗？”

夏夏支吾半晌，但难逃老友的锐眼，索性脖子一梗："喜欢又怎么样？"

晓春啧啧地叹："我说什么来着，要你小心你偏不听！"

"喜欢一个人就不该计较自己的得失，如果感情可以控制的话就不叫感情了。"

晓春被她驳斥得无言以对，想想自己还有一团乱麻没理清呢，苦着脸叹口气："郭夏夏，咱俩的频率要不要这么一致啊！"

夏夏亲热地揽住晓春的脖子："别想那么多了，船到桥头自然直！哎，给我说说你那位小学同学，他是干什么的？长什么样儿啊？"

没等夏夏查完户口，她包里的手机蓦然铃声大作。她扫了眼来电显示，忙示意晓春别说话："我老板。"

晓春一听就撇嘴。

夏夏则一脸虔诚地接听电话："是，叶总！在家呢……现在就去吗？好的……嗯，好。"

晓春气得龇牙咧嘴，用嘴形无声地表达抗议，但夏夏早就笑容甜甜地答应下来了。

"那我们的自行车环湖游怎么办？"晓春气急败坏。

"下次吧下次！老板说了有急事，我能不去吗！好了好了，晚上我请你吃麻辣烫行了吧？"

"我真是干保姆的命！"晓春仰天长叹，"一大早给你送吃的来，本指望你能陪我出去玩一天，谁承想还得孤零零一个人滚回去！"

夏夏朝她嫣然一笑："你可以去找你那个小学同学嘛！"

夏夏赶到公司，叶吟风正在办公室里埋首忙碌，头也不抬地打着字问她："最近公司里的闲话是不是传得很厉害？"

"可不是，什么版本都有。"

叶吟风笑道："是挑明的时候了。"

尽管内心早有准备，夏夏闻言还是一惊："你真要走啊？"

叶吟风把一张草拟的手写文稿递过去："你把这份公告打出来，另外帮我安排周一上午的员工大会。"

夏夏惴惴不安地接过，没等细看，就听见叶吟风郑重宣布："我考虑了几天，打算——继续留在迈信。"

第三章 暗流涌动

立冬刚过，天气骤然冷下来，尤其是早晨，气温最低只有四五摄氏度。

迈信公司的茶水间内，仍穿着薄外套的夏夏一边搓手一边拿茶杯在饮水机上接水，水汽腾升中，她感到一种虚幻的暖意。

技术部的几个小伙子边走边聊，热热闹闹地进来。

一见夏夏，熊汶先叫唤上了："哎，夏夏！赶紧跟叶总反映一下，中央空调是不是可以开啦！这种天干活，手指都要冻掉啦！"

"没那么夸张吧。"夏夏吸了吸鼻子，"再过个把钟头气温一升起来就觉得暖和了。秋天的天气就是这样的，也就早晚冷一些。"

"你们这些年轻人真是吃不了苦！"冯远哲出现在门口，"这点温度就喊着要供暖了，真是不当家不知柴米油盐贵！"

熊汶吐了吐舌头，跟同伴耳语："老冯又来倚老卖老了！"

"冯经理，"另一个姓张的小伙子故意跟他调侃，"邱小姐一走，难道你一点都不觉得寒冷？"

冯远哲绷脸道："邱董虽然不管公司具体事务，但毕竟是咱们迈信的名誉董事，也算你的间接领导，别随便拿人家开玩笑！"

"我听说，"又有人插嘴，"邱小姐是开店去了，是不是啊，夏夏？"

夏夏点点头，这不算什么秘密。

"那是不是叶总出的钱？"

夏夏笑道："你们就别乱猜了，赶紧忙自己的去吧。"

她端了茶杯出去，听见冯远哲在身后教训那几人："你们得好好跟夏夏学学，瞧人家小姑娘多懂事……"

夏夏忍不住暗笑，谁不知道，公司的很多八卦都是从冯远哲嘴巴里泄露出去的。叶吟风之所以厚待他，也无非是因为他曾经在公司最困难的时刻贷到一大笔款子，从而使迈信渡过了难关。

回到座位上，夏夏发现叶吟风给她留了张条子，嘱她复印几份资料送去会议室。夏夏赶忙撂下茶杯忙开了。

和萧瑟的户外相比，开着空调的会议室里算得上温暖如春了。

叶吟风只穿了件白衬衫，左手插在裤兜里，右手握一支激光笔，在投影幕布前比画着各类信息，简洁的PPT文档中罗列了四五家客户资料。他有条不紊地给与会者作介绍，那气定神闲的模样在夏夏眼里显得十分迷人。

“永新和文达的单子我们是比较有把握的，我跟老崔确认过，这两个项目我们务必要拿到手。至于锦华，群新的人已经下了不少功夫，田宁把锦华的王总看得很紧，我们未必找得到缝隙钻进去，但事在人为，只要有心，机会总是会有的。”

叶吟风的目光投向一个脸上长满青春痘的小伙子：“小郑，你是新人，刚好可以拿这个项目练练手，能拿下最好，不行崔总也不会怪你，有什么疑难问题，一定要跟你老板沟通好，这倒是个不错的学习机会。”

小郑对来自总经理的亲切关照感觉有点激动，频频点头，一副既热血又不安的神色。

叶吟风朝他鼓励地一笑，随后就将激光笔滑向一家被着重标示出来的公司名称上。

“江润集团想必大家都不陌生。年初他们上一个试点项目的时候，我跟老崔也去争取过，但他们给出的技术参数太高了，简直就是给TD量身定做的。国内的企业基本没戏。”

他目光往台下一扫：“但这次不一样。我打听了一下这次的技术规格，我们的产品完全符合。而且市里最近正倡导提高对民企的扶持力度，江润又是有政府背景的公司，据可靠消息，这一回，供应商十有八九会在民企里找。”

“这次的单子有多大？”一个销售忍不住举手问。

“保守估计，一个亿。”

会议室里立刻引起一阵不小的骚动。

“不过，”叶吟风语气平缓，“以我的猜测，江润不太可能把这么大的项目砸在一家公司身上，供应商太少风险就大，太多协调起来又有困难。江润很可能分给两家做，比例也许三七，也许四六，不管怎么样，我们都要争取拿大头。”

底下的参会者纷纷交头接耳。

“马上年底了，今年的成绩跟去年比不怎么好看，即使永新和文达都到手，也不过是杯水车薪……”

崔友新面露愧色：“叶总，是我的问题，十月份的两单本来都可以拿下的，一时大意，让群新的人钻了空子。”

“不能全怪你。”叶吟风神色平静，“我也有责任。”

那会儿他的心思全放在要不要离开迈信的问题上，以至于田宁在背后搞动作也未曾重视。

“过去的就让它过去了，我们能把握的是眼下——能不能把江润这块肉骨头啃到就看我们怎么努力了。”

叶吟风发言完毕，把夏夏刚送进来的资料分发给大家。

“只要把江润拿下，明年的压力会小很多，这样可以给我们赢得时间开发新品。” 他深吸了口气，“迈信已经到了不得不变革的时刻了。”

出了会议室，寒凉的空气立刻把叶吟风包裹住，他不禁打了个哆嗦。

经过夏夏的办公桌前，他朝她做了个鬼脸：“这鬼天气，怎么这么冷！”

夏夏笑道：“刚才我在茶水间，大熊他们就嚷着要开空调呢！”

叶吟风笑笑没说话，走进办公室。

夏夏早就把他办公室里的小空调开了，暖和的风温柔地在屋子里徜徉，他享受地舒了口气。透过半磨砂半透明的玻璃望出去，坐在门外的夏夏正在悄悄往手上呵气取暖。

叶吟风略一沉吟，便又出去。

“夏夏，你跟设施部说一声，以后这种天气，早上供暖两小时。还有，别给我搞特殊了，我那边的暖气供应跟大家的时间表走就行。”

夏夏一时讶异，大眼睛忽闪忽闪望着叶吟风。

“你看你的小鼻子都冻红了。”叶吟风和她开玩笑，“我却在空调间里享受，你让我于心何忍？”

夏夏扑哧笑了起来：“好吧，我这就给设施部打电话。”

她拿起电话，见叶吟风转身欲走，忽然又想起什么，赶忙叫住他：“叶总！”

“嗯？”

“刚才邱小姐打过电话来，让你不要忘了晚上吃饭的事——她打你办公室电话你不在，就打我这儿来了。”

叶吟风恍然：“对哦，今天她的铺子开张是吧？”他懊恼地一击后脑勺，“糟糕！这两天忙得团团转，都忘了订个花篮送过去！”

夏夏抿唇一笑：“我昨天就预订好了，花店今天一早就会送过去。昨晚我下班你还在开会，就没跟你说。”

叶吟风欣慰地笑道：“有你这个秘书在，我省事多了！礼物你肯定也去拿了吧？”

“当然！”夏夏从自己办公桌底下拎出一大一小两个盒子，“这个大的是你准备的，小的这个是我的。”

“你也买了东西？”

“是啊！”夏夏有点羞涩地笑了笑，“邱小姐也请了我的——礼物你要看一眼吗？”

“不用了，你看过没问题就可以。”叶吟风匆匆扫了眼腕表，“那晚上我们一起过去，到点了记得提醒我！”

“好！”

整个下午，叶吟风就没在办公室里踏实待过几分钟，他频繁辗转在技术部和会议室里，跟各路人马开会。

傍晚，快到六点时，叶吟风再次从会议室出来，匆忙往办公室方向冲，经过夏夏的办公桌，一个念头划过脑海，他猝然收回前行的脚步。

“文萱的晚宴是七点吗？”

“嗯。”

叶吟风有点头疼似的想了想：“我还有个会要开，可能赶不及。不如这样，你现在先去她的店铺，帮我跟她打声招呼，晚点我会直接去酒店。”

“好的。”

“记得把礼物带上。”

“知道啦！”

夏夏麻利地收拾完毕，挎上包，左右手各拎一个马甲袋，风风火火下了楼。

邱文萱的店铺选在市区南面一个新小区里，铺子沿街，周边设施都已趋成熟，人气还算旺盛。

下了车，夏夏拎上礼物亦步亦趋地找过去。这条街上新开的铺子有好几家，门口都摆满花篮，爆竹碎屑撒得到处都是，显得喜气洋洋。她走到街尽头才看见“梦萱家饰”的店名。

店堂里亮着灯，夏夏未及仔细观赏里面的各种摆设，文萱已经迎了过来。

她今天穿了件深紫色的薄呢大衣，很显腰身，长发一反常态束起，绾在脑后，再也不似以往那样冷艳，清新雅致中，难得还透露出几分活泼。

“夏夏，你来啦！”文萱目光迅速朝她身后一扫，“叶总呢？”

夏夏忙把叶吟风的话转述了一遍，然后把礼物奉上。

叶吟风挑的是一头用琉璃制成的牛，取其“牛气冲天”之意，恰好文萱属牛。夏夏买的则是只五彩斑斓的招财猫，个儿虽小，描摹得却很精致细腻，是她挑了很久才选定的。

文萱一看这只猫忍不住就笑，她拉夏夏到右侧的架子前，上面供了一排招财猫：“我这儿可是专卖家居饰品和各种摆设的哦！”

夏夏讶异了片刻，跟文萱一起咯咯笑了起来。

文萱把她送的那只猫摆在收银台上：“放在这儿，希望能给我带来好运气。”

夏夏望着她美丽的侧脸，由衷道：“邱小姐，我很佩服你。”

“呃？这话怎么说？”

“叶总本来想走，但我知道他舍不得公司。你……你是个很洒脱的人。”

文萱淡淡一笑：“叶总果然信任你，连这个都跟你说。”

夏夏脸微红：“这个谁都看得出来。反正，反正我觉得你很好。”

“既然觉得我好，就来帮我做吧。”文萱跟她开玩笑，“不过，就怕叶总舍不得你。”

夏夏脸红得更厉害了：“那我以后有空就来你这边，我也很喜欢这种家居摆设的。”

小冬不知从哪个角落里钻出来，怀里还抱着那只小熊，默不作声站在夏夏跟前，仰头注视她。

夏夏忙蹲下身子，惊喜地跟她打招呼：“小冬，你还记得我吗？”

文萱在一旁道：“小冬，叫阿姨！”

小冬不吭声，但看向夏夏的目光却柔和大胆，过了一会儿，很笃定地点了点头："我记得你，你叫夏夏。"

"小冬——"文萱略带责备地嗔怨女儿。

夏夏开心地一把将她抱起来："我就知道你不会忘了我，我们可是好朋友呢！你抱的这个乖乖是不是黑点点？"

这还是上次夏夏跟她玩游戏的时候小冬告诉她的。小熊的鼻子是黑的，小冬总喜欢拿手指去点它，还给它取了这个形象的名字。

"是的。"小冬的眼神活泼起来，"黑点点，叫阿姨！"口吻跟文萱教训自己时一模一样。

这回连文萱都无奈地笑了。

晚宴订在市区的一家粤菜馆，宾客其实没几个，除了夏夏外，文萱仅仅请了叶吟风和他的父母。

文萱和叶家父母之前就接触过，或许因为彼此认识的方式比较特殊，夏夏感觉双方说话很疏离，有点小心翼翼的味道。

叶母问文萱铺子里有没有请人，她忙回："目前没什么生意，我一个人就能打理得过来，只找了个钟点工，送货的时候需要搭把手。请人的事，打算等忙起来再说。"

叶父叶母点了点头，之后就找不到别的话题了。

叶母与夏夏是第一次见面，却格外投缘，尤其听说她是叶吟风的秘书之后，眼眸里顿时多出一倍的热情。

夏夏正应付着叶母的各种盘问，叶吟风风尘仆仆推门进来："不好意思，我来晚了。"

文萱立刻站起来迎他："不算晚，我们也刚开始。"

叶吟风朝她笑了笑："怕你们等，我提早二十分钟结束会议，正好给他们时间回家好好想想——恭喜你！"

叶母朝儿子招手："吟风，坐这儿来！"

文萱闻言，正要去拉椅子的手立刻缩了回来。

叶母腾出位置，特意把叶吟风安排在自己和夏夏中间，心疼地埋怨儿子："做事上劲是应该的，但也得有个分寸，总这么没日没夜地忙，身子垮了都没人疼！"

叶吟风瞥了眼文萱和夏夏，感觉十分别扭，蹙眉低呼了声："妈——"

叶母见夏夏抿嘴偷笑，忍不住也笑起来："小郭，吟风平时在公司里有没有欺负过你？”

“没有啊，伯母！”夏夏看看叶吟风，甜甜一笑，“叶总很照顾我的。”

“吟风的脾气我知道的，有时候很认死理。”叶母不放心地叮嘱儿子，“小郭这样的女孩子，人又好，又能干，偶尔犯点小错误，你别对人家哇啦哇啦地吼。”

“我哪有！不信你问夏夏！”叶吟风叫起屈来，“要是咱们三江市评十大文明总经理，我绝对能进前三甲！”

夏夏使劲点头。

欢笑声中，小冬溜下座位，悄悄蹭到夏夏跟前：“黑点点想跟你一起玩。”

夏夏俯身，温柔地问：“黑点点想玩什么游戏呢？”

小冬扭捏了一会儿说：“我们来玩捉迷藏，好不好？”

夏夏还没来得及点头，就听文萱沉声说：“小冬，先吃饭，吃了饭再玩。”

小冬只当没听见，执拗地盯着夏夏，眼里满是期待，她早就对枯坐在位子上听大人讲自己不懂的话厌烦了。

夏夏见文萱脸色不好看，想了想道：“玩游戏没问题，不过你看黑点点的肚子这么瘪，肯定玩一会儿就没力气了。我们得先给它充电！”

“好！”小冬赞同地点头。

夏夏拿干净筷子夹了块鸡肉，先送到小熊跟前：“黑点点，嘴巴张开，能量来啦！”

小冬一边指挥黑点点张嘴，自己的嘴巴也不由自主地张开了，夏夏乘机把鸡肉塞进她嘴里：“小冬也要充电！”

小冬很乖地把鸡肉吃了。

叶母看夏夏的眼眸更慈爱了：“小郭真是有耐心。”

叶吟风凑趣道：“没耐心能当我秘书么！”

“你呀！一天到晚就知道工作！”叶母的不满又被他勾起来，“你看看文萱，比你小好几岁呢，孩子都这么大了。你呢，到现在连个女朋友都不肯找。”

“妈！怎么说着说着又数落起我来了！”

叶母的眼睛朝夏夏一瞟一瞟的，叹了口气：“我跟你爸年纪都大了，又不指望你发什么大财。你什么时候能让我们把孙子给抱上，我们就心满意足了。”

夏夏虽然在跟小冬玩，一双耳朵可时刻竖着呢，听到叶母的叹息，忍不住朝叶吟风瞥了一眼，恰好他也正望着自己，她慌忙掉转目光，只觉得耳朵根火烧火燎起来。

叶吟风轻轻咳了两声，低声跟母亲商量："今天是文萱开张的好日子，咱不说这个行不行？"

叶母白了他一眼，这才把嘴闭上。

晚宴结束后，众人走出饭店，叶母执意要夏夏坐他们的车一起走，但夏夏住的地方跟他们南辕北辙，便坚辞了。

"不用了，转来转去太麻烦，我自己坐车回去很方便的。"

"那你回去小心点儿。"叶吟风在车上叮嘱她。

夏夏站在车外跟大家一一道别，等车子开动起来，她还站在原地目送他们。

叶母禁不住感叹："小郭这孩子真是太懂事了。"

文萱揽着小冬靠窗坐，眼睛始终盯着窗外，双眸中渐渐涌起初来乍到时那惯有的冷漠。

怀里的女儿柔软温热，她不觉加大了搂住她的力道，仿佛这是她唯一能把握的真实拥有。

车子在叶家的小区门口停下，文萱本不打算麻烦别人，准备下去自己打个车走，但小冬在她怀里睡着了。

叶母见状便叮嘱儿子："吟风，还是你送送吧，别把孩子冻着了。"

文萱欲辞，叶吟风抢在她前面说："知道了，妈，你跟爸先休息吧，我送完她们就回去。"

少了叶家父母，车内顿时宽敞了许多，也安静了不少。

叶吟风从后视镜里扫了眼文萱，发现她正怔怔地盯着自己的后背，叶吟风心头忽然有根弦紧绷起来。

长久的沉默是怪异的，尤其在两个还不怎么熟悉的人之间，沉默格外像一头怪兽，仿佛随时要将某层薄弱的窗户纸击破，让人难堪。

"不知道夏夏到家了没有？"文萱率先打破了沉默。

有了话题，原本酝酿得越来越危险的气息便荡然无存。

"她坐出租车走应该挺安全的。"

叶吟风嘴上这么说着，心里也起了一丝小小的牵挂，以往夏夏陪他加班，只要条件许可，他总是亲自送她到住所楼下的。

“你妈妈很喜欢她。”文萱幽幽地道。

“什么？”叶吟风顿了一下才明白她的意思，哑然失笑，“我妈看哪个没结婚的女孩子都觉得不错。”

“你为什么还不结婚？”

“没遇到合适的。”

“完美主义者。”文萱笑着低语。

“也不是。婚姻是人生大事，两个人要在一起过一辈子的，所以还是谨慎一些为妙。为了结婚而结婚是对彼此的不负责任。”

“像……夏夏那样的女孩不好么？”

“她人是很不错，但我从没想过要跟自己的员工……咳，而且，她的年纪对我来说还是太小了。”

“有人说，年轻单纯的女孩子比较好骗，交往起来也不累人。”

叶吟风蹙眉：“这是无耻男人的论调，难道你喜欢撒谎成性的男人？”

“……喜欢过，很久以前。”文萱语调平淡，几乎不带感情色彩。

叶吟风一下子卡了壳，同时觉得很尴尬，他忽然意识到自己对文萱的过去太缺乏了解。

沉默再一次回到两人之间，但似乎又跟刚才有所不同。

到了文萱寓所楼下，小冬依然沉睡未醒，叶吟风帮文萱把孩子抱上楼。

文萱开了门，把叶吟风引至卧室，他轻轻将孩子放到床上。小冬努了两下嘴巴，翻一个身，继续睡。

他站在床前端详孩子：“她长得很像你。”

“是吗？我不觉得。”文萱在他身后说。

“五官很像，尤其是眼睛和嘴巴。”叶吟风的声音忽然压得低低的。

文萱的目光停留在他挺拔的后背上，心底有一丝热意像嫩芽一样急切地钻出来，却不知道该往哪个方向长。

叶吟风猝然转过身来，如梦初醒似的：“我该走了。”

“时间还早，不如……再坐一会儿。”文萱觉得嗓子眼干涩无比，她甚至没有察觉自己的嗓音里含了一丝微妙的央求。

一想到又要独自面对漫长的黑夜，她忽然感到深切的恐惧。

叶吟风却已经走出了卧室，仿佛有某种力量推着他往前赶，要让他逃开这间光线幽暗，却到处充满诱惑的屋子。

文萱疾步走到房间门口，看到叶吟风的背影已经出现在大门前，绝望刹那间攥紧了她，她急切地想要挽回点儿什么，冲口便道：“你不想听听我以前的故事？”

叶吟风顿住脚步，略带讶异地回头，在暗淡的灯光下，他看到一张异常美丽的脸，以及那张脸上布满的颓废神色。

他的心一下子软了，慢慢转过身来。

文萱本已无望的心情立刻被他点亮：“你先坐一会儿，我去烧壶热水。”

叶吟风有点犹豫地坐进沙发，不知道自己的选择是否合适。

文萱很快端上来两杯红茶，用上好的净白骨瓷杯沏的。

“我肠胃不好，医生说喝红茶养胃。”

叶吟风端起茶杯来啜了一口，香气浓郁，口感虽比不上他最爱的大吉岭，但也还算不错。

文萱把客厅的灯开了，刚才还萦绕在空气里的暧昧顿时消散得一干二净。

“你冷吗？”她看看叶吟风单薄的衣着，“我这儿有毛毯。”

尽管叶吟风一再声称不冷，文萱还是拿了条毛毯过来给他，又把空调给开了。

“来三江前没想到这儿会这么冷。”

“主要是湿冷，很多北方人都不习惯。”叶吟风道，“不过你好像也不是兰溪人吧？”

“嗯，我是在梅岭长大的。”

“那离三江不远。没想过要回去？”

文萱自嘲似的笑了笑：“我就是从那儿逃出来的，哪里还敢再回去。”

“你父母……”

“他们都在，我还有个弟弟，不过我有差不多七八年没跟他们联络了……我十九岁那年，我爸就把我赶出了家门。”

“为什么？”叶吟风意外。

“我不好好读书，成天跟一群小流氓在一起鬼混，这样的女儿，把他的脸都丢尽了。”文萱朝他笑笑，“你一定没想到有一天会跟一个曾经的问题少女面对面坐着聊天吧？”

叶吟风不知该说些什么，沉默了片刻说：“但你毕竟还是回到正轨上来了，结了婚，也有了孩子，虽说后来你又……”

文萱低头：“迄今为止，我只结过一次婚，就是和叶孝祥。”

叶吟风吃了一惊：“那小冬……”

“她是我生的，但我跟她父亲没有办过法律手续。”往事不堪回首，文萱重重吁了口气。

“我认识他的时候只有十六岁，他那个人，现在想想，其实就像我爸评价的那样，一个混日子的流氓地痞。可在当时的我眼里，他就像个真正的男人，会保护我，爱惜我，把我看得比什么都重要。”

“就是为了他，你跟家里闹翻了？”

“很愚蠢是不是？”

她低首啜了口茶水，眼帘低垂，仿佛要在那暗红的水波中搜索曾经年少的自己。

“我跟着他疯狂了四年，后来，我发现自己怀了孕，我想把孩子生下来，他也没反对。我开始为孩子的将来考虑，觉得我们应该有个家，他也应该有个稳定的工作，不能再这么混下去。”

她闭了闭眼睛：“从我有了这个想法开始，我们之间就没停止过争吵。直到有一天，我发现他在外面有了别的女人……那时我还大着肚子，我再也受不了跟他过日子了，于是收拾好自己的东西离开了他。”

叶吟风正听得出神，文萱举起茶壶给他杯子里续水，他忙道谢：“你很会照顾别人。”

文萱苦笑笑：“都是独自带孩子的时候锻炼出来的。”

叶吟风同情地看她：“一个人带孩子很辛苦吧？”

“是啊！”文萱感慨，“我离开小冬父亲的时候，身上没多少钱，孩子还是靠朋友的接济才生下来的。”

“她父亲难道没再来找过你们？”

“找过，还想给我钱，但我没要。”

“你的性子……”叶吟风笑了笑，“其实也很倔。”

文萱不置可否地耸肩：“我事后才知道，他早就在外面有人了，还不止一个。所以说，我曾经就是那个很好骗的无知少女。”她的嘴角勾勒起浓浓的嘲讽。

“我生完孩子没多久就去找事做了。为了以后有更多的机会，我拼命读书，考各种证件。想想那阵子真是累，可不管我怎么努力，别人都会拿异样的目光看我，因为我是单身妈妈。”

世道就是这样，抱怨也无济于事。叶吟风陪她沉默了片刻才问：“所以你离开梅岭，去了兰溪？”

“除了离开，我找不到别的出路。你知道，你可以跟一两个人抗争，但你没办法争得过一群人。而且，我还得为小冬考虑，我不想让她被小孩子骂难听的话。”

叶吟风用带点怜惜的目光注视眼前这个倔犟的女人：“你很爱你的女儿。”

文萱的眼眸一下子变得幽深：“她是我在这个世上唯一的亲人。”

叶吟风的手机响起来，是叶母打来的。

“吟风啊！你在哪儿呢？怎么还没回来？”

“哦，妈，我在路上耽搁了会儿，马上就到家了，您先睡吧。”

挂了电话，叶吟风发现文萱正紧盯自己，他有点尴尬：“我妈总拿我当小孩子，如果晚回去没告诉她，她会睡不着觉。”

文萱本想问他为什么要撒谎，嘴巴张了张，还是把话咽了回去。

叶吟风起身：“我该走了。”晚上的时间总是溜得飞快，不知不觉，他已在这里逗留了一个多小时。

这次文萱没再挽留，送他到门口，叶吟风回首跟她说再见，文萱含着笑凝视他，那笑容像红玫瑰上的一滴露水，带着花瓣艳丽的姿色，悄然坠落至他心田。

叶吟风一路开车回去，只觉得体内有股燥热滚来滚去，令他无法宁静下来，他索性落下车窗，让冷风倒灌进来，冷却他烦躁的心情。

文萱的身上仿佛有股魔力，每次只要一接近她，他就会不由自主地被她牵着走。

一个念头起了又落，他一直努力压制着，不敢细想，哪怕稍微思索一下都是对孝祥的亵渎，可他无法赶走停留在脑海里的那张脸，一种无力感从内心深处腾升而起，这是从未有过的事情。

车子越跑越快，最后索性在空寂的夜间马路上狂飙起来。

叶吟风走后，文萱在沙发中重新坐下，脑子里空茫茫一片，她拉开小几抽屉，掏出一包烟，就手抽出一根，打火机啪的一声响，她叼着烟往上凑，没碰到火苗就下意识地又退回来，把烟和火机一并丢进抽屉，怔怔地发起呆来。

她有些懊悔刚才对叶吟风的那番坦言，为什么要告诉他那些事呢？难道就为留他多待一会儿？

她颓然站起身，走入卧室。小冬在床上正睡得香。她在床沿边坐下，用怜惜的目光凝视女儿，良久，俯首在小冬额上轻轻印下一吻。

这是她的女儿，她这辈子唯一靠得住的人，她一定要让她过得无忧无虑，不再受一点伤害。

第四章 当心一剑

月底捷报频传，叶吟风最重视的永新公司的项目顺利拿下，另一家文达，因为预算出了点差错，要到元旦后才能开标，但该下的功夫迈信都下足了，合同应该不成问题。

锦华的失手本就在预料之中，谁也没拿这事难为小郑。

销售总结会上，叶吟风终于有心情和崔友新开玩笑了："田宁的脸色一定很难看。"

崔友新也笑道："绝对的！田敬宜把自己这个亲侄子当救命稻草，以为有多大能耐呢！"

"也不能这么说。"叶吟风敛笑正色道，"田宁虽然专业方面逊色一些，但他脑筋活络，而且黑的白的都来得，几乎没什么忌讳，我们一方面要抓牢关键客户，另一方面也要作好防守……"

夏夏对"田宁"这个名字并不陌生，最近被提及的频率实在太高，但具体是群新的哪一位她可一点都不关心，只要迈信赢到单子，只要笑容常挂在叶吟风脸上，她的心情自然也就好得不行。

好心情的另一个原因是她终于涨工资了。

月初工资一到账，夏夏就邀请晓春出来玩。

12月的早晨，即使阳光充沛，也仍然驱散不掉浓浓的寒意。两人在城中公园的一条长凳上哆哆嗦嗦坐了会儿，最后决定还是不在户外玩了。

"去喝茶吧！"夏夏提议。

反正不是晓春付钱，她当然没意见。

乌桕树五颜六色的叶子落了一地，红艳艳的火棘果爬满枝头。两人踩着枯黄的香樟叶子往人工湖对面的一间茶室走，夏夏顺口问起晓春和她那位小学同学的进展。

“他有没有约过你？”

晓春缩了缩脖子，没精打采的：“吃过两次饭。”

“那就是有进展了？”

“什么呀！好几个人一起吃的，大锅饭！”

“那你们平时一点联络都没有？”

“有，QQ上时不时碰见，说几句不痛不痒的，仅此而已。”

夏夏扭头端详她：“你该不会对他认真了吧？”

晓春一反常态没有驳斥，叹了口气：“我也不知道。”

她目视前方时那种茫然的表情倒有几分平日里不多见的楚楚动人之态，夏夏偷偷做了个鬼脸。

进了茶室，晓春正埋头看点单，夏夏已经对服务员熟稔地吩咐开了：“来壶大吉岭吧！”

“没有。”

“哦，那滇红也行。”

“也没有。”

夏夏皱眉：“那你们有什么？”

服务员手朝点单一指：“都写在上面了。”

等点完单，服务员一走，晓春就咯咯乐着取笑夏夏：“你想摆谱也不看看地方，这种小茶馆哪有什么好茶！”

夏夏气馁地捧着脸：“没意思，怎么尽是花茶。”

“你肯定没少跟叶吟风去高级茶馆腐败吧？还大吉岭呢，我听都没听过！”

夏夏郁闷地喝着花茶，不接她的茬儿。

两杯茶下肚，早晨萧瑟的气氛明显回暖。在夏夏的诱导下，晓春聊起自己和小学同学江友天重逢的始末。

“胡璇不是结婚么，我去喝喜酒。对了，胡璇你还有印象吧？原来在你隔壁办公室的。”

“不记得了。”

“她老公和江友天一个单位的。那天我去得有点晚，女方同事席位都给坐满了，就被安排去了男方同事的席位，没想到跟江友天坐了一桌。”

“真有缘。”

“大家都这么说，那一桌上又有好多男的，特别会起哄，那天开了我们不少玩笑。”

夏夏挤眉弄眼：“结果你就当真了？”

晓春白她一眼：“你少拿我开涮，你也好不到哪儿去。”

夏夏一脸欠揍的笑容：“我挺好的啊！丰衣足食，也没得相思病。”

“滚！”晓春扬手欲威胁她，忽然想起什么来，一惊一乍，“糟了！把一件大事给忘了，今晚上梁主任乔迁之喜，请了整个部门的同事，我，我连礼物都没准备呢！”

“你打算送什么？”

“没谱！”晓春愁眉苦脸，“搬家是不是得给弄个摆设什么的，但总得去商场挑啊！我最恨去大商场买礼物了，每次都挑得头晕目眩，想吐！”

夏夏一拍桌子：“我想到个好地方，门面小，东西也有品位，保管你满意。吃了饭我带你去。”

可晓春是急性子，想到了就要去做，夏夏没辙，匆匆结完账，领着她直奔文萱的店铺。

一路上，夏夏把文萱的品位夸上了天，没承想两人吃了个闭门羹，文萱的店铺拉着卷帘门，什么也看不见。晓春大为扫兴。

夏夏不死心，站在铁门前给文萱打电话。电话很快就通了，文萱听夏夏说明来意，歉然道：“这两天我都没法去店里，小冬得了肺炎，正住院呢！医生说至少得一星期才好得了。实在不好意思！”

“小冬病啦？”夏夏讶然，连声问，“在儿童医院？要帮忙吗？你一个人忙不忙得过来？”

“谢谢！我可以的，不用麻烦了！”

打完电话，夏夏不知怎么的，心里总有东西放不下，小冬那瘦小的身影老在眼前晃悠。

她心不在焉地陪晓春吃了顿饭，又在商场逛了两个来回，总算帮晓春解决了麻烦。

晓春兴致勃勃还想逛，夏夏拉住她：“哎，你愿意陪我去趟儿童医院么？”

“去看那小孩？”晓春斜眼睨她，“她什么人哪，让你这么牵肠挂肚的。”

“是个很可爱的小姑娘，和她妈妈一起过。”夏夏简短地说了文萱母女的身世。

晓春却不以为然：“这种人可怜什么呀！你那公司有一半是她们娘儿

俩的！你别滥用同情心了！”

说是这么说，晓春还是陪夏夏去了医院。

听到敲门声，文萱赶来开门，见了夏夏她们，不免惊讶，小冬正在床上熟睡，文萱只让她们扫了一眼就把门关上了。

“肺炎，有可能会传染，就不让你们进去了。”文萱笑着解释，有人来探病，她心里还是欢喜的。

夏夏把刚买的水果递给文萱，问：“你晚上也陪在这儿？”

“嗯，所以店铺也得等她出了院才能重新做生意，好在客人也不多。只是今天让你们白跑一趟了。”

夏夏忙道：“没关系，礼物我们已经解决了。文萱姐，你一个人照顾孩子挺累的吧？”

“没办法，习惯了。”

文萱见晓春默不作声打量自己，且目光大胆，便对夏夏笑着说：“你同学比你出道多了。”

晓春咧咧嘴：“夏夏刚才使劲夸你品位独特来着，我没想到你还这么漂亮！”

文萱抿唇一笑。

彼此又说了不少客气话。走廊里人来人往的，夏夏担心影响文萱照顾孩子，便早早地告辞了。文萱一直送她们到电梯口，直到电梯门阖上才走回去。

晓春还没从震撼中醒过神来：“这个，应该算我有生以来见过的最漂亮的女人了！”

“是啊！我第一次看见她也呆了，主要是气质超好！”现在的夏夏对文萱早已从一开始的提防转为佩服仰慕了。

两个小女生叽叽喳喳议论了一番后，晓春忽然叹息：“你说，女人长这么漂亮究竟是好事还是坏事？”

夏夏没多想：“当然是好事了，谁不希望自己是美女呢！”

晓春摇头：“非也，正所谓红颜祸水，你看看书，历史上有哪个美女能不惹是生非，又能善始善终？这个邱文萱不也是，年纪轻轻就没了老公！”

这话夏夏很不爱听：“都什么年代了，思想还这么陈腐——你是吃不着葡萄说葡萄酸吧！”

晓春还在自己的思绪里打转，想象着文萱可能的遭遇，老气横秋地总结：“这位美女怎么看都活脱脱像是一妖孽啊！”

话音刚落，胸口就遭夏夏一记粉拳。

傍晚，文萱正给小冬喂白米粥，叶吟风的电话不期而至。

文萱看清来电显示后心头一阵猛跳，深深吸了口气才按下接听键。

“文萱，是我，叶吟风。”叶吟风的口吻里关切显而易见，“我刚从夏夏那里知道小冬病了。”

“嗯，肺炎，在住院。”

“你怎么不早点儿告诉我？”

文萱笑笑：“不是什么大事，医生说她恢复得挺快的，过几天就能出院了。”

“你晚饭吃过没有？”

“没，我在医院吃，现在还早。”

“医院的东西没法常吃。”叶吟风沉吟了一下，“这样，你等我，我给你买点好吃的过去，你喜欢什么？”

文萱忙拒绝，怎奈叶吟风很坚持：“我总归要来看看你们，顺便的事。再说我也还没吃呢，跟你们一块儿吧。”

“那……你喜欢吃什么就买什么吧，我随便什么都可以的。”

挂了线，文萱仍握着手机，舍不得放回床头柜上。这是自那天晚上叶吟风送她们回去后首次打电话给她。

“妈妈，你笑什么？”小冬眨巴着眼睛问她。

文萱忙放好手机，用手揉揉脸：“小冬好得快，妈妈当然高兴了。”

一小时后，叶吟风就拎着大包小袋地赶来，文萱本不欲让他进屋，叶吟风毫不在乎：“我身体棒着呢！这点小毛病传染不了我！”

病房还算洁净，有两张床，小冬坐在靠墙的一张上，正和自己的小熊做游戏。靠窗那张床上搁着文萱的外套和围巾。

叶吟风走过去和小冬聊了几句，多日不见，小家伙见了他又隔膜起来。

文萱把他带来的饭菜在长柜上摆开，又招呼他一起来吃。

叶吟风直接从饭店打包了两份商务套餐，用保温袋装好的，拿到医院还是热乎的，米饭香软，菜品可口，医院的饭菜自然没法比。

文萱很过意不去："你这么忙，就不必专程跑来了，反正没几天就出院了。"

叶吟风却听成了别的意思，轻咳两声道："前阵子确实比较忙，有两张单子得时刻盯着，还有江润集团的项目需要跟，现在能签的单子都签了，江润暂时也没进一步的动作，可以稍微缓口气，到月中估计又有得忙了。"

他抬头瞟了文萱一眼："你都瘦了，照顾孩子很辛苦。"

"我这点辛苦没法跟你比。"文萱把餐盒里的一块牛肉挑到叶吟风碗里，"你多吃点儿。"

小冬在床上闻到香气，咽了咽口水，细声细气地嚷："妈妈，我也要。"

两人都笑起来。

文萱宽慰女儿："小冬乖，你现在还不能吃，等病好了妈妈给你做好吃的。"

叶吟风初来时，心头还是有点别扭的，他没法说得清这别扭的确切来由，只是觉得那天晚上自己不该留在文萱的公寓，听她讲那些过去的事。他始终觉得，自己跟文萱之间应该保持距离才安全，至于接近她会有什么危险，他不敢深想。

隔了半个月后，两人再度相对，他发现自己之前脑海里的警报多少有点可笑，眼前的女人温柔而家常，目光中常有慈母般的柔和光彩涌动，是另一番美丽的景致，但不再与"危险"二字沾边。

两人随意地说着闲话，叶吟风顺带给她讲了点公司最近的业务进展，文萱听得认真，眉眼中却流露出极放心的神色。她也不胡乱插嘴或打断对方，只在叶吟风目光向她投射过去时微微笑一笑，点点头。她沉静信赖的表情让叶吟风感到惬意。

夜幕彻底笼罩住了这座城市。远近的高楼都争先恐后亮起霓虹，梦幻般绚丽的色彩落在病房透明的玻璃窗上，宛如构建了一个童话世界。

在叶吟风眼中，文萱就是这个美丽世界的主角，而她就坐在他对面，看得见，够得着。

他忽然对这半个月来自己对文萱不闻不问的态度充满内疚。

文萱看看时间，提醒叶吟风："快九点了，你还是回去吧，别让伯母着急。"

叶吟风扭头瞅瞅小冬，她正张着小嘴打呵欠。他明白自己再待下去就影响她们母女休息了。

“小冬，我走了！明天再来看你。”

小冬瞥他一眼，没吭声，搂住小熊往被窝里一钻，叶吟风回首，见文萱正无奈地笑，他也笑起来，他对小冬的“冷漠”已经见怪不怪了。

起身向门口走时，他的心头竟涌起缱绻的不舍。

文萱本待送他出去，却在门口被叶吟风拦住：“你陪小冬吧，早点休息。”

文萱知道他的脾气，没再坚持，扶着门框目送他远去。

走到即将拐弯时，叶吟风又忍不住回眸，看见文萱仍在门边探着头，目不转睛地望着自己，那副茫茫然的神情宛如未涉尘世的少女。他像被击中，心头努力筑就的堤坝于无形间垮塌。

他朝文萱挥挥手，旋即转过身来，双手插进裤兜，略低着头走至电梯前。胸腔里仍有热流涌动，一种极度的喜悦和悲哀交织在一起，不时冲刷他的心田，让他迷惘而怔忡。

电梯门缓缓开启，坐在椅子里的管理员见他迟迟不进来，有点不耐：“要下去吗？”

“哦，好。”他如梦初醒，木讷地跨了进去。

小冬出院那天，叶吟风特地抛下公司的事务赶去医院接她，半道又陪她们去了趟超市购物。等送母女俩回到公寓时，已经十一点多了。

“吃了饭再走吧。”

“太麻烦了。”

“不会，我们也要吃的，你坐坐，一会儿就好。”

叶吟风拒绝之意本也不强烈，被文萱力挽后就恭敬不如从命了。

文萱把窗户打开通风，又安置好小冬，立刻钻进厨房忙碌起来。叶吟风想陪小冬玩，但插不进去，她和她的玩具们在自己的世界里，闲人免进。

他踱进厨房，文萱早已脱了外套，紧身毛衣包裹着窈窕的身材，腰间还围了条紫色围裙，越发显得淑雅端庄。

“有什么要我帮忙的？”

文萱洗着青菜，莞尔谢绝：“让你帮忙，太大材小用了。”

“怕我越帮越忙？”

两人正笑着，叶吟风的手机响了，是夏夏的来电。

“叶总，崔总让我问问你，下午一点的销售会议你要参加吗？”

叶吟风略一沉吟：“我在外面，可能赶不回去，你让老崔他们先谈吧，注意几个要点。”

夏夏边听边一一记录清楚，末了，换了俏皮的口吻低声问：“你在忙什么呢？这么神秘！”

叶吟风一时不知该怎么回答，笑着反问：“什么时候老板的行踪要向秘书汇报了？”

夏夏顿时脸红，叶吟风不用看也能猜到她的窘相，笑着补充了一句：“在忙一点私事。”

“哦，原来是忙家里的事呀，难怪不说了。”夏夏又恢复了轻快，“那就不打扰了。”

“嗯，有事给我电话。”

文萱在他打电话的当儿，已经把米饭煮上，切好的蔬菜分门别类装在容器里待炒。

“你真是神速。”叶吟风不禁赞叹，“以前常听人说，漂亮女人干家务都不在行，你跟她们不一样。”

“我没什么本事，如果连家务都做不好，那真是一无是处了。”

叶吟风靠在冰箱门上笑，看文萱做饭是种享受。

“刚才是夏夏给你打电话吧？”文萱似不经意地问起。

“嗯，说下午开会的事呢！”叶吟风漫不经心地答，“冯远哲拉来了一个客户，情况还不熟悉，我让老崔先了解起来。”

他迟疑了片刻，问：“你在财务部时，远哲没为难你吧？”

文萱不以为意地笑笑：“我没什么地方可以让他为难的。”

文萱初来迈信时，叶吟风对冯远哲的心思未必不清楚，但那时他对文萱抱有敌意，也就来了个假作不知，现在回想起来，心上难免又是一阵愧疚。同时又有些好奇，不知道文萱是怎么打消冯远那哲念头的。

他盯着她的背影发呆。

文萱的身上有很多他在别的女人那里从未发现过的特别之处，譬如她的处变不惊，她统筹全局考虑的思维方式，以及她美丽的容貌。这一切都完美地交融在她一个人身上，让她具备了旁人难以企及的迷人魅力。

“那天你妈妈去我店里。”文萱扭头瞥他一眼，把他的思绪从遥远处拉回。

“哦？”

“她刚好路过，就顺道来看看我，还要我留意有没有合适的女孩可以介绍给你。”

叶吟风哑然失笑：“我妈见谁都要唠叨几句，好像她儿子没人要似的。”

文萱打开锅盖，排骨已经煮开，她用勺子小心地撇去浮沫。

“你也不小了，的确该找个好女孩成家了。像你这样的条件，只要愿意，多少女孩抢着想嫁你。”

“要遇到合适的才行，这种事勉强不来。”叶吟风不以为意。

文萱持勺的手顿了一顿，像下赌注似的用力笑了笑，说：“你真是骑马找马，身边不就有个不错的？”

叶吟风像被她撞破心事一般，心头重重一跳，表情也局促起来：“谁？”

“夏夏呗。”

文萱重新盖上锅盖，转过身来，面庞上浮起的是完美得无可挑剔的笑容。

叶吟风这才明白自己误会了，一时轻松，一时又怅然若失，耸耸肩：“不是早就说了，我跟她没可能。”顿一下，嗓音有点暗哑，“我比较喜欢成熟一点的女孩。”

“你也太挑剔了。”文萱摇摇头，“又要对方长得好，学历高，还得能干，成熟……”

“不，我从来没这么要求过。”叶吟风打断她，凝视她的目光忽然变得热辣，“其实所有的条件都无所谓，只要两个人在一起能投契，感觉也对。”

他大胆的直视仿佛曝露了内心的渴望，令文萱怦然心动，她不敢与他对视，猝然转过身去，借着察看锅子来掩盖悸动，而这恰恰暴露了她的紧张。

叶吟风望着她窈窕动人的身躯，心底陡然涌上一阵焦渴，而且他还发现，自己这种焦渴的状态其实已经延续很久了，只是之前一直被他的意志力死死压制着。

他缓缓走上前，关掉炉火，在文萱惶然无措的目光中，扳住她的双肩，将她转到自己面前。

“我……”

文萱慌乱地想要说些什么，又似要挣脱。但叶吟风没给她机会，他低首，朝着她丰润的双唇吻下去，仿佛那是再自然不过的事，仿佛那是他唯一的出路。

似有轻柔的花瓣无声落入心田，玫瑰的香甜从鼻息间飘过。远处，隐约传来缥缈的乐声。

叶吟风感觉自己像坠入一个美妙的世界，被温暖的云絮所包裹，他忍不住满足地叹息，这就是他一直以来寻觅的那个世界。

他的心终于沉静下来，仿佛找到久已渴望的家。

激情褪去，他松开文萱，换了另一种目光打量她。

文萱的眼眶里却盈满晶莹的泪，随时都会滚落下来。叶吟风不笨，她的心事他其实早就明白，包括她的隐忍和自卑。她强硬外表包裹下的不过是颗脆弱易碎的心。他忽然很难过，将文萱紧紧搂入怀中。

“我……”文萱的泪水滴落在他洁净的衣襟上，她努力要表达些什么，却难以成句。

“你什么都不用说。”叶吟风把脸颊紧贴住她耳畔馨香的发丝，闭上眼，喃喃低语，“一切有我。”

怀里的身子柔软下来，如同跋山涉水后好不容易抵达彼岸，却也因此而精疲力尽。

两人终于分开，文萱用手背抹了抹脸庞上的残泪，又对叶吟风不好意思地笑了笑，似雨后初放的梨花，沾满雨露的清新。那一点孩子气的表情令叶吟风怦然心动，他捉住文萱的手，用自己纤长的手指细细替她擦拭掉泪痕。

文萱低下头：“我去看看小冬。”

“我去吧。”叶吟风笑着拦住她，“我肚子饿了，指望你煮饭给我吃呢！”

文萱赶忙把炉火启开，扭头嗔怨地睨他一眼，这一眼别具风情，叶吟风瞧得竟有些痴了。

小冬依然在房间的软地毯上构筑童话世界。

叶吟风没敢搅扰她，站在门外瞧了她一会儿，觉得她和文萱真是像极了，无论是相貌、神色，还是性情。这么一想，他立刻又觉得跟这个孩子亲近了几分。

在静谧的氛围里，他回味刚才在厨房那突如其来的一幕，似乎有点过快，转念一想，又觉得也没什么，既然早晚会发生，何必在意是早还是晚呢！

他确曾想过逃避，但命运又指引他掉头回来。人终究只能向前看。他知道，当自己向文萱伸出手去时，便再也不可能将她甩开。

柔情涌动之间，他觉得自己肩上的分量陡然重了起来。

一顿午饭吃了两个多小时，这期间，叶吟风接了好几通电话。

当文萱再次催促他走时，叶吟风不得不无奈地起身："是得回去一趟了，不然今晚别想早下班。"

他走至门边，文萱越过他去开门，手刚伸出去就被他捉住，他就势俯首亲了她脸颊一下。

"小冬看着呢！"文萱脸红红地推开他。

"晚上我过来吃饭，要不要买点什么熟菜？"

"不用了。"文萱神色有些迟疑，"你还是……回家吃吧，我怕你妈……"

"没事的，我跟她打声招呼就好。"

但文萱紧蹙的眉头并未舒展，叶吟风愣了一愣，回过神来，手指撩开她额前的发丝："不用担心，我妈那儿，等时机成熟了我会告诉她。"

他重新握住她的手："重要的是我们要在一起，你得对我有信心。"

文萱终于展颜："有你在，我没什么可担心的。"

回公司的路上，叶吟风的嘴角始终勾起，像有扇闸门被拉开，所有禁锢的情感如泄洪般涌出，心田顷刻间被充盈，满得几乎要溢出来。

到了公司，夏夏见到他既惊且喜："叶总！我还以为你今天不会回来了呢！我都准备好准点下班了！"

叶吟风笑道："那今天就不给你加活儿了，爱几点走就几点走。"

"真的假的？那我可现在就走啦！"

叶吟风故意立起双目："什么时候学得这么油嘴滑舌，给你根竿子就顺着往上爬。"

夏夏嘻嘻地笑，不明白叶吟风今天为什么这样高兴。

叶吟风进办公室没多久，就陆续有人来找，不知不觉已到六点。

和技术部的范工谈产品改进细节时，叶吟风的眼睛频频去瞄墙上那只钟，范工见状，识趣地长话短说，尽早结束了出来。

经过夏夏桌子时，范工半开玩笑地打探："叶总今天是不是有啥事儿啊！从来开会没这么急着逼我们走的。"

夏夏也觉得莫名其妙："不知道啊！不过看他那样子，不像是有坏事，可能，可能又联络到新的客户了吧。"

"不像不像！"老范毕竟年纪大些，经验也足，嘿嘿一乐，"我倒是觉得咱们叶总像来了桃花运！"

"啊？！"夏夏吓一跳，很快嗤之以鼻，"怎么可能！他天天为公司的事跑东跑西，哪有时间撞桃花啊！"

"在说我什么？"叶吟风忽然走出办公室。

夏夏顿时脸红："没，没什么。"

老范哈哈笑道："我在问夏夏什么时候走桃花运，带个男朋友过来给我们瞧瞧呢！"

夏夏对着离去的背影干瞪眼，还没臊完，就听叶吟风问："你怎么还没走？都说今天不加班了。"

夏夏这才注意到他已经套上了风衣，左手还拎着公事包，顿时喜形于色："我还以为你刚才开玩笑呢！"

叶吟风摇头笑，暗忖真是个老实孩子。

"要捎你回去么？"

"好啊！"夏夏也不客气，火速关电脑，收拾东西，"麻烦你送我到盛丰大厦那边的车站就行了。我今天要去看小冬，她出院了。"

叶吟风闻言愣了一愣："你……文萱知道你要去？"

"嗯！我刚才打过电话了，她让我去吃晚饭，还跟小冬聊了几句呢！"

夏夏挎上包，见叶吟风神色闪烁，以为他有什么难处，便摆手道："如果你不方便就算了，我转趟车就行，也很快的。"

叶吟风只得道："没不方便……走吧。"

"谢谢叶总！"夏夏脚步轻盈地跟在叶吟风身后去乘电梯。

叶吟风忍不住在心里埋怨文萱今晚不该邀请别人，虽然是夏夏，但他依然觉得别扭。

进了电梯，叶吟风看似随意地问起："你刚才说小冬出院了？"

"是啊！"夏夏浑然未觉老板千回百转的心思，脆生生答，"她住院的时候我去过医院，不过文萱姐怕传染，不让进。我答应小冬等她出院后去看她的。"

叶吟风注意到夏夏已经不再称文萱"邱小姐"了，遂笑："你跟文萱现在很熟？”

夏夏愉快地点头：“前阵子只要有空就去她店里玩，不过最近你把我使唤得团团转，就没机会了。”

叶吟风在她脑门上轻叩了一下：“你这是在吐槽我吗？”

夏夏不回答，只憨憨地笑。

等坐进车里，叶吟风才道：“我直接送你去文萱那里，顺便我也去看看她们。”

夏夏一听高兴得不行：“那太好了！要不要我给文萱姐打个电话？”

“不用。我又不是什么要人，直接去就行了。”

叶吟风不明白自己为什么要撒谎，完全是本能地为自己找了这个借口，说完又觉得自己可耻。干吗要这样远兜远转地掩饰呢，干吗不直接告诉夏夏？他在担心什么？担心和文萱的恋情被人用怪异的眼光审视，还是别的什么？

他的双手情不自禁握紧方向盘，他不能容忍自己这样懦弱。

清清嗓子，叶吟风正准备将真相和盘托出，转眸瞥到夏夏兴高采烈的神色，文萱那几句旁敲侧击陡然撞入脑海。

“夏夏对你可花了不少心思呢！你难道一点都感觉不出来？”

他思量片刻，只得把已经滚到嘴边的话又原封不动咽回去。

如果是真的，他有点不忍想象夏夏的表情。他在心里重重叹了口气，振作精神，将烦乱的思绪抛开。

“下午我不在的时候，你是不是很忙？”

“还好啦！急事我都打电话给你了。哦，冯经理在我那儿吹了半天牛，说他引荐的那家叫舜英科技的公司牛得不得了。”

“呵呵，冯远哲最喜欢逗你这种小姑娘。”

“可是听他说得还挺像那么回事的。”夏夏眨巴着眼睛，“他还要我提醒你，对这家公司最好能上心一点。”

叶吟风此时无心公事，淡淡道：“等崔总去接触了看情况再说吧。”

车子即将经过家乐福时，夏夏让叶吟风停下车，她要去买点东西。

“不用这么隆重吧？”叶吟风担心在超市里耽搁时间太久。

“我一个人进去就行。空着手去人家家里不太好。”

叶吟风只得在路边找了个空位停下：“那你快点儿，这里不让久停。”

夏夏哎了一声，已经飞快地蹿出了车子。

等了约十分钟，就见夏夏从超市正门飞一般冲出来，气喘吁吁跑到车门边，连话都说不连贯："我，我买了小冬最喜欢吃的蜜桔。"

叶吟风给她开了门，顺便朝购物袋里扫了一眼，是水果和两罐奶粉，奶粉还是进口货，他沉吟了一下，掏钱包说："多少钱，算我的吧。"

夏夏把头摇得像拨浪鼓。

叶吟风皱眉："你才挣多少钱？这一下就花去好几百。"

"这是我的心意！怎么能让你掏钱呢！"

两人争了几句，夏夏固执不堪，叶吟风只得放弃。

车子重新启动，叶吟风半真半假地笑："看你年纪不大，礼数倒看得很重。"

"我妈从小就教我，别人对你好，你就要对他更好。还有，不要乱拿别人的东西，占人家便宜。"

叶吟风还想调侃她几句，见她一副格外认真的模样，适才淡下去的一丝不安又缥缥缈缈浮了上来。

文萱对他们两个一起上门毫不意外，一边接过夏夏递上来的礼物，一边客气着把两人让进屋里。

夏夏一看见小冬就尖叫起来，小冬也仰脸对她绽放出灿烂的笑容，好似向日葵见到了太阳。夏夏冲上去刚要抱她，迟疑一下，扭头征求文萱的意见："我现在可以抱她了吧？"

文萱笑着点头，看夏夏和小冬欢快地扭在一起，忽然觉得缘分是个极其奇妙的东西。

"小冬跟夏夏有缘。"她对旁观的叶吟风轻语。

叶吟风则笑着低声评价："两个小孩。"

他把目光调转到文萱身上，她好像刚洗过澡，换了身深棕色的毛衣，越发成熟迷人，一股轻柔的馨香时不时撩过鼻息。

叶吟风靠近她："我帮你做饭吧。"

文萱对他的醉翁之意一目了然，莞尔道："已经做好了。"

"这么快！那……我帮你拿碗筷。"

夏夏和小冬在客厅沙发上玩得不亦乐乎。叶吟风则跟着文萱进了厨房。

灶台边摆了几盘炒好的菜，炉子上有个汤拿文火煨着。

文萱把炒菜放微波炉里加热，叶吟风走到她身后，双手在她肩上暧昧地摩挲了片刻，又想把她的身子扳过来，文萱没让他得逞，低声抗议："不行！夏夏在外面呢！"

叶吟风正为自己刚才的谎言不自在，发狠似的道："看见就看见，又不是什么见不得人的事！"

文萱依然压低嗓音，双眸灼灼盯着他："你就不怕她伤心？"

叶吟风只当她说笑，哼了一声，把她搂进怀里，在她耳畔低语："伤心的人太多了，我顾不过来。"

"你这话听上去很有深意。"文萱笑着在他怀里转了个身，依旧背对着他，她伸长脖子去张望那锅汤的火候。

叶吟风不放手，就这么紧贴着她的后背，反问："今天为什么要请夏夏来？"

"她说要来看小冬，我当然得邀她来吃晚饭了，这是礼貌。"

叶吟风的脸埋在她发际："你们都知道礼数，就我不懂。"

他任性的口吻让文萱想笑："原来你也是小孩子。"

文萱人虽在他怀里，却没停止过扭动，一会儿忙热菜，一会儿又要照看炉子。叶吟风不满起来，加力揽住她："别动，让我抱一会儿。"

文萱无奈，只得停下来任他抱着，都说热恋中的男人不讲理，这句话在叶吟风身上真是体现得淋漓尽致。不过一想到他平日里沉着自持的模样，再看看他此刻痴缠自己的执着劲儿，她的心瞬间就软化成了甜蜜的糖水。

厨房里一下子安静下来，微波炉运行的声音和炖汤的扑扑声显得格外清晰。客厅里撒满小冬和夏夏银铃般的欢笑。而这一切很快就如潮水般退远，成为遥远的背景。

叶吟风沉醉地抱着文萱，下午他吻她时经历过的那个奇妙世界又回来了。他仿佛重新进入独属于自己的城堡，在那里，没有一件事不是称心如意的，除了缺一个爱侣。不过，他寻觅了那么久，她终究还是出现了。

他觉得他跟文萱好像已经认识了有一辈子那么久了。

"文萱姐！小冬要……"

夏夏尖利的嗓音像一支箭，扎破了叶吟风的梦幻城堡，他猝然仰起头来，与此同时，文萱已经火速推开了他，尴尬地望向厨房门口。

她最先看到的是夏夏手上拿着的一个双耳水杯——那是小冬喝水的杯子——杯子没有像电视剧里演的那样摔在地上，但拿杯子的那只手却在剧烈抖动。

文萱的目光缓缓上移，和手抖得一样剧烈的嘴唇以及夏夏那双瞪起的难以置信的眼睛才渐次推入视野。

夏夏早已忘了自己是为什么要进来，她所有的欢乐都被刚才那一幕击得粉碎，她对眼前的一切都感到荒谬和恐惧。

时间在这一刻变得滞重、迟缓，面对面的三个人竭尽所能想从黏稠的状态中挣脱出来，却只是徒劳。

“夏夏。”文萱小心翼翼地、试探性地叫了一声。

那口吻里明显的祈求谅解的意味一下子唤醒了夏夏，她嘴唇哆嗦了几下，却没能说出些什么。

她突然转身，逃了出去，如同被围猎的小兽，慌不择路地寻觅逃亡出口。

“夏夏！”文萱大惊，紧步追出去之前向呆立一旁的叶吟风叮嘱，“你看好小冬！”

叶吟风木讷地点点头，完全没意识到文萱是否看得见。

他能预料到夏夏的反应，但没想到她的反应居然如此之大。面对失控的局面，他第一次产生无力感和对自己抉择的怀疑。

在如浓雾般包围过来的忐忑中，还夹杂着一丝无法忽略的罪恶感。

他完全可以避免这样的局面产生，只要他耐心一点，循序渐进一点，就可以不刺激到夏夏。

但他没有，他忽然无比清晰地意识到，自己是故意这么干的，在紧拥住文萱的那一刻，他甚至期待夏夏的出现。

他不明白的是，自己为什么要这样做？

如果是因为和文萱的恋情让他感到了压力，他似乎也没必要将之转嫁到无辜的夏夏身上。

他费力地摇了摇头，闭上眼睛的同时，仿佛在黑暗深处窥见一个卑劣的自己。

是的，他早就明白夏夏对他的感情，也清楚他的行为会带给她怎样的伤害。他必须承认，他是希望从夏夏破碎的目光中寻求到一丝难以言说的慰藉。

然而，当这一切真的发生，当夏夏用惊恐的目光看向他们时，他发现自己竟难以承受。

客厅里，小冬还坐在沙发上，表情严肃地盯着玩具，一声不吭。

叶吟风走过去，抚抚她的脑瓜，她破天荒没躲，也没抬头看他一眼，周遭发生的一切都跟她无关。

他在小冬身旁坐下，手肘撑住双膝，双手抱着脑袋，感到异常的疲倦。

对于感情，他一直希冀能够与众不同。他无法容忍平淡世俗的婚姻观念。与其平庸，不如索性没有。

现在，他的爱情果然轰轰烈烈，且正如泡沫般膨胀开来，而他却感觉不到一丝激越。

他向着暗纹的木质地板勾勾嘴角，发出苦涩的微笑。

文萱飞身奔到电梯口，电梯已经下行，她等不及，返身朝楼梯跑，半道上一只拖鞋没勾牢，噼里啪啦一路滚下去，她也只能狼狈地赤脚往下赶。

出了楼洞，她左右张望，夏夏的身影出现在前往小区侧门的路上，她慌忙追上去："夏夏！夏夏！"

夏夏听到她的叫唤，脚步越发飞快，很快就出了侧门。文萱穿拖鞋，跑得吃力，见她如此任性，不免愠怒："郭夏夏！你站住！"

这突如其来的一嗓子惹得不少路人都被震住，夏夏也终于在路边停下脚步，不过她不是被文萱的怒喝叫住的，而是突然发现自己手上还拿着小冬的那只水杯。

文萱追至跟前，喘息急促，她想去拉夏夏的手，却被用力甩开。夏夏满腔愤怒赫然化为两行泪，无声地从脸颊上滚落，凄楚得令人不忍。

感觉到文萱在打量自己，夏夏倔强地扭过脸去，不给她看自己落魄的表情。满心想的都是文萱曾跟自己开的各种关于叶吟风的玩笑。

夏夏的心里本就有颗种子，文萱还用调侃给种子浇水施肥，等它终于茁壮成长起来，果子却被文萱采了。夏夏此刻恨极了她。

文萱放柔声音："夏夏，我知道我现在说什么你都听不进去……我就问你一句：如果你是我，如果一个你喜欢的男人向你表白，你会因为这样那样的理由拒绝他吗？"

夏夏哑然，心里乱成一片，恨意却减淡了不少，但没有烟消云散。她知道自己辩不过文萱，也不想跟她辩，输了就是输了，说什么都是废话。她难受的是自己竟然输得这样懵懂无知，像个傻瓜。

她把水杯用力往文萱怀里一塞，抬起手背擦擦泪水，转身头也不回地跑了。

文萱对着她离去的方向长长叹了口气。

回到家，叶吟风还呆坐在沙发里，见她回来，闷声问："她怎么样？"

"很伤心，哭了。"

叶吟风眉宇间颤动了一下，像被针扎了似的。

文萱想换鞋，脚一抬，才发现自己刚才正是穿拖鞋出去的，她最喜欢的一双绣花软底拖，出去狂奔了一圈回来已经不像样，她又找了双干净拖鞋换上，然后走到叶吟风身边，伴着他坐下，目光盯牢他复杂的神色。

"夏夏是个好女孩。也许……你的选择是错误的。"她的语气平静如水，像在说别人的事。

"胡说什么！我自己的事难道自己不知道？"叶吟风重重叹了口气，恢复了些许生气，苦笑自嘲，"多少年没这么尴尬过了。"

文萱把目光从他眉宇间转开，低头笑，再仰起脸来时，神色明朗了许多："年轻女孩在感情方面吃点小苦头不一定是坏事，将来再遇上难关，会慎重不少。"

"是吗？"叶吟风被她的情绪感染，也笑了笑，尽管有点勉强。

"我们吃饭吧！"文萱探身过去问小冬，"小冬是不是饿坏了？"

小冬不觉得饿，摆弄着玩具，头也不抬："我等夏夏阿姨回来。"

"阿姨有事走了，不会回来了。"

"阿姨的包还在。"

文萱转眸，夏夏的帆布背包果然孤零零地躺在沙发角落里。

"你走的时候记得把她的包拿走，明天带去公司给她吧。"文萱叮嘱叶吟风。

"嗯。"叶吟风朝夏夏的包也瞥了一眼，那被洗得看不出确切颜色的包面儿和周遭的一切都格格不入。

第五章 狭路相逢

叶吟风一夜没睡好，第二天早早地去了公司。

夏夏的位子空着，他把她的帆布包搁在椅子里，又给她留了张字条："到了请进来找我一下。"

往办公室走了几步，他又折回来，把字条拾起，看了一眼后捏在掌心里团成一团。

一进入公司环境，各种熟悉的规则就从混乱中凸显出来，给人底气。他觉得自己实在没必要对一个员工如此低三下四。

心不在焉地在办公室里坐了二十多分钟，就有人敲门，叶吟风神经立刻绷紧，还没喊"请进"，门就被推开了。

进来的果然是夏夏，眼帘低垂，手上捏着一张A4纸，虎虎生威地走向他，把纸放他桌上，语气生硬："叶总，麻烦你签字。"

叶吟风没立刻去看纸上的内容，眉峰堆起："昨晚给你打电话为什么不接？我们都很担心你。"

夏夏撇着嘴不说话，眼泡红肿，显然昨晚哭了不止一回。叶吟风见状心又软了，叹口气，低首去看她呈上的文件。

不出所料，是辞职信。

"如果你每次遇到不顺心的事就想着要走，多少家公司都不够你换的。"叶吟风平静地把辞职信递回给她，"我不会批的，你先出去，好好冷静一下我们再谈——郭夏夏，做人做事不能太孩子气。"

夏夏没有伸手去接。

叶吟风温和的教诲再次让她想哭，可是今非昔比，往日所有的甜蜜在今天回想起来都被打上了残酷的烙印，可笑的是她曾经如此珍视那些回忆。

她缓和了下情绪，终于敢直视叶吟风了，尽管只坚持了短短数秒。

“叶总，如果没有昨晚的事，辞职这种念头我想都不会想。但我不是一时冲动要走……如果留下来，我不知道以后该怎么面对你。”

她忍住哽咽，停顿片刻继续说：“我也明白，这不是你的错，也不是……她的错，是我太傻……可事到如今，我没法再把心情倒转回去，更不知道要怎么跟你们相处，我只能离开……请你谅解。”

叶吟风早已看出夏夏是用强撑的意志在维持与自己的交流，他心里也不好受，辞职信在两手之间换来换去，最后仍落在桌上：“既然你是这么想的……好吧，我同意。”

“谢谢。”她的声音低不可闻。

“你先出去吧，我跟人事部沟通过后再找你谈。”

夏夏走出去，和往常一样小心地关门，她凄凉的表情像心有不舍，叶吟风全看在眼里，只觉得遭遇一道无解题。

目光重新落在辞职信上，短短几行字，平板的格式用语，而他却仿佛穿透这张纸，回顾了夏夏来公司后的二百多个日日夜夜，她的笑声时常伴随在自己耳边，他应该也是有点不舍的吧。

叶吟风再次叹气，取笔在辞职信末端签上自己的批复和名字。

从递上辞职信到离开公司，前后不过两三天，叶吟风给夏夏一路大放绿灯，她就这样从迈信的世界里火速消失了。

耳根却并未因为离开而清净，隔三岔五的，总有一些与夏夏交好的前同事们打来问询电话，而她那几句干巴巴的官方解释显然满足不了大伙儿的好奇心，最后她实在受不了各式各样的盘问，索性让手机长期处于关机状态，世界从此安静了。

但人失意的时候都是需要宣泄情绪的，夏夏也不例外，前同事不能找，她当然只能去找“毒舌”晓春诉苦了。

晓春有个优点，懂得防微杜渐，不过一旦事情发生了，她倒也不得意扬扬地穷追猛打，用她的话说是：穷寇莫追。

“你那老板，哦，不对，应该是前老板了，我之前不就告诉过你，他绝对属于那种外表淡泊内心骚动的男人，普通女孩入不了他法眼的。还有那个女人邱文萱，一看就极有心计，你哪是她对手啊！我这双眼睛毒就毒在看人准！”

虽说听密友抨击“情敌”心里很爽，但理智告诉夏夏这样是不对的。况且，他们被评价得越恶毒，就越彰显出自己的愚蠢。

“不提他们了，反正以后跟我没半点关系了！”夏夏没精打采地吸吸鼻子，“我现在最要紧的事是找份新工作。”

夏夏的本性乐观，不会在一件事上反复纠缠，虽然偶尔一念起来依然会觉得感伤，但她决定用找工作来治愈感情上的创伤。

她毕业后的第一份工作是他们系里手眼通天的主任帮着安排的，她没把握好，丢了。之后遇到叶吟风，顺顺当当就进了迈信。于是她想当然地以为找工作是个顺理成章马到成功的活儿。

可她显然低估了跳槽的难度。

投出去的简历偶尔有回音的，也在面试过后杳无音信。面试官对她半年内做了两家公司心存顾虑，而她给出的离职理由又显得牵强。

“你的基本情况我们已经了解，有进一步的消息我们会再电话联络你。”面试官笑吟吟的客套过后，基本都没了下文。

折腾了半个月仍然一无所获，夏夏才真的急了。

晓春安慰她：“现在快年底了，很多人都憋着劲儿呢，都想等领完第十三个月的薪水才挪窝！你要耐心一点儿，等元旦一过，保证会出来一大批新岗位。”

“我等不了！每天这么蹉跎着，晚上觉都睡不好！”

“所以说你性急嘛！与其这样，不如当初在迈信咬牙熬到年尾，真是可惜了给你涨的工资！”晓春一毒舌完，又觉得有点过分，赶忙往回找补，“你要实在着急，就把目光放远一些，别总是盯着那几个行政职位，只要觉得自己可以干的，你都可以去投投看，比如物流采购什么的，要勇于尝试嘛！”

这天晚上，夏夏一吃过晚饭就盘腿坐在床上，搜肠刮肚把自己的长处、能力全罗列出来，居然也有大半张A4纸那么多，心情顿时好了不少。

自己怎么也算正规大学本科毕业出来的有为青年，有理想、有素养、有节操，怎么会被区区一份工作给击垮呢？

上网浏览到夜里十点，于眼花缭乱中搜索到十几个可以一试的岗位，她最中意的是某家公司的韩语翻译。

大三下半学期，她闲着没事干，兼之那会儿狂迷韩剧，为了能听懂原版剧情里的台词就去报了个韩语班，且学得挺刻苦，一年后，已经能跟学校的韩国留学生进行简单的语言交流了。

真是福灵运至，简历投出去第二天，夏夏就接到中介公司电话，要她去面试韩语翻译的岗位："明天下午一点，记得带好身份证到群新科技公司人事部找一位姓陈的小姐。"

夏夏一呆："你是说……群新？"

"是啊！有什么问题？"

"是做通讯设备的那个群新吗？"

"嗯。咱们三江还有第二个群新吗？"

"可我，我以前在迈信做过……迈信和群新是竞争对手。"

"哦，那你跟迈信签过什么保密协议或者是像竞业条款之类的文件没有？"

夏夏回忆了下，如实答："那倒是没有。"

她虽然是叶吟风的助理，可公司核心的文件从来都是叶吟风亲自整理的，她充其量不过是个生活秘书罢了。

中介松了口气："那不就行了！只要没签协议，迈信约束不了你。你好好准备吧，我不妨实话跟你说，那边负责招聘的部门经理对你挺满意的。"

"真的？"夏夏一喜，信心大增。

中介禁不住笑："到目前为止，投过去的简历就你的那一份，他们这次要人又急，不出意外的话，你后天就能上班了。"

中介诚不欺人，三天后，夏夏就成了群新的一员。

群新这么急着招韩语翻译，是因为有家韩国客户打算在圣诞节前夕来拜访公司，夏夏的新老板——销售一部经理雷明阳给了她一堆客户资料，叮嘱她务必好好准备，到时是需要她在现场作同声翻译的。

夏夏一听就吓得不轻，没想到自己初上任就接这么大的活儿，差点就想撂挑子溜了。转念一想，不能这么怯场，人就得迎难而上，才能有所进步。

在接连两晚上失眠后，她对翻译的事总算心里有了底。每天一下班就在家重温《城市猎人》，美其名曰培养语感——尽管看片时注意力经常会被里面的花样美男所牵引。

撇开翻译上的压力，夏夏在群新适应得不错，她属于那种跟谁都能搭得上话的女孩，人又踏实乖巧，交给她的事儿总是认认真真做完，从不偷奸耍滑，所以很讨上司雷明阳的喜欢。

他们部门大多是男性同事，平时神龙见首不见尾，仅有一名销售助理也是女孩，替整个部门打杂的，叫王静。

王静其人一点儿都不安静，特爱谈论八卦，夏夏一去，两人想不熟络都难。

“在咱们公司，别的事你不知道也就算了，但销售二部的肖琪你可千万不能得罪。”

“那是为什么？”夏夏睁圆了眼睛虚心讨教。

“她跟咱们田总是那个……”王静挤眉弄眼，“反正你懂的。”

夏夏会意，但颇有些不认同，毕竟群新的老总田敬宜都一把岁数了，而且肯定有家室。她笑着调侃：“不是说兔子不吃窝边草吗？”

“什么窝边窝外，只要是草，现在的兔子都吃！”

夏夏见过肖琪一面，挺爽朗的女子，给她的印象不坏，因此还是不太愿意相信：“那……你怎么知道他们有一腿？”

“这问题可算问到点子上啦！”王静眉飞色舞，“有次她得罪了田总，本来田总都要请她走人了，没想到，她当天下午打扮得花枝招展地就进了田总办公室，半个小时后才出来，后来你猜怎么着，立马官复原职！”

夏夏听得目瞪口呆：“神速啊！”但心头的迷惑依然挥之不去，“也不见得他俩就是来真的吧，田总看上去不像那种人啊！”

夏夏来群新第三天，恰逢在走廊上遇见田敬宜，雷明阳还特意帮她做了引荐。

田敬宜干瘦、黑，面容有点严肃，但对新人挺和善，笑容慈祥得像看小辈，夏夏对他印象也很好。

“人不可貌相嘛！”王静眉头忽地一拧，“不对啊，田总这两天又不在公司，你怎么会见过他？”

夏夏惊异：“我昨天刚在走廊上碰见他，雷经理还给我们互相介绍了呢！”

王静这才恍然大悟：“嗨！我说的田总不是老田，是小田——咱们销售部的总监田宁！他在广宁出差，后天才回来！”

“原来如此！”夏夏放下心来，频频点头。

“田宁”这名字她颇为熟悉，在迈信时，崔友新和叶吟风没少念叨。不过跟自己没什么关系，反正她的直接老板是雷明阳，她踏实跟着雷经理做事就行了。

夏夏转身就把这茬儿给忘了，直到两天后她来上班，兴冲冲经过一排经理办公室时，冷不丁从其中某间蹿出个人影来，身形高大，走路有风，像被谁扔出来的一枚手榴弹。

夏夏与他擦身而过时，隐约觉得那张脸有几分眼熟。

仿佛心有灵犀，她回过头去想再确认时，那人也正扭过脸来看她，两人的脸上都带着类似的疑惑，目光在空中相撞时，对方犀利的眼神猛然点醒夏夏的记忆。

这不就是一个多月前，她跟叶吟风吃饭时遇到的那位煞星一样的人物么？

她吓得一哆嗦，慌忙转过脸来，步履匆匆往前走，脑子可一刻也没闲着。

夏夏智商虽非出类拔萃，但几个片段一串联，她很容易就猜出这人就是迈信目前最重视的竞争对手，也就是群新的销售总监田宁——叶吟风曾经的朋友，现在的敌人。

如果田宁和她一样还记得那天彼此打过照面的话，以他和叶吟风目前的关系，自己在群新岂不是……

夏夏禁不住仰天长叹，果然是应了那句老话：冤家路窄。

田宁一回来，整个销售部立刻就热闹起来，几乎所有格子间都填满了人，王静跑前跑后通知开会、复印资料，忙得不可开交，雷明阳让夏夏有空帮帮她，夏夏自然也乐意，只是每次经过田宁的办公室时，总低眉敛目，不敢东张西望。

王静见状担心地问：“夏夏，你怎么了？胃不舒服啊？”

夏夏将计就计，立刻捧着胃部艰难点头。

“那你别去了，还剩两份东西，我很快就能复印完。”

夏夏刚想开溜，王静又道：“对了，你经过田总办公室时记得跟他说一下，他要的东西都齐了。”

“啊？！那，那，还是你去说，我来复印好了。”

“你不是胃疼么？”

“现在好多了，呵呵，真的！”夏夏抢过复印资料就跑。

傍晚的会议要求部门所有的职员都参加，夏夏只得硬着头皮去了会议室。所幸人多，她挑了个最不起眼的位子坐好，膝上摊了本笔记本，作出虔诚记录领导讲话的老实相，妄图借此泯然于众。

偏偏雷明阳多事，在轮到他发言时，特意把夏夏拎出来“过堂”，隆重地给众销售介绍了一番这位新来的韩语翻译。

夏夏一颗心扑通扑通地跳，低垂着头，只恨无物可以遮蔽，配上雷明阳的旁白，活似审判大会。

田宁双臂抱在胸前，冷眼打量她，渐渐地，早上困惑的迷雾驱散开去，眼眸里光剩下了然。

好容易熬到会议结束，夏夏随众同事一起回到部门，王静跟几个难得露面的销售嘻嘻哈哈开着玩笑，她则失魂落魄呆坐在电脑前，寻思接下来这日子该怎么过的问题。

按说自己也没干什么亏心事，犯不着躲躲闪闪的，可一想到田宁那双鹰隼般锐利的眼眸，她又忍不住心惊肉跳。这人一看就是个没多少肚量的家伙，他能容忍一个昔日伴在叶吟风左右的员工？

雷明阳从外面走进来——他散会后就被田宁叫去单独谈话了。

夏夏故意不看他，心存侥幸地希冀他能打自己身边经过，忙活他该忙活的去。

可雷明阳的脚步还是在她桌子前停了下来：“夏夏，你到我办公室来一下。”

夏夏一哆嗦，有点绝望地站了起来。

进了门，雷明阳在自己的椅子里坐下，仰头吩咐夏夏：“把门关上。”

夏夏忐忑地将门关上。

“坐下说吧。”雷明阳盯着她叹了口气，“你能不能告诉我，你在迈信究竟是做什么的？”

夏夏的脸涨得通红，嗫嚅着说不出话来。

面试时她还是对自己的履历做了点儿技术性处理。

互相竞争的公司之间员工流动本是极平常的事，但秘书这个职位多少有点敏感，出于谨慎考虑，夏夏采纳了晓春的意见，没明说自己是迈信总经理的秘书，只含糊称在行政部干一个打杂的差事。

雷明阳要人心切，又见这姑娘乖巧机灵，也没仔细盘问就收了。

“刚才田总都跟我说了，他说你做过叶吟风的秘书。”

夏夏不敢吭声，可怜巴巴地望着雷明阳。

“夏夏，我对你印象一直不错，你做过谁的秘书我其实无所谓，不过……”雷明阳再次惋惜地叹气，“田总比较在乎这个，所以，我很抱歉……”

夏夏急了：“雷经理，我是做过叶吟风的秘书，可这有什么关系呢，我没干过任何对群新不利的事呀！”

“你别激动，你说的这些我都能理解，但……这是田总的意思，我也很为难。”雷明阳无奈地摇着头。

夏夏的心噌噌往下坠，坠到底后，害怕没有了，愤怒之火却开始熊熊燃烧，她蹭地站起来，用力过猛，椅子差点翻掉。

雷明阳错愕地望向她：“你，你想干什么？”

“我找田宁去！”她提着小拳头，像个慷慨赴义的战士那样，转身一阵风似的奔了出去。

田宁正在办公室跟几个下属说笑，就数他分贝最高，有点旁若无人的味道。一句话没讲完，夏夏就像把利剑一样劈进来，瞬间斩断了房间里的欢快。

“什么事？”田宁高傲地昂着脑袋明知故问。

“田总！我有话要问你！”因为激动，夏夏发出的是一串颤音。

在她身后则是追过来的雷明阳，气急败坏地想阻拦夏夏：“郭夏夏！你怎么跟个孩子似的！”

田宁手朝雷明阳一挥：“明阳，你别拦着她，她有话你让她说！”

周遭围观的人越来越多，连办公室门口都挤满了脑袋。

“你，你凭什么让我走？”

田宁的身子悠闲地往后一仰，双手抱在后脑勺上：“因为你是叶吟风派来的奸细！”

室内外顿时爆发出一阵大笑，宛如一出闹剧。

夏夏的脸越发红了，除了一开始燃起的愤怒，此刻又增添了耻辱，她忽然觉得自己的确很幼稚，跟一个老油子去谈什么公正，简直就是对牛弹琴。

“田总，恕我直言。”她的声音出奇地平静下来，“不管你想跟叶吟风比什么，你都会输。”田宁开心的笑靥略微一滞，冷冷注视着她，旁边也没人敢笑了。

“因为你缺乏他那样的眼界和胸襟。”夏夏深呼吸，换一口气，把余下的话说完，“你既小气又狭隘，下结论全凭个人好恶，根本不屑去好好考虑是不是应该那么做！你这样做事，真不知道群新在你手里会变成什么样！”

“夏夏……”雷明阳捏着一把汗又叫她一声，意欲阻止，但其实无济于事。

夏夏用力扯下胸牌，往田宁桌上一掷：“用不着你赶，我自己会走。因为在我看来，这家公司没前途！”

在重多瞠目结舌的围观者的注视下，夏夏昂首挺胸走出了田宁的办公室。

一连几天都下雨，淅淅沥沥的缠绵雨水落得夏夏心里也跟着湿漉漉起来。

上午九点，舍友都上班去了，出租房里静悄悄的。

夏夏没精打采地起床，一眼瞥见案上一摞厚厚的翻译资料，不禁又长长叹了口气。在群新那短短的一星期仿佛是上辈子的事了。

在田宁办公室上演的精彩一幕并未给夏夏带来任何实质性好处，除了痛快了一下嘴巴，随之而来的仍然是失业的苦恼。

她找晓春诉苦，可这姑娘最近跟她的小学同学正猫捉耗子般玩得火热，夏夏大倒苦水时，她则撑着半边脸，面庞上荡漾着捉摸不透的迷蒙笑意，完全没把夏夏的话听进去，更别提安慰到位了。

夏夏不免感慨，甭管平时多彪悍的姑娘，只要一怀春，全都一德行。

洗漱完毕又吃了杯麦片，她开始考虑一天的安排。主题当然还是找工作，虽说时局艰难，但为了三餐不得不振作精神，重新投入新的角逐。

她坐到电脑前，顺便扫了眼久无动静的手机。这只破手机也是势利，平时响个不停，自己一失业，它也跟着哑巴了，真是墙倒众人推。

刚腹诽完手机，手机居然不服气地响了，夏夏激动地抓过来，一看来显顿觉泄气，是雷明阳打来的，估计是离职手续有什么遗漏，通知她去补办。

“夏夏，你还没找到新工作吧？”雷明阳笑呵呵的，口气挺轻松。

夏夏也苦笑：“没呢，我又不是香饽饽。”

“那你回来吧。”

“啊？！”

“我们田总搞清楚了，你和迈信确实不再有任何关系，呵呵。田总这人其实还是蛮讲道理的。”

夏夏一时难以接受，双颊热乎乎的："可我那天都，都说了那样的话，他怎么可能还……"

"夏夏，其实你小看田总了，他如果真像你说的那样，老田怎么可能把最重要的业务交给他呢！总之你就别乱想了，随时欢迎你回来——除非你自己不愿意！"

"我，"夏夏如鲠在喉，千言万语最终轻轻化为一句，"当然愿意了。"

重返群新，夏夏简直成了名人，走哪儿都有人笑吟吟地跟她打招呼，她的脸一下子成了寒暑表，不停地红了白，白了红。

王静悄悄给她透露八卦："你这次能回来主要还是老田发威了，他也觉得咱们田总在你的事情上处理得太草率。不过面子上还是让田总把你召回来。你以后见着田总要小心一点，别给揪到什么把柄！"

夏夏回来后，田宁倒是召见过她一次，表情语气都很正经："让你回来没别的，雷明阳对你印象不错，为你说了不少好话，而且，"田宁顿一下，"你的脾气也挺对我胃口，我比较喜欢有话直说的人。"

夏夏被夸得不好意思，正要说点儿什么，一眼瞥见田宁眼里满满的揶揄，立刻又把脸窘红了，思路完全找不着北。

田宁也没兴趣听她表达感激，抬抬手就放她走了。

历尽劫波重返故里，日子倒也不算太难过，但人怕出名猪怕壮，身为群新的新闻人物，夏夏是再也过不上初来乍到时那种逍遥自在的日子了，她于是暗下决心，只要有机会，还是得离开群新。

没几天后，夏夏接到迈信人事部小双的电话，她也是消息灵通人士。

"夏夏，你在群新还好吧？"

"还好。"

"田宁有没有再为难你？"

"没。"夏夏一阵别扭，"你怎么知道？"

小双咯咯地笑："你在群新的遭遇，整个迈信的人都知道了，绝对算头条新闻！哦，连叶总都听说了！"

一提起叶吟风，夏夏的脸色就不由自主地起变化，她不想听小双多讲，赶紧抢过话语权："你们那儿怎么样，都挺好的吧？"

"老样子呗！就是你的位子一直没人顶。现在那些杂活儿都是我和艳艳我们几个帮着分担掉的。”她压低嗓门，“叶总要求可高了，横挑鼻子竖挑眼的，简历都看了两大摞了，居然挑不出一份可以面试的。这全都得怪你，当初把这个工作做到绝顶了，曾经沧海难为水啊！”

小双虽然是开玩笑，夏夏心里却难免再起酸楚，叶吟风昔日的好历历在目，只是她跟他之间从此隔着万重山水，再难有心心相印的感觉。

“还有啊，我那天吃饭碰到徐景，他还兜来转去跟我打听你来着。”小双叽咕叽咕地低笑，“夏夏，你看人家对你痴心不改，要不要认真考虑考虑？”

要不是小双提起来，夏夏都快把徐景给忘了，笑了笑说：“你什么时候改行当起红娘来了？”

小双笑得正欢，格子间外人影一晃，她慌忙低语：“不跟你说了，下次约你出来玩！”就匆忙挂了电话。

叶吟风将一叠资料递给小双：“各复印五份。”

“好的，叶总！”小双捧过资料，又殷勤地加一句，“以后您有什么要做的打我电话就可以了。”

叶吟风扫了她一眼，慢悠悠道：“你刚才电话占线。”

小双的脸顿时红成了霜叶色。

“复印好了，原件给我，复印件直接交给金总。”叶吟风嘱咐完，见小双还一脸难堪，遂柔和地一笑，“谢谢！”

叶吟风回到自己办公室，没有立刻进入工作状态，站在窗边发了好一会儿呆。

夏夏走了有半个月了，也许她走得太突然，自己一下子适应不过来，总有种怅然若失的感觉。

有两个晚上，他独自留在公司做事，干到投入时不假思索抓起电话拨夏夏的分机，电话响了好几声无人接听，他才陡然醒悟过来。

每当举杯饮到一口冰凉的茶水，他就会意识到有夏夏的日子已经一去不复返——她在的时候，他杯子里的茶水永远都是温热的。

她不过在这儿待了半年多，却几乎在所有事物上都抹上了她的印迹。

他竭力想把自己从惆怅的心境中拽出来，他不过是失去了一位能干的秘书而已。可这种自我劝解太缺乏说服力。他又何尝不明白，他跟夏夏之间除了普通的雇佣关系，还有友谊，还有——伤害。

有人敲门，轻柔且有节奏，他振作精神："请进。"

进来的是小双，给他送原件来的。

叶吟风矜持地点点头："放桌上吧。"

小双放下文件回身欲走。

"小双！"叶吟风叫住她，"把你们上次挑出来的简历再拿来给我看看。"

"招聘秘书的？"

叶吟风点头。

小双绽开笑颜："好的，我马上去！"

过去的就让它过去好了。叶吟风转身，长长呼出一口气。

夏夏的翻译工作量很小，尤其是在韩国那家潜在客户取消来访之后。

"他们的董事长突然得了很重的病，业务扩大的计划不得不暂停。"雷明阳这样给她解释。

"那，那以后还会来吗？"夏夏紧张起来，这可关系到她能不能保住饭碗的问题。

"现在还很难说。"雷明阳注意到夏夏的不安，笑道，"你放心，过了田总那一关，没人会再赶你走的。"

夏夏咧着嘴乐，经过和田宁那"一战"，她现在脸皮也厚了很多："雷经理，以后王静有什么忙不过来的，尽管给我做好了。"

"呵呵，这个当然。不过呢，"雷明阳话锋一转，"你也不能只帮王静做事，这样销售二部会有闲话的。反正你这么有眼色的姑娘，有活儿过来你麻利地干就是了。"

"明白！"夏夏唱一个喏。

就这样，她彻底沦为部门的打杂工。整个销售部都知道有这么个随叫随到的小喽啰，谁不乐意使唤？

天长日久，雷明阳看夏夏在两个部门之间来回周旋，忙得瘦了一圈，难免心生不满。怎么说夏夏也是他的手下，销售二部有几个人使唤起她来却比自己还狠。

他去找田宁商量，田宁倒爽快："既然这样，把郭夏夏给我就是了，我这儿正缺个助理呢！"

夏夏听说要去给田宁打下手，着实吓得不轻，缠住雷明阳死活不肯挪窝："我觉得现在这样就挺好，真的，雷经理，我就喜欢在你这儿干活！"

雷明阳弄巧成拙了还不能抱屈，挠着头皮安慰夏夏："你现在的位置吧，说实话挺尴尬，名不正言不顺，田总把你调过去也是好意，将来升迁机会大。"

夏夏苦着脸听不进去。

雷明阳明了她的心思，呵呵一笑："夏夏，你还真没必要怕田总。上回你当着那么多人的面给他上眼药他都没拿你怎么着。"

"怕就怕，"夏夏喟然长叹，"他现在才开始报复啊！"

令来如山倒，最终还是得服从，夏夏硬着头皮去田宁那儿报到，并被隆重地安排在田宁办公室门外的座位上，她往左右两边一瞧，几个总监办公室都是这样布局，秘书坐办公室门口，虽然个个神色自若，夏夏还是觉得特扎眼，心里嘀咕："整得跟看门狗似的。"

想她在迈信时，叶吟风的安排多人性化，秘书都给安排在统一的格子间里，只不过离自己老板近一些就是了。

田宁原来的助理新近刚转去做了采购，是个看起来挺厉害的女孩，她嫌做秘书没前途，跟夏夏交接的时候还给她指点迷津："注意跟田总搞好关系，将来瞅准喜欢的岗位，去申请起来有田总在后面撑着，成功率百分之百。"

夏夏频频点头。

总监助理的工作比总经理助理清闲多了，无非是端茶送水，打个文件之类的。只是田宁的个性委实难跟叶吟风媲美，动不动就对夏夏冷嘲热讽，夏夏牢记前助理的警言，硬生生把顶他的话给咽回喉咙里，她真担心，时间长了，自己会不会得咽喉炎。

八小时以内的折磨倒也罢了，偏偏田宁还不让她准时下班，留在位子上又没什么事做，夏夏觉得自己真成一条傻乎乎的看门狗了。

有天下班前，她按捺不住，跟田宁提了这个问题："田总，我以后能不能有事才加班，没事就准点下班？"

田宁抬头瞥她一眼，阴阳怪气道："你在叶吟风那儿不也是这么过来的？哦，合着帮他做事你就乐意，到我这儿就有意见了？"

"我在叶总那里也是有事才加班的。"夏夏不卑不亢。

"行啊！那以后我多给你找点儿事做，可以了吧？"

夏夏气得眼冒金星，她越来越确信田宁把自己调过来就是为了打击报复。像他这样气量狭小的人被自己当众呛了，怎么可能善罢甘休？

"你还有什么话要说？"田宁得意扬扬地盯着夏夏。

"你让我明白了一个道理，"夏夏磨着牙，嗓音不高但很清晰，"天下乌鸦一般黑，你，你比乌鸦还要黑！"

"哟呵！你……"田宁还没组织出反击的话语，夏夏已经甩头出去了，还把门关得山响。

"奶奶个熊！还反了你了！"

田宁甩了笔从椅子里跳起来，想追上去再跟她斗几句嘴，但反驳的话怎么也串不起来，只能叉着腰站在门后面吹胡子瞪眼。

夏夏拎上包轻松地出了公司，直奔超市。甭管什么权益，都得自己争取了才会有。

路上，她也曾短暂担心过有无被开除的可能，不过立刻就作出否决。田宁只要一天没占到自己便宜，他就一天不会让自己离开——她对他的小人心理很有把握。

所以，她以后也得相应调整策略，不能听前助理的话一味奉迎，那样不仅憋屈了自己，说不定哪天田宁觉得欺负够自己了，就把她扫地出门了。

一路谋划着到了超市，夏夏走路生风，只觉得自己浑身上下都充满斗志，超市门内迎面扑来的浑浊空气和熙攘人群都让她感到亲切不已。

选完萝卜白菜，夏夏又去挑水果，一个理货员正把新到的苹果往大木框里倒，周围挤满了顾客，她也伸长脖子凑过去。

衣摆不知被谁扯了扯，她诧异地扭头，没人，再低头，见一个小不点儿正仰脸盯着自己。

"小冬！"她情不自禁喊了一嗓子，再环顾四周，没有文萱的影子。

夏夏从人潮里退出来，蹲下身去问："你怎么一个人在这儿？"

"夏夏阿姨，我想你了。"小冬总是答非所问。

夏夏的眼眶蓦地潮湿，很多情绪一时无法厘清，她吸吸鼻子道："我也想你。"

"小冬！"文萱从冷藏食品那头跑过来，一脸惊慌的神色，"你怎么乱跑！"

看见夏夏，文萱添了一丝尴尬："夏夏，原来你也在这儿。"

夏夏也别扭起来，松开小冬的手，神情生疏了不少："我该走了。"

文萱不知说什么合适，笑着点点头。

在小冬眼巴巴的注视下，夏夏推着小车转身离去。

文萱望着她的背影出神。

“你怎么了？”叶吟风的声音陡然在耳边响起，“刚给你打电话也不接？”

文萱回过神来：“你打电话了？我没听见。”

掏出手机来查看，果然有两个未接来电。

叶吟风笑她：“在想什么呢，这么入迷？”

“没什么。”她自顾自调高手机音量，“去看看糖果吧，小冬说要吃一种装在圣诞靴里的巧克力糖……”

从超市出来，叶吟风把几个袋子搁在文萱脚下，他去地下车库取车。小冬不安分地在街边走来走去，文萱抓都抓不住她。叶吟风见状，折回来把小冬抱上。

“小冬还是陪叔叔一起去取车吧！”

小冬在他怀里扭了几下就屈服了，她现在已经不畏惧叶吟风了，但总难跟他亲热得起来，叶吟风为此正作着不懈的努力。

“小冬，为什么糖果放在圣诞靴子里会特别好吃？”

“因为那是圣诞老人的靴子。”

“可是糖果是一样的糖果啊！”

“那是圣诞老人的靴子。”小冬再次认真地强调。

“好吧。”叶吟风耸肩，换个话题，“你的糖果愿意跟别人分享吗？”

这个问题让小冬思索了好一阵，她忽然没头没脑地说：“夏夏阿姨。”

“嗯？”叶吟风愣了一下。

“刚才看见夏夏阿姨了。”小冬口齿很清晰。

“在……超市？”

小冬重重点头。

叶吟风的心猛烈地跳动起来，文萱恍惚的神色，以及自己此时强烈的反应都让他感到不安，仿佛有种未知的雾霾正悄悄向自己包抄过来。

第六章 短兵相接

“郭夏夏，进来！”

“哦！”

田宁走路飞快，等夏夏小跑进办公室，他已经跷着脚坐在办公桌后面了：“你照这张单子把礼品买好了，一家家给我送过去，这是你本周的主要任务。下周可就圣诞元旦一起来了！”

夏夏接过单子一看，一长溜名字，每个名字旁边都备注“女士”字样，右边一列则是风格迥异的各类时尚用品。

“你女朋友真多！”夏夏咋舌。

“你懂个屁！这些都是关系户，跟我没半毛关系！”

“那怎么都是女的呢？”

田宁鄙夷地瞥她一眼：“送礼当然得送关系户的老婆或者女朋友啦！没她们给我吹枕边风，我这生意怎么做？”

夏夏故意把头点得像鸡啄米：“还是您想得周到！”

她转身欲走，田宁又叫住她叮嘱：“别忘了给礼物配束鲜花，花店就用我之前给过你名片的那家。”

夏夏花了三天时间把名单上的太太小姐们都打点到位。最后一天去花店结账时，美丽温柔的老板娘赠了她一束粉色康乃馨聊表谢意，她爱不释手地拿回了公司。

“田总，礼物都送完了！这束康乃馨是花店送的，给您放哪儿？”

田宁正忙活，扫都没扫一眼，抬手在空中不耐烦地掸一掸：“随便找地儿搁着吧。”

夏夏环顾四周，没有放花束的器皿，她怜香惜玉，跑去问行政部一位大婶要了个玻璃花瓶，接好水放在田宁办公室的茶几上。

白色的茶几面儿配上粉色的花朵，娇嫩鲜活，夏夏左观右赏，不忍移目："田总，我能要两朵吗？"

田宁这才抬眸看过来，对漂亮的花束无动于衷："喜欢你都拿走好了。"

夏夏欣喜："真的？那我可连瓶子一起端走啦！你别舍不得！"

"你哪来那么多废话！"

夏夏抱上花瓶，吐吐舌头溜了出去。

花瓶往办公桌上一放，立刻吸引来不少眼球，经过她面前的同事都要驻足搭讪。

"哟，夏夏，谁送的花啊？"

"不是送的，是田总屋里挪来的。"

"哇！原来是田总送的呀！"

"不是……"没容她解释完，人家就兴冲冲走了。

半小时后，王静鬼头鬼脑来找她喝茶，两人猫在茶水间里偷闲聊天。

"田总最近对你怎么样？"王静的口气贼兮兮的。

"就那样呗！"

"大伙儿普遍反映，他最近骂你的次数递减，夸你的次数有所增加哩！"

夏夏干笑两声："替我谢谢大伙儿。"

"我觉得吧，"王静用调羹搅拌热热的蜜茶，"我们田总属于那种吃硬不吃软的脾气，他十有八九……对你有意思。"

"有意思？"夏夏仰天长笑，"哈哈，哈哈哈！你才有意思呢！"

"你别不信！"王静对她的态度微恼，"当初肖琪也是在跟他闹过后才被留下来的，看看人家现在混得多好，连着两个季度评上最佳销售了！"

"你不是说肖琪是牺牲了那个才给留下的？"夏夏用两个大拇指互碰一下。

"那是大家猜的。"王静笑眯眯道，"从你身上我明白了，闯老板办公室不一定就是去苟且，也可能是发飙！"

夏夏一回到位子上就把那瓶花又原封不动地挪回田宁办公室。

田宁不满地盯着她忙出忙进："你又折腾什么？"

"这花太惹眼了，还是放您这儿合适。"

"有病！"田宁嘟哝一声，又朝夏夏招手，"你过来。"

等夏夏走到身边，田宁指指电脑屏上自己辛苦半天的杰作，得意地问：“这个图标，你觉得怎么样？”

夏夏横看竖看，觉得很难下评。

“哑巴啦？”

“您要我说实话还是……”

“我什么时候稀罕过你的恭维啊！照实说。”

“我觉得，”夏夏小心翼翼地压低一点嗓门，“看着像坨屎的样子……”

“郭夏夏！”田宁咬牙。

夏夏吓得一哆嗦，赶忙赔笑：“老板息怒，我还没讲完呢！你把线条拉直的话就会好很多。”

田宁足足瞪了她十来秒，才恨恨地把目光转回屏幕，忽然扑哧一声笑出来：“我操！被你这么一说，还真他妈看着像！”

他转眸又看向夏夏：“你以前在迈信，也是这么牙尖嘴利跟叶吟风说话的？”

“没有啊！”

田宁怪笑一声：“那怎么跑群新来脾气就见长了？”

“因为叶总从来没像你这样青面獠牙地对我呀！”

“出去出去！说着说着就狗嘴里吐不出象牙来了！”

夏夏渐渐摸索出和田宁的相处之道来，话越不中听，他还越听得进去。这让她省去不少揣摩上司心思的功夫，乐得直来直去。

晓春也曾问过她对现任老板的印象，她托腮琢磨了半天，思索着说：“他……有点受虐狂的倾向……”

元旦节后，公司紧张的结算气氛有所缓和，不过夏夏知道田宁还在为一家叫“文达”的客户跑前跑后，听说这家公司马上就要开标，群新在那里的根基比较薄弱，但田宁不愿放弃，欲最后努力一把。

功夫不负有心人，开标前两天，文达终于同意让群新去公司给相关人员作一次系统的产品介绍，机会可贵，田宁花了一天一夜精心准备好演讲稿，带着一众手下兴冲冲奔了文达。

夏夏一直以为迈信对文达的项目是稳操胜券的，不知道田宁用了什么法子，居然让他撬开一个缺口。不过说心里话，她还真无法确定自己究竟是希望迈信赢单，还是希望群新赢单。

田宁不在，她自然耳根清净，浑身放松。但好日子没过多久，田宁的电话就来了。

“夏夏，你帮我把办公室里一份标有‘文达方案补充条款’的文件给我送过来，要快！”

夏夏没来得及问细节，田宁就把手机掐了，她再打过去，对方居然关机。

田宁对她多少还是有几分戒备的，所以跟客户相关的资料都不让她经手，今天大概是事态紧急又实在找不着人才会劳她大驾，就连王静都被拉去协调现场了。

夏夏在田宁办公室里翻箱倒柜地找，总算在柜子上的一摞草稿中翻出田宁说的这份文件来，为了不出差错，她还特地把那摞纸从头到尾又翻了一遍，确信只有这一份吻合，才装进文件夹里火速赶往文达。

到了文达，夏夏说明来意，门卫便派了个保安随她一起进去找人。

文达会议室两边的门都关着，不过还是有交谈声从门缝里泄出，保安替夏夏推开门，她忙探头张望，群新技术部的一位经理在台上介绍产品参数，田宁坐在席位正中，正跟文达一位负责人低声交流。见了她，赶忙跟对方打了声招呼便离座出来。

夏夏感觉他脸色不太好看，等她把文件递过去，田宁匆匆扫过一眼后，面部表情就更僵硬了。

“你怎么拿了这个？”他不满地质问。

夏夏一惊：“不是这份吗？可你办公室只有这一份补充条款啊！”

“怎么可能！”田宁意识到自己声音过高了又迅速缄口，捏着夏夏的胳膊把她拖到远离会议室的走廊僻静处，这才一脸愠怒地重新发问，“你没在我桌上找找？”

“找过啦！没有。”

“那我抽屉呢？”

“你锁了！”

田宁骂了句粗话，愤然抖着手上的文件：“这玩意儿根本不对，我要你给我拿的是最终定稿，你心里要没底，干吗不给我打电话？”

夏夏觉得委屈：“你手机关机了！”

“我在跟客户谈话，能动不动就接电话吗！”田宁口气很冲，“找不着我不会找王静？或者找雷明阳也行！你做事动不动脑筋的？”

夏夏有口难辩，索性不再吱声。

田宁把文件往她怀里一塞，气冲冲地扭头就走。

“田总，我可以回去了吗？”

“不回去还等人请你吃饭啊！”

夏夏白了他一眼，没精打采地把文件塞回包里，这趟算是白赶了。

往前走了没几步，她忽然感觉某道门前站着个熟悉的身影，放眸望去，对方正目不转睛地注视自己。

认出是叶吟风，夏夏心头一通猛跳，刚才自己挨骂的窘相想必全给他看见了，脸上顿时红白交替地变换起来。

被田宁骂的时候不觉得，此刻在叶吟风同情的目光里，夏夏才感到如今的落魄，她低着头，一声不吭打他身边经过。

叶吟风没有叫住她，在他身后，负责此次项目的文达负责人正热情洋溢地朝他走来。

从文达回来后连着两天，田宁的脸都绷得像铁板一样又冷又硬，对熊了夏夏一顿更没有丝毫歉意。

王静私下里安慰夏夏：“确实不是你的错。那个文档里的条款田总原来觉得太吃亏，就把它给删了。去文达谈的时候对方偏偏有所要求，为了表明诚意，田总才让你把条款送过去的。不过话说回来，就算有这份东西，文达的单子咱们也赢不了。人家早内定好了，只不过文达总部要求对供应商必须平等，才又把咱们拉过去当陪衬。田总在文达一看见迈信的人就明白怎么回事了，心情一差劲，逮着谁就把气往谁头上撒了呗。你别太往心里去。”

“我没什么。”夏夏撇撇嘴，“又不是第一天知道他这德行了。”

王静笑道：“我发现你挺豁达的。你的前任还被他骂哭过呢！”

群新果真没有拿下文达，消息传来时，田宁正和几个骨干讨论营销策略的话题，因为不涉及商业机密，夏夏被特许旁听。

接完销售从开标现场打来的电话，田宁平静地扫一眼下面：“文达那单，我们输了。”

大家早有预料，但这样的消息总难免影响士气，办公室里一时静悄悄的，仿佛在默哀。

在如此肃穆的氛围里，夏夏的手机不合时宜地响起来，铃声欢快，她慌得连来显都没看清就按了接听键。

“夏夏，是我……叶吟风。”

夏夏一呆，紧张得喘不过气来：“你，你有什么事？”

“郭夏夏，什么人的电话这么重要，非得这会儿接？”田宁阴森森地盯着她，一听就是找碴的口吻。

“我，我开会呢！有事以后再说吧。”夏夏也不等对方说话，忙忙地就把线给掐了，随后抬起头，继续和大家一起沉痛哀思。

田宁瞪她一眼，脸色略有缓和。

夏夏表面泰然，心里却忙活开了，不知道叶吟风打电话给自己有什么事，而且，为什么不早不晚，偏偏在赢了项目的这一刻给自己打呢?

回想刚才听到他熟悉温和的嗓音，夏夏的鼻子又止不住泛酸，她有点恼恨自己，为什么每次见到他或者听到他的声音反应还这么大，她要做的，难道不是尽快把他从自己心里赶出去吗?

叶吟风驻足在办公室窗前。

他是第一次在赢单后产生空茫的感觉，好似漂亮地赢了一场比赛，却不见有人喝彩。

窗外一片迷蒙的雾气，阳光迟迟不见出来。他想，自己一定是受这阴郁天气的蛊惑才会去拨夏夏号码的。

他找她并非有什么事，没别的，只是想问个好。

他曾反复思索，如果夏夏离开后过得很好，自己是否就不会像现在这样心烦意乱?

可事实上，她过得并不好。

那天在文达，田宁的凶狠和夏夏的委屈他都看在眼里，包括她刚才接电话时紧巴巴的嗓音以及田宁的讥讽他都听到了。

他低首，轻轻摇头，像要把残存的内疚甩掉，尽管他明白那不是件容易的事。

他希望自己能为夏夏做点儿什么。但直到日暮西斜，夏夏也没打电话过来。

很显然，她的生活已经不再需要他参与了。

按照惯例，每次签了单叶吟风都要请项目组的成员吃饭庆祝。五点一过，崔友新就带着几个喜气洋洋的年轻人过来邀功。

“叶总，大家等这顿饭等了很久啦！”

叶吟风笑着向他们表达了谢意，但今晚他没心情陪职员们狂欢：“老崔，我今天有点儿私事要忙。不如这样，你先带大家吃顿好的，明天我再做东让大家好好放松一下，怎么样？”

年轻人们不等崔友新表态就齐声欢呼。

大伙儿一走，叶吟风也无心在办公室待着了，他给文萱打电话，得知她还在店铺，小冬也在。

“那我现在过去接你们吧。”

文萱的家饰生意渐渐有了起色，附近居民都风闻此地有位美女老板，纷纷好奇地前来观瞻，给店铺带来不少人气，发财自然指望不上，但总算开始赢利了。

每天下午四点，文萱让新雇的小工帮着看店，自己去附近的幼儿园把小冬接过来，然后母女俩在店里逗留至六点半再打烊回家。有时叶吟风下班早，也会来接她们。

叶吟风驱车到店铺对面的路边，文萱早就牵着小冬的手等在门口了。

天空飘起了雨丝。他没像往常那样下车去接她们，落下车窗向对面招手。文萱见了，立刻将卷帘门拉下，打了雨伞，抱着小冬穿过马路而来。

小冬还像以前那样，见到叶吟风也不叫，只拿眼睛滴溜溜地盯着他瞧，他也并不在意。

文萱收伞，和小冬先后上了车。

“今天倒早。”她的语气是欢快的。

“没影响你做生意吧？”

文萱笑：“我不像你，早打烊一个钟头会丢掉十万八万的——文达的单子拿到了？”

“你怎么知道？”

“看你脸色就知道了。”

“呵呵，你真会察言观色。”

叶吟风驱车右转，汇入一条车流相对少一些的路。他宁愿绕远路也不喜欢频繁地吃红灯。

路况一下子好了很多。

叶吟风道："明天我跟老崔他们有饭局，庆祝赢单，不如你一起来，怎么说你也是迈信的老板。"

文萱面露为难之色，片刻后说："不去了，你们说什么我都不懂，坐在那里怪难受的。再说我还得照顾小冬呢！"

叶吟风也就是这么一说，并无勉强之意，他早就发现，文萱不喜欢抛头露面。

"随你。那就等这个周末，我再单独请你，还有小冬。庆祝你来迈信后拿下第二个单子。"

"谢谢！"文萱抿唇笑。

她转首望向窗外，细雨中的高楼连成一片，里面蕴藏了不知多少间格子，藏着许许多多的人对于家的梦想。

跟广袤的天地比起来，人的需求又是如此渺小，不过有一隅容身之所便觉满足。

小冬安静地靠在她身上，怀里搂着宝贝熊，眼睛半睁半闭，像要盹过去似的。车里开着暖气，但文萱还是担心她着凉，脱了外套给她披上。

到了家，小冬果然睡着了，又是叶吟风把她抱上楼，晚饭也只有他跟文萱两个人吃。

"饿着睡觉会不会影响健康？"叶吟风对小孩子的作息完全不懂。

"没关系，她在店里时我给她吃过点心了。这两天她老是没精神，估计又要感冒了。这孩子从小体质就不好。"文萱叹了口气。

吃晚饭时，叶吟风给她讲文达项目的细节，提到群新，他沉吟了一下方道："夏夏如今在群新。"

文萱意外地扫他一眼，他们已经很久没提到夏夏了。

叶吟风兀自解释："群新也在争取文达这单，前两天，我在文达见过她。"

"她挺好的吧？"

叶吟风略微苦笑："谁知道呢！"

文萱舀了碗汤放他面前，语气冷静了许多："其实她离开你未尝不是好事。你以前……太照顾她了。"

她明亮的眸子洞悉一切般盯着他："如果我是她，我也会误会，误会你那样照顾自己是因为喜欢的缘故。”

“你的意思是……我做错了？”

文萱不表态，只缓缓说：“你想怎么对待别人当然是你的自由，但在一般人看来，老板和职员的关系里不该掺杂别的成分，比如友谊，哪怕你确实很欣赏她。再说，夏夏是个刚毕业的小女孩，她没经过什么事，也许连一场完整的恋爱都没谈过，忽然有个风度翩翩的男人对她嘘寒问暖，她当然很容易就陷进去了。”

叶吟风忽然觉得很闷，搁下筷子，仰靠在椅子里。

文萱见他眉宇间再度拧紧，心里久藏的不悦也愈加深重，她决心挑破那层原先不敢碰触的窗户纸。

“吟风，我们在一起半个月了，你觉得快乐吗？”

“当然。”叶吟风心不在焉。

“可我不这么认为。”文萱凝视他，“也许有个问题你该好好想想。”

“……什么？”叶吟风的眼神略微迷茫。

“你对夏夏，究竟是内疚……还是别的什么。”

叶吟风震动地抬眸。

文萱点到为止，起身收拾碗筷进厨房，把叶吟风一个人晾在餐桌前。

她洗碗时热水都没放，也完全感觉不到凉。双手沾满洗洁精的泡沫，她机械一般把洗净的碗从水池的一边移到另一边。

如果这一次她又输了，那么，也只不过是在她失败的人生里再多添一笔而已。她漠然地安慰自己。

有**窸窣**的脚步声钻入耳朵，她浑身绷紧，如临大敌，却没有转过身去。

“你刚才那个问题，我仔细想过了。”叶吟风轻轻地说着，走过去，从身后拥住她，“我对夏夏，确实只有内疚。”

文萱紧闭双眼，在心里无声地松了口气，与此同时，身体完全放松下来。

“对不起。”叶吟风喃喃地道歉。

文萱擦净了手，返身回拥住他，冰凉的双手环抱住他腰部，掌心的寒意透过毛衣和衬衫传递进去，叶吟风不觉更紧地搂住她。

待到十点，文萱催叶吟风回家，又给他拿了一袋子核桃仁。

“那天吃饭听你妈妈提到说喜欢吃，早上去超市看到有就买了，你带回去吧。别说是我买的。”

叶吟风接过来，看看文萱："什么时候去我家吃个饭吧……也该让我父母知道了。"

文萱只是笑笑："不着急。"目光意味深长。

周一一早，夏夏刚把电脑按钮启开，田宁就精神抖擞出现在视野范围内。

"田总早！"

"郭夏夏，你进来！"

夏夏只得抛下电脑起身，心里犯疑，不知什么事让田宁如此兴奋。

进了办公室，田宁又吩咐："把门关上！"

夏夏条件反射似的打个寒战："为什么呀？"

"叫你关你就关！我有话要问你。"

关了门，夏夏忐忑地在田宁对面坐下。

"说说看，你当初为什么会离开迈信？"

夏夏脑子里顿时卡了壳："干吗问这个？"

"别告诉我是什么狗屁的职业规划！你从迈信跳来群新，就跟在平地上走路一样，没有一点坡度——我要听实话！"

夏夏咬着唇，不情不愿地说："迈信不适合我。"

"为什么不适合？"

"不适合就是不适合。"夏夏也犯起了倔。

田宁往椅背上重重一靠，那一脸了然的得色让夏夏感到不安。

"你猜我昨晚在榆水瑶吃饭碰到谁了？"

夏夏不作声，警惕地提防着。

"我碰到叶吟风了！"田宁双目炯炯，"他跟一女的在一起，哦，还有个小娃娃。"

夏夏的面色微微泛白，不祥之感愈加浓重。

"那女的很漂亮，听说是迈信的名誉董事，姓邱。"田宁嘴角勾笑，"叶吟风倒是挺大方，跟我介绍的时候直说是他女朋友。我靠！没想到这个争强好胜的家伙最后会选个拖小油瓶的女人！"

夏夏听不下去，呼地站起身来。

"坐下坐下！"田宁嚷嚷，"没让你走，我话还没说完呢！"

夏夏勉强又坐回去。

“起先吧，我以为你是干了什么蠢事才离开迈信的，听人说你离职那两天，叶吟风火气挺大。不过昨晚看见他跟姓邱那女人在一起后，我就全明白了。”

他盯着夏夏嘿嘿地乐：“你是失恋了才离开迈信的，我没说错吧？”

夏夏没等他说完就红头涨脸起来，恼羞成怒道：“你少在那儿自作聪明了！我什么时候说过我喜欢叶吟风！我为什么离开迈信跟你有什么关系！如果你觉得我在群新做得不好，你可以开除我！但你没权利嘲笑我！”

她捏着拳头站起来，像个燃烧的小火球那样朝门口冲去。

“郭夏夏！”田宁在她身后叫，“就算被我猜到了你也用不着这么大反应啊！叶吟风那种人永远都是吃着碗里的看着锅里的，你离开他应该觉得庆幸才对嘛！”

夏夏在拉开门之前回头冲他低吼：“他再差劲也比你好一百倍！”

“嘿！”田宁拿手指着重新被关上的门，悻悻道，“真是狗咬吕洞宾不识好人心！”

夏夏垂头闪进洗手间，这突如其来的打击令她又羞又气，她把自己锁在小隔间里，再也无法忍耐，起先还只是偷偷啜泣，但泪如洪水，一打开闸门就没法收得住。

连日来的挫败感在这个黑色星期一的早上全线决堤，她哭得天昏地暗，上气不接下气。

“夏夏，夏夏！是你在里面吗？”有人在急切地敲隔间的门，听声音像王静。

夏夏不理，但哭声萎靡下去很多。

“夏夏，田总到处找你呢！”敲门声越来越急促，“不管出了什么事，你先出来再讲嘛！”

夏夏启开门，王静一看见她肿成蜜桃状的双眼顿时错愕地瞪起眼睛：“……被田总骂了？”

“他找我干吗？”夏夏嗓子都哭哑了，说起话来声音沙沙的。

“没说，就让我来找你——你把脸好好洗洗吧。要不要护肤霜，我那儿有！”

“谢谢。”

“跟我还客气呀！你等着，我去拿！”王静殷勤地跑出门。

夏夏在洗手池边拾掇泪迹斑斑的脸。恸哭一场后心情舒爽了许多，也无暇顾及旁人会怎么看自己，恨恨地想，看来跳槽的事已经到刻不容缓、势在必行的地步了。

好容易收拾干净了，王静陪她一起从卫生间出来，夏夏感觉不对劲，周围的人好像比刚才多了几倍，人人都显得挺忙碌的样子，但人人都有闲暇把目光投过来津津有味地欣赏她的水泡眼。

夏夏只能目不斜视，在心里默念着“我不存在，我不存在……”

王静跟她不在一个办公区域，半道拐弯先走了。夏夏重回座位，电脑还憨憨地等她输入用户名和密码呢。

田宁一见她回来，立刻从办公室里蹿出来，俯首打量她，夸张地把眼睛瞪大：“真哭啦？”

夏夏杀气腾腾地打字，语气带森森寒意：“又有何贵干？”

田宁后怕似的缩缩脖子，把两张纸小心轻放在她案前：“麻烦打份通告。”

他还是第一次对夏夏用“麻烦”二字，此前夏夏还以为他压根儿不懂文明礼貌为何物呢！

“放着吧，打完了发你。”夏夏连眼皮都没抬。

“哦，谢谢啊！”

田宁抬脚往回走，目光还频频转过来寻摸夏夏的神色，没留神撞墙上了，附近的格子间里立刻传来压制不住的笑声。

午休时间，夏夏揣着手机在公司里找了个无人的僻静处给晓春打电话，三言两语叙述完此番遭受的屈辱，又急切求助：“晓春，这回你怎么也得帮我，这鬼地方我一刻都不想待了！”

“可你眼下的工作也是好不容易才找着的，你又不是不知道咱们这种职场新鲜人找工作的难处。”晓春显得爱莫能助。

“我管不了，只要能离开群新，干什么我都乐意！”

“扛大包你干不干？那个不需要工作经验。”

“林晓春！”

“好了好了，不开玩笑了！”晓春赶忙正经起来，“这样，我给你问问，反正只要是我认识的，甭管七大姑八大姨，都去打搅一遍，我还不信了，挖地三尺还找不出个小破饭碗来！”

夏夏感激涕零："晓春，还是你最好！"

要说闺密就是闺密，办事绝对靠谱。不出两天，晓春就给她带来好消息——有家做金属制品加工的公司财务部门要招个助理，条件放得很宽，薪水福利也算差强人意。

"但公司地段很偏，"晓春把话讲得很清楚，"也没有班车，每天要自己倒车过去上班的，你受不受得了？"

跟尊严比起来，这点辛苦算不上什么。夏夏压根儿没多想："没问题！什么时候上班？"

"这个不知道，得先面试呢！你明天上午有没有空，我让江友天到你家去接你。他明天刚巧换休。"

"有空有空！不就请个假吗！"夏夏急得什么似的，真怕到手的鸭子要飞了，"晓春，这事成功的可能性多大呀？"

"唔，我听江友天说，他们已经面试了几个了，不过还没最终敲定，估计都不是太满意。我劝你别想太多，明天过去先接触一下，面试这事吧，有时候全凭眼缘，人家看你满意的话，你的小缺点都是可以忽略的。"

夏夏忽然回过神来："江友天是谁？是不是你那位小学同学？"

晓春被问得有点扭捏："是啊！怎么啦？"

"林晓春，原来你在谈恋爱！"夏夏尖叫起来，"你太不够意思了，连我都瞒着！"

"没那回事！"晓春忙澄清，"也就是一般朋友，我顺口问他有没有工作机会，他去打听了一圈就找着一个。你别想歪了！"

翌日一早，夏夏在自家楼下见到了被晓春碎碎念的发小江友天，没想到是个眉清目秀的白面书生，夏夏一直以为晓春那么强悍的女孩喜欢绿林好汉类型的呢，看来自己太不了解闺密了。

夏夏一上车就连声道谢，江友天挺客气，看看她道："你就是晓春的闺中密友？常听晓春提起你。"

夏夏忙道："彼此彼此。"

江友天立刻笑："咱俩没法'彼此'，我不算她的闺密。"

夏夏在车内无聊，四下打量了一遍，钦羡道："你跟我们是同一届毕业的吧？都有自己的车了，真厉害！"

“哪里！我这车是跟别人借的，我最近刚拿到驾照，有机会就出来开车玩玩——我这么说，你不会害怕吧？”

“啊？不会不会！”夏夏殷切地笑着，“你开车挺稳当的。”

因为面试，夏夏心里紧张，一路上没少向江友天请教，他也没教她什么，只叫她放轻松：“问你什么就答什么，问题应该不大。晓春说你这人最大的特点就是老实，对方要的就是你这样的。”

那公司果然偏僻，下了高架桥后远兜远转地才到，放眼望去，公司区域倒是挺大的，视野开阔，不像市区寸土寸金，举目望过去满是高楼。

江友天把车停在公司门口的临时停车场内，转头对夏夏道：“你进去吧，我在这儿等你。”

“真是太麻烦你了。”

“别客气，记得放松一点。”江友天指指自己的脸，“你笑起来挺好看的，要是答不上来就多笑笑。”

“哎，好。”夏夏带着一脸笑容进厂门，小虎牙在冷风中冻得咯咯直抖。她还是头一回听说自己笑起来好看。这么一想，信心增加了不少。

半小时后，夏夏笑容满面地步出厂区，朝江友天的车奔去。

江友天一看她的表情就知道有戏：“聊得不错？”

“嗯哪！”夏夏兴高采烈，“面试我的财务经理很和善，说对我比较满意，他还问我是不是你同学，咦？对了，他好像也姓江哎！”

“他是我一个堂叔。”江友天挑破窗户纸，“公司也是他们家开的。”

“这样啊！”夏夏的自信顿时委顿了不少，看来还是关系网的力量强大。

江友天仿佛猜出她心思，解释道：“虽说是我亲戚，不过他挑人从来都是六亲不认的，本来我表妹想去顶这个缺，被堂叔拒绝了。你能入得了他的眼，说明他是真对你满意。”

夏夏咧嘴朝他感激地笑。

且不管是怎么被选中的，终于能够有机会离开群新，光这一点就让夏夏觉得扬眉吐气。

得意之余，她一时没忍住，把这个好消息提前透露给了王静，末了舒心地道：“只等对方公司给我发录取通知书，我就立马可以去递辞呈了。”

“啊！你真的要走？”王静表示惋惜，“其实田总也不是那么难相处的，你看那天你哭过之后，他对你态度缓和了很多。”

“哼哼，晚啦！”

“夏夏，你一走，我多寂寞啊！”

夏夏深情地拉住王静的手：“我在这里承蒙你和雷经理照顾，即使我走了，你们的大恩大德我也毕生难忘，等将来发达了一定回来报答你们！”

王静的伤感情绪顿时被破坏，扑哧笑了起来。

五点半一过，田宁从会议室里回来，发现夏夏的位子上没人，办公桌整理得干干净净，显然已经下班了。他皱皱眉，自己有份急件要找她打，她倒好，自说自话先走了。

要搁从前，田宁绝对一个电话把她召回来，可自从那天被她“水漫金山”地吓过一回后，田宁发觉自己居然有点怵她了。

他叹一口气回办公室，没辙，只能自己搞定了。

刚打了文稿开头的两个字，门外忽然传来雷明阳和王静的对话声，田宁眼眸一亮，朝外高声嚷：“王静，你进来！”

王静的身影立刻出现在他面前：“什么事，田总？”

“帮我打份文件再走。”

“哦。”王静拿了文件要出去，又被田宁叫住。

田宁思索着：“以你对郭夏夏的了解，她这回的气得生几天才消得了啊？”

“这个么……田总，您究竟怎么得罪她了呀？”

“就是说了几句……唔……可能，可能伤她自尊的话吧。”

王静一时憋不住，替夏夏抱屈：“田总，您也真是的，夏夏脾气那么好，你还老对她凶，那天她在卫生间哭得真是太惨了，连我都……”

“我又不是故意的。”田宁一摊手，“再说，我这不是正想法子弥补吗！”

“我劝您省省吧，夏夏眼看就要走了你才……”王静一时失口，吓得赶忙就手掩住嘴巴。

田宁蹙眉：“什么意思？”

“没什么意思，夏夏她，她不是走了么，下班了呀。”

田宁双手叉腰，目光炯炯有神：“你当我傻的？我要是连话都听不明白，怎么干销售？你给我说清楚！”

王静无奈，苦着脸把夏夏另谋高就的“秘密”给抖落了出来，又可怜巴巴地盯着他："田总，您不会对夏夏下毒手吧？那我可就成千古罪人了！"

田宁浓眉依然拧紧，挥挥手："没你什么事。"

"那……别告诉夏夏是我说的哦！"

"都说跟你没关系了！"

王静依然懊恼不已："我……"

"还磨蹭什么，赶紧把文件给我打出来呀！"

"哦。"王静愁眉苦脸地走了。

田宁在椅子上坐下，一会儿敲敲笔，一会儿叩叩桌子，陷入深沉的思索。

夏夏和晓春吃完小火锅回到家已经接近十点。她水都没来得及烧，撂下背包就上网查邮件。江经理果然守信，聘书早已发至她的免费邮箱，夏夏顿觉身心舒畅，每个毛孔都飘飘然起来。

她只要一激动就容易失眠，躺床上翻来覆去睡不着，后来索性不睡了，在心里酝酿辞职书该怎么写。

离开迈信的时候她什么话都不想说，用的是最老套的陈词滥调。不过这次离开群新，她却觉得自己装了一肚子的话，统统是控诉田宁的。

构思腹稿至深更半夜才迷糊过去了会儿，没多久天就亮了。

睡眠质量虽差，精神却倍儿好。坐在班车上，夏夏又把辞职书从头到尾过了一遍。今天上午她的主要任务就是这个了。

赶巧上午田宁不在，没人时不时打扰她，那封辞职书写得更是有如行云流水一般顺畅。写完了自己再默诵一遍，竟产生前所未有的自恋情绪。

这么好一篇文章，还加了那么多典故和引用，如果去参加个高中作文大赛什么的，说不定还能拿个名次，交给田宁，实在是有点暴殄天物。

她喜滋滋地把格式调整好，又打印出来装进了公司的标准信封，万事俱备，只欠东风。她打算一见田宁就把信给他呈上。

下午，田宁终于回到公司，一副心情不错的样子。

夏夏拉开抽屉，小心取出装了辞职书的信封，转身就进了田宁办公室。

田宁刚在椅子上坐稳："什么事？"

"我有话要跟你说。"夏夏提神振气地道。

田宁有点诧异似的："是么！那咱俩还真是心有灵犀一点通了！坐吧，我也有话要说。"

夏夏微愣：“那，你先说。”

“是这样。”田宁双手交握地搁在台面上，表情挺诚恳，“这两天我刚想起来一个事儿，你被调来做我的助理，按说薪水也得相应调高。我呢，也暗中观察了你这么多天，感觉你各方面都不错，所以打算一会儿通知人事部，把你的福利调到助理该有的级别上，你觉得怎么样？”

夏夏听得一愣一愣的，咽一口唾沫，轻声问：“大概……能加多少？”

“我原来的助理刚来时是五千，后来干得好当然不止这个数了。”田宁轻描淡写，“就先给你调成五千吧，以后有机会再加。”

夏夏呆若木鸡。这个薪水是她现在收入的两倍，是新职位的三倍！

天哪！她觉得自己眼前全是粉红的钞票，哗啦啦飘下来要将她淹没。

田宁抽出一张早就准备好的单子递给她：“如果你没什么意见，就在这张薪资调整单上签个字，一会儿交给人事部就行了。”

夏夏舔舔嘴唇，悄悄把辞职信卷巴卷巴塞进口袋，双手有点哆嗦地接过那张单子来细看。

白纸黑字，确凿分明。

她的神色变幻都被田宁一一瞧在眼里，暗觉好笑。他将笔搁在鼻子前把玩，悠闲地问：“轮到你了，你想跟我说什么？”

“啊？哦，没，没了。”夏夏咧嘴使劲地笑，“我没什么要说的了。”

第七章 求同存异

“郭夏夏，我可告诉你，过了这村没这店！以后你要再跟我哭哭啼啼念叨找工作的事，别怪我对你不客气！”

“我保证！保证再也不撂挑子！”夏夏在电话里觍着脸跟晓春赔不是，“这次的事都是我的错！不过我已经给江友天打过电话了，也给他家堂叔打过电话了，他们都表示理解——谁能跟钱过不去呀，晓春你说是不是？”

晓春因为让江友天白忙一场很没面子，气全撒夏夏身上了。

“改天我请他，还有你，我们一起去吃饭！饭馆由你挑，我绝不皱眉头！”夏夏继续狗腿地献媚。

“嚯嚯！刚一涨工资就款上啦！”晓春气出够了，口气缓和下来，“你还是先把你那狗窝换了吧！”

“已经在找了！”夏夏欢快地道，“你要有空的话跟我一起去挑挑，如果你乐意，将来也可以搬来跟我一起住！”

“拉倒吧！我要敢在外面留宿，我妈非给我飞鞋不可！”

“你来不来住都没关系，反正等我换了新住处，随时欢迎你来蹭饭，我一定置备好酒好菜招待你！”

“这可是你说的啊，我可不会跟你客气！”

夏夏听着晓春渐显愉悦的口吻，忍不住在心里得意，钱真是个好东西，不仅能够收买自己，同样也能浇灭晓春的火气。

夏夏的生活终于迎来曙光。

除了经济条件得到显著改善外，上司田宁最近对她的态度也好了不少，虽然不能说有多和善，最起码不再像从前那样动不动就损她了，也不再只让她干些纸面活儿，销售们一起开讨论会，只要夏夏感兴趣的，他都会放她进去旁听，这回他是真把她当成自己的助理来看待了。

“郭夏夏，跟我走！”

“哎！来啦！”

夏夏已经习惯田宁这种没头没脑的使唤了。也不多嘴多舌盘问，如果他愿意告诉你，早晚会说。

反正只要田宁的要求不过分，夏夏看钱的分上都忍了。

田宁领着夏夏一路走出办公大楼，在停车场上自己的座驾跟前驻足：“上车！”

“好嘞！”夏夏刚要拉副驾的门钻进去，就被田宁喝止住。

她抬头，一枚钥匙伴随着田宁的吩咐当空抛过来：“今天你来开！”

她狼狈地一缩脖子，钥匙没接住，砸眉骨上了。

“哎呀！好疼啊！”她捡起钥匙，揉着眉骨。

“没见过你这么反应迟钝的！”田宁皱眉走过来，远距离观察了一下，还好皮没破。

“愣着干吗？上车呀！”

夏夏嗫嚅：“我，我不会开车。”

田宁无语地瞪了她一眼：“不会开车你当什么助理啊！记得赶紧去考驾照！”

为了保全刚到手的“金饭碗”，夏夏转身就去驾校报了名。

于是，下面的场景一再重现。

田宁对着手机不满地质问：“郭夏夏，你哪儿去了？”

“在驾校呢！不是给你留字条了么！”夏夏正满头大汗在倒桩。

“哦，什么时候考试？”

“不知道，教练没说，反正下一批是轮不上了。”

“你练多久了，该有两周了吧？怎么还不能考试？你是不是属于特别笨的那种人啊？！”

夏夏叫屈：“这两周我一共才来了四次而已，而且每次也就一个小时，能轮到上车练两把算不错了！”

抱怨归抱怨，下了车夏夏还是去找教练商量：“那个……我到底什么时候才能桩考呀？”

教练跷着腿坐门口靠背椅上，微笑着望向她，语重心长：“急什么，没烧完那么多柴火，怎么能炖烂一只猪头呢？”

夏夏先也跟着笑，后来那笑慢慢变了味儿，敢情自己是只没炖烂的猪头……

晓春听说夏夏还没轮上考试，劈头就问："你给教练送礼了没有？"

夏夏惊愕："没有啊！这也要送礼？"

"那当然了！行业潜规则嘛！"

"可是光学费就已经很贵了，怎么还要掏腰包？"夏夏心疼，"要给多少呀？"

"具体我就不清楚了，各区情况不太一样，你还是问问跟你一起学车的吧。"

夏夏私下里一打听，果然确有其事。

"最起码五百，"一位中年阿姨给她指点迷津，"还有给一千的，也有人不给钱，给好酒好烟，我还听说经常有人请教练出去吃饭呢！"

"那……要是不给呢？"

阿姨看看她："不给就等着呗，等教练什么时候看你顺眼了就让你去考试。"

夏夏一琢磨，她的时间还真拖不起，只能忍气吞声给教练塞了个红包。转头又向晓春抱怨。

晓春嗤之以鼻："你这会儿玩什么正气啊！到头来你不是也给了？"

"我那是没办法！"

"谁都是没办法。"

夏夏郁闷得不行："唉，都患上斯德哥尔摩症候群了。"

不过拿到驾照那天，她还是很高兴，本想向田宁炫耀一番以证明自己的智商，不巧田宁出差在外，等他三天后回来，夏夏已经把这茬儿给丢脑后了。

田宁每次出完差回来，见到夏夏的第一句话从来不走样："郭夏夏，老板回来了，你怎么眼色都没有的？赶紧进来！"

夏夏嘟哝着跟他进了门："老板，有什么吩咐？"

这回田宁却不急着吩咐，拿眼睛将她左看右看，瞧得夏夏心里发毛，摸摸脸，又捋捋头发，以为哪里又出状况惹这位债主好笑了。

她正要张嘴发问，田宁蓦地开口："郭夏夏，你底子还算不错，就是得好好打扮打扮！"

"什么意思？"夏夏完全摸不着头脑。

田宁指指她的衣服："瞧你穿的这衣服，跟高中生有什么分别，别怪我毒舌，你的品位简直土到掉渣的地步！"

夏夏没好气："公司手册上又没规定穿什么样的衣服！我为什么不能穿？你要对员工有着装要求，你出钱给我买啊！"

田宁被她顶了嘴居然没动怒，若有所思地挑挑眉，示意她先出去。夏夏见状反而忐忑起来，不明白他葫芦里卖什么药。

午餐过后，夏夏正埋头写文案，田宁拿车钥匙敲敲她的桌："跟我走！"

夏夏讶然："现在？干吗去？"

田宁没理会，风风火火头里走了，夏夏只得撂下活计火速跟过去。

等坐进车里，夏夏又连问了几遍，田宁才答道："给你买衣服去啊！"

"啊？！"夏夏咋舌，低头反复打量自己的着装，"我，我品位真的已经差到你不能容忍的地步了？"

田宁难得被她逗乐："其实也还凑合，你不用太自卑。不过这个礼拜天我有个聚会，打算带你一块儿去！"

这还是开天辟地头一回，夏夏忍不住诧异："是个什么性质的聚会啊？我去合适吗？"

"对方是我们公司一重要客户，你说合不合适？"

"哦，哪个客户呀？"

"你问这么清楚干吗？"田宁觑她一眼，"是不是打算回头给叶吟风通风报信去？"

夏夏碰一鼻子灰不算，被他后面一句气得够呛，索性扭头不理他。

田宁忽然想起了什么："对了，你驾照到手没有？我记得你前阵子还请假去路考的，不会没过吧？"

"过啦！"夏夏气哼哼地回，又从包里掏出驾照，在田宁眼前狠狠晃了两下，"看见没！我没你说的那么笨！"

田宁笑笑，忽然减速靠边停下，云淡风轻撂下一句："那好，你来开。"就拉开车门下去了。

夏夏懵怔了两秒，适才的气焰一下子消失："可我还不熟练呢！"

"不多开怎么熟练得了，下车！"

不得已，夏夏只好硬着头皮坐进驾驶座，绑好安全带，扭头可怜兮兮又补充了一句："我开不快的，你，你别逼我啊！"话一出口就后悔不迭。

事实证明，她还是挺了解田宁的，他绝对属于哪壶不开提哪壶的那种人，最后那句叮嘱更无异于火上浇油。

在田宁冷酷的催促声中，夏夏咬着牙一次次猛踩油门，超过一辆又一辆车子，等田宁叫她靠边停下时，她觉得自己七魂六魄都散尽了。

"你比我们教练还凶残！"夏夏哭丧着脸痛斥。

田宁鄙夷地瞥她一眼："郭夏夏，开车是种享受，像你那么哆哆嗦嗦地开，不但是受罪，还很不安全。"

"我胆子小，有什么办法。"

"以后每天晚上你开车回家。"

"我又没车。"

"我这辆借你。"

夏夏顿时对他的大方气度刮目相看："那你开什么呢？"

"还是这辆啊！"田宁娴熟地发动车子，"以后我先跟你到家，然后我再开回去。"

夏夏瞅瞅他，想反驳几句，终究还是忍住，只在心里轻声嘀咕："真麻烦！"

田宁看上的衣服都很漂亮，但动辄几千块的价格让夏夏的小心脏吃不消，她又不好意思在田宁面前哭穷，便想方设法挑不是。

"这颜色也太老气了！"

"你懂什么，这叫成熟！"田宁不由分说把一套服装从衣架上扒拉下来塞进夏夏怀里，"去试试！"

夏夏到底是年轻女孩，对漂亮衣服没有足够的免疫力，半推半就地还是进了试衣间。

效果相当好，不仅把夏夏的身材修整得更跳脱，还给她添了几分前所未有的妩媚。她站在镜子面前迟迟挪不开步子。

从镜子里能看出田宁显然也很满意，并已经在吩咐开票了，夏夏略一犹疑，转过身将田宁扯到一边低声问："买衣服的钱公司是不是给报销？"

"报你个头！"

夏夏一愣："那我还是不要了。"

"又不用你掏钱，我埋单！"田宁把购物单拿在手里准备去刷卡。

“啊？这怎么行！”夏夏一急，探手就把单子抢了过来，“还是我自己付好了。”

“这有什么，不就三千块么！”田宁大概付账司空见惯了，眉头都不皱一下。

“反正不能让你付钱。”夏夏嘟哝着，转身回试衣间去了。

等夏夏付完账，肉疼地随田宁一起走出商厦，田宁便对她直摇头：“郭夏夏，你还能更蠢一点儿，更驴一点儿不？知不知道我每签下一笔单子都有提成拿的？跟提成比，这点衣服的钱算得了什么！”

“哦！那等你签下周日我们要见的这个客户，我是不是可以跟你分一点点提成啊？”

“你……”田宁一口血差点没喷她脸上，“原来你跟我分这么清是为了要提成？！你可够精的啊，郭夏夏！”

“我跟你开玩笑呢！看把你急的！”

到了田宁的车边，他示意夏夏把装衣服的袋子放后座上，夏夏不肯，捧着那两只袋子坐在副驾上，一副虔诚恭谨的表情。

“这可是我有史以来买过的最贵的衣服。”一提这茬儿，夏夏的心还隐隐作痛，幸亏是刷卡付的，如果是数现钞出去，她非心疼得当场掉泪不可。

田宁无语地朝天望了望：“你不会是老葛朗台他闺女吧？”

“跟你没关系！”夏夏振振有词。

田宁发动车子，再一次摇头：“我真是撞到宝了。”

“那也跟你没关系。”夏夏在心里重复了一句。

钱花出去就跟泼出去的水一样，没法懊悔，索性看开一点。

夏夏安慰了自己一晚上，总算舒畅了，哼着小曲儿把全套衣服都穿身上，在穿衣镜前来回打量自己，越看越得意，唯一遗憾的是自己没有一头乌黑如瀑布倾泻下来似的长发。

她想象自己长发披肩的样子，随即醒悟过来自己正在不由自主跟文萱作比较，眼里立刻多出几分不自信来，这让她很不舒服，使劲努努嘴，把怪异的念头撇开。

“我就是我，我是郭夏夏，不是最好的，但总是在努力做到更好。”她念念有词地激励自己，还朝镜子里的自己扬了扬握紧的拳头，看上去像走火入魔的传销人员，她有点泄气地呼出一口气。

愁眉苦脸了一会儿，她忽然又对着镜中的自己笑了起来，那毫无保留的灿烂笑容是她特有的招牌，虽然没有皎洁冷艳、摄人心魄的美，但足以让她的世界春暖花开。

这还不够么?

周日天气不错，风和日丽，晴空万里。

田宁带夏夏去远郊一个健身会所玩高尔夫，他嘴里的“重要客户”是个身材矮胖，略微谢顶的中年男子，姓刘，有两个随从，对方没介绍，夏夏也不清楚身份。田宁倒是把夏夏挺郑重地引荐给了刘总：“这是我的助理郭夏夏。”

刘总见到夏夏立刻眼前一亮，笑容明显多出好几倍。

“到底是小田你眼光好，找助理尽挑美女。”刘总走近她，和善发问，“郭小姐以前玩过高球没有？”

夏夏老实地摇头。

“没关系，高球这东西听上去高不可攀，其实不难学，来，我教你，保准一教就会。”

他握住夏夏的手，身子也跟她靠得很近，有板有眼地教起夏夏来。可夏夏不习惯跟陌生男人有这么亲昵的举止，脸微微涨红，一分神之际，球杆刷地扬起，球没滚远，居然还打飞了一块草皮。

“真笨！”田宁在身后带着笑意评价，可嗓子眼里像被什么东西堵着似的，听上去有些异样。

夏夏于难堪之际扭头扫了老板一眼，见他眼里毫无笑意，那副表情很好地诠释了“皮笑肉不笑”的精髓。

“没关系！没关系！”刘总笑着安慰她，“初学都难免要出点洋相的，就当交学费。”

在刘总的悉心指导下，夏夏很快有了感觉，挥起球杆来也像模像样了，正玩得高兴，田宁接了个电话，马上带着一脸抱歉的神色走向她跟刘总。

“不好意思刘总，公司刚打电话过来，有个急事要让夏夏马上回去。您看，要不上午我们就到这儿，吃过饭再玩？”

刘总虽觉遗憾，还是笑呵呵地点头：“可以，反正来日方长。小田，以后经常带郭小姐出来玩玩，这种长得漂亮人又聪明的小姑娘，我最喜欢了。”

“一定一定！”田宁嘴上应承着，便紧拽起夏夏的胳膊急匆匆往会所外走。

夏夏一头雾水：“谁找我呀？”

“没人找你。你现在可以回家了。”田宁绷脸冷然吩咐。

“为什么？”夏夏惊异地盯着他严肃中还隐含愠怒的脸。

田宁把她拉到会所外的路边才爆发开来：“郭夏夏，你傻不傻啊？男人打你主意你都看不出来？！”

夏夏被他突如其来的反应唬了一跳，略略思索，刚才的确不太对劲，刘总对她的态度委实热情，还有那双眼睛，时不时就往她身上瞟。

越想越觉得难堪，夏夏忽然也火了：“你冲我嚷什么！不是你要我来陪客户的吗！我什么都没做，就是乖乖听你的吩咐！你现在又说这种话！难道这样我也有错？哦！普天之下就你一个好人，什么规矩都是你说了算！”

田宁被她堵得哑口无言，可胸腔里有股子郁气无处发泄，朝着马路牙子连蹬了几脚，最后那脚蹬空了，身子一斜，差点栽倒在花坛里。

夏夏被气笑，但笑容在脸上刚荡漾开就慌忙收住，仍旧换上正义凛然的表情，也不欲跟他多啰唆，扬手拦下一辆过路的出租车便拉门钻进去。

等田宁狼狈地转过身来时，车子已经绝尘而去。

“操！”他对着远去的车子毫无底气地骂了一句，有点悻悻的。

第二天两人在公司里碰见，夏夏已经气消，主动跟田宁打招呼，没等他有所反应，她还殷切地多追问了一句：“昨天都挺顺利的吧？”

自打加薪后，夏夏便一再提醒自己要对老板态度好点儿，对这份工作敬业一点儿。

田宁简直是拿鼻孔在看她：“还真把自己当盘菜了？”言毕，趾高气扬走了，恨得夏夏朝他的背影竖了竖中指。

接下来的几天，田宁一直没来公司，偶尔给夏夏打个电话交代点儿事情也是匆匆忙忙的。夏夏明白他一定正跟那位刘总打得火热。

虽说田宁的态度让她觉得可气，但夏夏冷静下来想想也未尝没有一丝暖意，他粗犷的表象下，毕竟还藏着一颗眷顾职员的心——至少她不用再去面对色眯眯的刘总了。

轻松之余，心头难免掠过一丝遗憾，她原本希望能跟着田宁多出去见识见识，将来有机会可以转去做赚大钱的销售，现在看来这个可能性是几乎没有了，不光因为田宁不配合，夏夏自己也觉得她并不适合应酬那种复杂的场面。

碎碎念中的新租房终于在春节来临之前搞定。周日晓春带着一对青花瓷瓶来贺夏夏的乔迁之喜。

夏夏在新租的单间里豪气地整治了一桌饭菜，见晓春孤身上门，一边热情地把她请进来一边嚷："怎么不把江友天一起叫过来？"

"你自己不会去请啊？"晓春瞪她一眼，余怒未消的样子。

夏夏讪讪，目光转向她手上的宝瓶，忙转移话题："你这姿势还真像手持净瓶的观音娘娘下凡界来捉妖呢！"

"对呀，捉的就是你这小妖——你说不用买什么，我翻箱倒柜才找到这对宝，还是别人送我妈的生日礼物，老放着不用，想起来你喜欢花花草草，就拿来送你了。"

晓春把花瓶放在靠窗的饭桌上，环顾四周："这地方不错，你一个人住绰绰有余！"

夏夏开了瓶红酒，给晓春倒上："咱们这就开饭吧，天冷，得趁热吃！"

小小的厅堂里关着窗吃火锅，热气腾升到玻璃上，形成一层朦胧的雾气，让人不由得心底生出一股暖意来。

夏夏跟晓春说着自己去群新后发生的一系列充满戏剧张力的剧情，晓春听得差点没笑抽过去。

"不过听上去你现在这个老板也不算太坏，态度是差了点儿，好歹还满体恤你的。"

"体恤什么呀！"夏夏哼了一声，"他就是个嚣张跋扈的小人，而且还那么花，一天到晚差我买东西送这个女人那个女人的。算了算了，还是不要说老板坏话了，会遭报应的。"

"我怎么听你这口气像在吃醋呀？"

"滚蛋！"

晓春乐道："夏夏，你有没有发现，你去了群新后，跟在叶吟风那里完全不一样了。"

夏夏迷茫："哪里不一样？"

"你在迈信时，总希望能把自己最好的一面表现给叶吟风看，连脏话都不好意思说，结果搞得自己很累还不自知。再看看现在的你，轻松自在，骂起老板来舌头一点都不打结。"

"是吗？"夏夏想了想，苦笑自嘲，"你是不是想说，我开始堕落了？"

"怎么可能！我的意思是，现在的你才变得像个正常人了！"晓春挑眉继续道，"你有没有想过，不管你跟叶吟风之间是否多一个邱文萱，你俩基本是成不了的？"

夏夏心头别扭，但忍不住反驳："为什么？难道我魅力就那么差！"

"也不关魅力的事，是你的心态有问题。"晓春老到地眯起眼睛，"但凡一个人在另一个人面前过分卑微，就说明她过度夸大了对方而贬低了自己，两人根本没放在对等的位子上。你问问自己，是不是一直把叶吟风当神一样来供着的？"

夏夏不吭声。

"可实际上人家也是个需要吃喝拉撒的凡人。你俩哪天真要在一起了，你对他的评价只能往下降而不可能往上升，你就等着幻灭吧。"

夏夏仔细想了想，似乎还挺有道理，忍不住笑起来："喂！你最近是不是在钻研情感专家写的文章？说起话来一套一套的。"

"嘁！"晓春丢给她一个白眼，"告诉你个秘密，其实我在感情研究方面有天赋，根本不需要什么狗屁专家来给我喂心灵鸡汤！"

"你就扯吧！"

一顿午饭吃到日暮西斜。

太阳一落山，气温急遽下降，晓春要走，夏夏央求她留下吃晚饭，晓春打着饱嗝摆手："还吃呢！我明天的早饭都可以省了。我得早点儿回去，晚了路上冷得要命。"

夏夏只得送她出门。

她租的房子在一片老新村里，跟老新村一巷之隔就是个高档小区，沿街是小高层，围在里面的则是洋房别墅。

两人多喝了点酒，步子都有些打飘，晓春指指高档小区漂亮的维多利亚式建筑："看见没，哪天要能住进那样的房子，人生才算完美，才算成功呢！"

夏夏挽着晓春的胳膊，眯眼也打量了一阵，若有所思般点头："嗯，总有一天我得去买下一整层楼面，然后左右都给打通了，做一个超大超大的客厅。晓春，"她笑嘻嘻地扭头看闺密，"到时请你来住哈！"

"好！一言为定！"

一个容颜猥琐的中年男子刚好路过，扭头白了她俩一眼："做梦呢吧！那边的房子最低三百万一栋，你们买得起吗？"

两人呆若木鸡之际，对方已经走远了。

晓春先醒过神来，冲那人的背影怒喝："我们买不买得起，关你毛事！"

"就是，忒看不起人了！"夏夏也气愤地附和，但豪气到底还是被三百万打击得烟消云散了。

"其实住豪宅有什么了不起呀！上下好几层，空空荡荡的，住着都吓人，打扫卫生也不方便，还不如我的小房子舒适呢！"

"你别吃不着葡萄说葡萄酸了，买不起就是买不起……"晓春忽然顿住，目光紧盯小区门口的一辆车。

车上正下来一名长发女子，手上还牵着个四五岁的女孩。女子低头跟司机说了句什么后，抱起小女孩扭身往小区门内走。

晓春扯扯夏夏的衣袖："喂，你看那是谁？"

夏夏定睛看，心头立刻扑通扑通直跳，手脚都有点软绵绵的，那两个身影实在太熟悉，想忽视都不可能，是文萱和小冬。

她的第一个反应居然是想逃，被晓春看出来了，一把将她逮住："你慌什么呀！"

"我，我得把房子退了，可，可是合同都签了，如果不住满半年，我的保证金肯定就拿不回来了，这，这怎么办？"夏夏急得语无伦次。

"干吗要退房？"晓春翻了个白眼，"你又没做对不起她的事，你怕她什么！"

"可是，可我不想见到她……"夏夏的嗓音越来越低，忽然陷入无可逃避的沮丧，原来过去这么久了，她还是没能走出那段难堪的心境。

晓春看不得她可怜巴巴的表情，叹了口气，把责备的话都吞回去："她也许只是来这儿看朋友的。就算她真住这儿，你们也不见得那么容易碰上。就算真的碰上了，你也没必要紧张，过去的都已经过去了，你老躲着人家多没出息。"

在晓春的劝解下，夏夏慢慢松开了紧攥住她胳膊的手。

文萱领着女儿进了家门，先把小冬安置在客厅画画，自己拎着果蔬进厨房忙晚餐。

房子是半个月前刚买下的，精装修房，配套设施一应俱全，她上周才搬进来。付钱时，叶吟风提出由他来，被文萱拒绝了。现在她不缺钱，缺的是真正家的感觉。

这么多年来，她带着女儿四处漂泊，无非就是想找个能容得下她俩的家。不需要多华丽，只要能让她们安安稳稳地把日子过下去即可。

目前的结果看起来还不坏，只是能维持多久她并无把握，未来的事很难讲，她承认她最缺乏的始终还是安全感。

文萱洗着菜，任思绪在没有限制的空间里翻飞，这丝毫不会影响到她煮饭炒菜的质量。

忙碌的间隙，她还能走出厨房去看看女儿，小冬正趴在桌上很认真地给一幅画涂颜色。

幼儿园放寒假后，文萱天天带女儿去店铺，小冬虽然很乖，可到底还是孩子，去得频繁了，难免感到无聊。

文萱偶然听说附近有家幼儿培训中心，跳舞画画乐器什么都教，她就抽空带小冬去逛了逛。她希望小冬能继续跳芭蕾，但女儿不肯，反倒对画画表现出浓厚的兴趣。文萱一向不勉强孩子，就给她报了个画画的班。

一次她去接小冬，美术老师对她说："你女儿别看闷声不响的，她其实很有想法，画画上也很有天分，尤其在构图和用色方面，大胆得超出想象。"

文萱有些惊喜，从没料到女儿还有艺术天赋。

此时，她望着小冬创作中的一幅画作：白色的飞鸟脑袋高昂，以一种悲愤的姿势在红色的天空中振翅飞翔。

她看不懂，问女儿："天空为什么是红色的呢？"

"天空就是红色的。"

"可我们平时看见的天空不都是蓝色的吗？"

"天上马上要下红雨了，"小冬一边埋头给天空上色，一边耐心地给母亲解释，"所以天空是红色的。"

文萱听得发了好一会儿怔，女儿显然沉浸在自己的世界里，而那个世界，有时连她这个做母亲的都被拒之于门外。

她有点无奈地笑了笑，摸摸女儿的头，回厨房接着忙去了。

叶吟风直到接近八点才上门来，听说她们娘儿俩还没吃晚饭，一直在等自己，立刻觉得内疚："我不是告诉你不用等我了，每次开会都开到忘记时间。"

"反正我们吃了点心都不觉得饿。"文萱把饭菜一一端出来，"你一定饿坏了吧？"

"还行，开会讨论得脑子紧绷绷的，没有饿的感觉。"

"最近又在忙什么？"

"想签舜英的合同。"叶吟风脱了外套去帮她，"就是冯远哲先前介绍的那家，之前老崔接触下来觉得不太靠谱，谁知道人家玩真的，手笔还挺大。"

"迈信的希望大不大？"

"我们进入得有点晚，不过我觉得应该努力一把。"他说着，有点抱歉地看看文萱，"原来说好新年假期去旅行，这么一来恐怕也去不成了。"

文萱包容地笑笑："没关系，玩随便什么时候都可以。生意上的机会丢了就再也找不回来了。"

她返身去厨房拿调羹，叶吟风跟进去，在隔墙旁拥住她，在她耳边低语："你真好，总是为别人着想。"

他话外有话——不光是指旅行的事——文萱一下子就懂了。

当初她选这个楼盘，也是看中这里离叶吟风家比较近："以后你开车回去也就五六分钟，不用你妈妈和我提心吊胆了。"

此时，文萱笑着推开他："别腻歪了，赶紧吃饭吧。"

叶吟风瞄着她窈窕的背影问："这个周末去见我父母怎么样？"

关于这个问题，他跟她提过好几次，每次她都说再等等，主要是担心他母亲不认同，叶吟风又是孝子，到时难免两头为难。

这次他得到的答案依然不例外："再过一段吧，我刚刚搬过来，还没适应呢！"

和之前一样，失落之余，叶吟风暗暗松了口气。

夏夏最近成了田宁的专职司机，只要是在三江市里的活动，他都让夏夏开车接送。如果夏夏抗议，他铁定会嘴巴用力一抿，用幸灾乐祸的口吻来一句："不愿意？不愿意我给你换回去，你以为五千块那么好挣的！"

为了五千块的"高薪"，夏夏只能忍辱负重。

其实夏夏现在开车水平已经挺稳定了，问题是她受不了田宁在一旁咋咋唬唬的指挥。

"加速！你加速啊！跟在它后面磨叽什么！超了它！"

"右转，我叫你右转！赶紧的！走那条路近——哎哟，你真是要急死我，你是不是路盲啊，郭夏夏！"

夏夏后来学乖了，不管田宁怎么叫唤，她就是我行我素，如果跟着他的指挥棒走，非被他带晕不可。反正她开车，田宁又没法上来夺方向盘。

不过他还是会发火："你是不是死机啦，输入不进？我说的话你到底听见没有？"

夏夏稳稳地把着方向盘，笑眯眯地答："不满意？不满意你来开，要不要我靠边停？"

"郭夏夏！看来我把你带坏了！"

"你才知道！"

夏夏每次给老板开车都免不了有一场唇枪舌剑，不过她不再像过去那样怨天尤人——就当是锻炼口才了，还挺见效！

一次接到田宁电话正值午餐时间，夏夏的饭盘子刚端到手里，她跟田宁商量："老板，不如你先找个地方吃饭，吃了饭我马上去接你。"

田宁气不打一处来："这荒郊野外的，你让我上哪儿吃去！赶紧过来！"

夏夏咬咬牙根，把午餐转让给王静，憋着一肚子气去接田宁。

"为了五千块！"这句话现如今简直成了夏夏的座右铭，牢牢铭刻在她脑海，用来顶住各种肝胆俱裂的内伤，她唯一的希望就是座右铭有朝一日不要成为自己的墓志铭。

不过等看到田宁后，夏夏的气性就没那么大了。

也难怪田宁火大，他去拜访的那家客户坐落在一个鸟不拉屎的小镇上，周围二十里地都荒无人烟，别说吃饭了，想找个歇脚的地方都没有。

夏夏的愤怒已经转化为同情："客户怎么也不请你吃顿便饭呀？"

"谈得不理想，那个总经理和他们的采购经理一样，都是怪鸟，说话阴阳怪气的，回头我得跟明阳说一声，以后他要能跟这家谈成，我绝不会批最优惠价给他们。”

夏夏心说，你也太感情用事了，本来没你什么事儿，坚持要来拜访人家的是你，现在不满意的也是你。果然是大公子难伺候。

进了市区，田宁的心情才爽朗起来，他吩咐夏夏开车去他最喜欢的一家川菜馆：“吃点辣的暖暖身子，那家小破公司接待室里连空调都舍不得开，瞧把我冻得！”田宁使劲抽了抽鼻子。

夏夏泊车时，田宁接到个电话，她本能地感觉不像是客户。

“……嗯，在外面，应酬客户啊，还能干吗？”田宁说着说着，嗓门忽然大起来，“怎么又要钱？月初不是刚给了你五千，这还没到月底你就……晴晴，我看你还是去找个事儿做做吧，别一天到晚跟你那帮狐朋狗友混一块儿，除了败钱就不会干别的……我不是心疼钱……算了算了，有什么话见面再说……今晚啊，今晚我不一定有空，你让我看看安排，回头我给你打回去，就这样！”

一掐线，田宁就重重呼出一口气，低声嘟哝：“操！真拿我当提款机使了。”

“谁啊？”夏夏随口问。

“还能有谁，女朋友呗！”

“哪个女朋友啊？”

田宁斜睨她一眼：“当然是正儿八经那个了，正主子！”言毕气又上来，“以为我钱那么好赚啊！”

进了餐馆，两人在大厅选了个靠窗的位子，服务生随即端上茶水，夏夏正翻看菜谱，耳畔忽然传来一阵急促的脚步声，仿佛带了一股怒气，未及思索，对面的田宁已经叫唤着跳了起来。

夏夏抬眸，只见田宁脸上胸前都湿漉漉的，暴跳如雷地朝站在面前的女孩怒喝：“你他妈有病啊！”

女孩一身入时的淑雅打扮，言谈举止却一点都不淑女，把空杯子重重往桌上一顿，毫不见怵地指着田宁的鼻子声讨：“你他妈才有病！两分钟前还在电话里跟我说应酬客户，谁知道又是带女人出来鬼混！姓田的，我知道你早就看我不顺眼了，没关系！老娘也不是没人要，今天我就把话跟你说清楚，从今往后，你走你的阳关道，我走我的独木桥！咱俩一拍两散！”

言毕，女孩叉着腰噔噔噔转身走了。

女孩说话像开机关枪，她一张口，田宁完全插不进嘴，只有干瞪眼的份儿，这会儿眼瞅着对方气势汹汹地走了，他还是那副又惊又怒的表情，不断拿手擦着脸上的水渍。满大厅的人都饶有兴致地把目光朝这边集中过来。

夏夏本来抱事不关己的态度，可田宁眼下的情形着实难堪，她搁下菜单，把湿毛巾递过去："老板，擦擦吧。"

田宁接过毛巾胡乱往脸上一抹就甩在桌上，扭头去了卫生间。等他重回座位，夏夏觉得他的脸色越发阴郁起来。

"现在怎么办？"她小心翼翼地问。

"什么怎么办？点菜！吃饭！"田宁皱眉掏出烟盒，取了根烟出来，刚要点上，一名女服务生悄然游过来，怯怯地道："先生，这里不让抽烟。"

夏夏心头一紧，料想田宁要发作，谁知他居然一言不发地叼着烟走了出去，临行还不忘嘱咐夏夏："多点几个辣的！"

一根烟很快抽完，田宁再次回到座位上，这回脸色缓和了很多，夏夏暗忖，尼古丁果然有舒缓神经的作用，难怪那么多男人不肯戒烟。

她殷勤地给田宁把点的菜名报了一遍，他略略点头，但显然没怎么在听，用手捏捏鼻梁，仿佛有点烦倦，夏夏难得看见他如此丧气的表情，不免勾起一丝恻隐之心。

"那姑娘，是你正经女朋友吧？"

"正经"二字让田宁觉得刺耳，不过他也仅仅鼻子里哼气似的"嗯"了一声，闭着眼睛像在思考什么大问题。

"那你干吗不跟她说清楚刚才是误会呀？"

田宁有点不耐烦："你看她给我机会开口了吗？"

夏夏一想也是："那你现在给她打个电话呗！"

"不用了。"田宁一脸的心思，他本来就在想怎么提分手的事呢。

"吃我的用我的，还朝我泼水！"他冷哼一声，"我妈本来就不待见她，嫌她懒，老这么游手好闲的，说她多少次了，根本不听。"

夏夏暗暗撇嘴："都什么年代了，还父母之命媒妁之言呢！"

田宁拿眼瞪她："什么年代都得顾及婆媳关系！"

夏夏本欲再反驳几句，转念一想，跟自己八竿子打不着，操那份闲心干吗？

她收起雄辩的心，专心吃起菜来。

过了两天，夏夏下班，刚走出大楼就被一女孩堵住去路，她定睛一看，居然是那位泼水姑娘，唬得赶忙退后三步，迅速打量对方手上有无凶器：“你，你干什么？”

女孩今天穿得很朴素，手上除了一个手袋别无赘物，且笑容友好：“你是郭夏夏吧？”

夏夏更警惕了：“你有事吗？”

女孩神色有些扭捏：“我想跟你谈谈，我们能不能找个地方坐会儿？”

“就这儿谈不行么？”夏夏不肯挪步。

“外面好冷。”女孩看看她，再次一笑，“你不会是怕我吧？”

夏夏不好意思了，抬抬下巴，一脸正气：“没有啊，我干吗要怕你！”

她们就近找了个咖啡厅。

女孩自我介绍说她叫韩晴。

“上次我误会你们了，真是对不起。”韩晴也是个爽快人，一上来就认错。

夏夏也大方回应：“没什么，反正你泼的也不是我。”

两人面对面坐着，夏夏总算有机会把对方看个仔细了。这么一打量，不觉暗叹，这姑娘果然是个明眸皓齿的妙人，难怪田宁迟迟不舍得跟人分手了。

“田宁那家伙吧，喜欢满嘴跑火车，跟谁都姐姐妹妹的，他又是干销售的，所以我总不放心他。不过我其实从没抓到过他什么把柄。那天实在是气狠了才……”韩晴解释道，“而且那天我还有几个小姊妹也在，不能让她们看扁了。”

夏夏一边听，一边频频点头表示理解，韩晴对她的误会既已解除，自己的人身安全就得到了保障，她放心之余，对韩晴直言不讳的个性也多了几分欣赏之意。

韩晴冷不丁叹了口气：“可能我那天把话说太狠了，田宁他，他到现在都不肯理我。”

夏夏回想起田宁那天说的话，对韩晴顿时充满同情，但她又不方便说什么，免得回头被田宁埋怨多嘴多舌。

“郭小姐！”韩晴忽然一脸恳色看向夏夏，“我想请你帮帮我！”

“我？”夏夏张口结舌，“我能帮你什么呀！田总他，他根本不会听我的。”

她挑了几件田宁平时的恶劣事迹给韩晴说了说，韩晴如遇知音：“哎呀，我跟你讲，他对我也是这个德行呀！他们双鱼座的男人都这样，心里越是对你好，表面就越是对你凶！”

夏夏心说那跟神经病有什么分别？

“我觉得，这事还是得你跟田总两人沟通。”夏夏给她出主意，“你得晓之以理，动之以情。”

韩晴苦恼地摇头：“我现在连他人都见不着，还怎么沟通！”

“你没去过他家？”

“他妈看见我像见到仇人一样。”

“他妈妈为什么，咳，不喜欢你呀？”

“嫌我没工作。”原来韩晴都明白。

“那你为什么不去找个事做做呢？”夏夏好奇起来。

韩晴瞥她一眼：“我刚认识田宁的时候也是有工作的，在幼儿园当老师。”

夏夏一听，立刻羡慕起来：“这工作多好，天天跟小孩子打交道。”

“好什么！小孩子很烦的，不听话又没法揍，现在的家长个个都了不得！我跟田宁抱怨过几次，他说你要实在不愿意干就辞职算了，将来我养你。”

夏夏咂嘴：“男人的话怎么能听呢！依我看，女人不管到什么阶段，都得有份工作，靠自己养活自己才最靠谱！”

韩晴扑哧笑出声来：“郭小姐，你还没男朋友吧？”

“没有，怎么了？”

“我们这儿有句老话，干得好不如嫁得好。嫁得好是为了什么，还不是可以让自己轻松舒服地过日子吗？”

夏夏一时说不上话来。

“其实我也不要你帮我去跟田宁说什么好话。他现在不是不肯见我吗？等哪次他出差，你把他具体的行踪告诉我一声就可以了。”

“这个……”

韩晴抓着夏夏的手，表情像只可怜楚楚的猫咪：“拜托你了，郭小姐！”

“这个……你，你容我想想行不行？”

“谢谢你，郭小姐！我相信你不会让我失望的。”韩晴见好就收，殷勤地跟夏夏交换了联络方式才就此别过。

晚上，夏夏缩在被窝里啃着指甲纠结半天要不要帮韩晴的问题，最后终于被一句老话说服：“宁拆十座庙，不破一门婚。”

既然是积德的事，自己就勉为其难帮帮她吧。

第八章 无心插柳

田宁去西山出差，原定两天的行程，他到第四天早上才重新出现在公司。

夏夏在田宁办公室一边汇报工作一边察言观色，发现老板神情严肃，喜怒难辨。日常事务唠叨完毕，夏夏欲溜，却被田宁叫住。

田宁开门见山地质问："我去西山的事，是你告诉韩晴的？"

夏夏怀揣忐忑，不置可否："你俩合好了吧？"

田宁用力一闭眼，打牙缝里迸出两个字："分了。"

"啊？"夏夏一激灵，想到韩晴这会儿不定怎么哭得梨花带雨呢，心里一下子漾满同情，"怎么会这样呢？你们在一起两年了吧，说分……就分了？"

"知道我最恨什么吗？"

"……"

"我最恨被人牵着鼻子走！"田宁把目光重新投向她，这回夏夏总算看清他眼眸里恶狠狠的神色，"谁让你多事，给她情报让她围追堵截我来着？"

"我，我不是……"

"我告诉你，郭夏夏！要不是你在里头瞎掺和，我跟韩晴分不了！你别一副委屈的表情，这事儿就赖你！"

夏夏整个一急怒攻心，仔细一想，简直想扇自己俩大嘴巴，吃多了撑的去管两个神经病掐架，真是活该！

她一跺脚，气咻咻出了办公室。

临下班时分，田宁从办公室走出来，站在夏夏桌子旁："一起走？"

夏夏别过脸去不理他。

僵持了会儿，田宁又道："我在楼下等你。"口气竟有几分落寞。

夏夏收拾完东西下楼，田宁的车果然静静地趴在街边，她想视而不见走过去，却听田宁扬声唤她："郭夏夏！"

陆续有同事从身边经过，夏夏不想引人注目，只得迈步朝田宁的车走去，后者正从车窗里探出头，眼巴巴盯着她。

到了田宁跟前，夏夏努了努嘴，冷冷道："下车啊！"

田宁会意，赔笑解释："今天不用你开车，我送你。"

夏夏也不客气，转身绕过车头到另一边，钻进副驾泰然坐着。

田宁不急于发动，轻吁了口气道："对不起，上午我心情不好，说话没分寸，你别放心上。"

夏夏闷头不语。

"我跟韩晴分手的事跟你一点关系都没有……她太现实太精明，我现在才发现，跟她在一起是个错误。"

"……"

"人最难接受的是承认自己犯了错，即使已经察觉，还是想方设法要去掩盖，结果是越往后越糟。"

夏夏没想到田宁也会有这种自省式的感慨，心里舒坦了一些。

田宁扭头看看她："你怎么一声不吭，嫌我话多了？"

"不是，你说的这些……我又不太明白。"

田宁想了想："你以前在迈信，叶吟风说的话你都能明白么？"

夏夏立刻恼起来："你提他干吗？"

田宁朗声笑："郭夏夏，你什么时候才能有点城府，不这么一说一跳的？不过每次看见你这副急吼吼的表情我就觉得那个爽啊，哈哈！"

"变态！"夏夏白他一眼，自己都觉得奇怪，怎么生了一天的气忽然就无影无踪了。

春节长假在众多人的期盼中蹒跚到来。

这个假期，夏夏在老家只待了三天就匆匆赶回三江，她有件大事要忙——晓春要安排她跟人相亲。

晓春和江友天在春节来临前终于挑明了关系，双方家长又都是知根知底的，火速就见过了两边的父母，一时甜蜜无限。

晓春看不得密友独守空窗，跟江友天合计来合计去，准备把他一个当警察的哥们儿介绍给夏夏。双方约好春节假期挑个日子见面。

夏夏是坐深夜火车回到三江的，翌日早晨，她还沉浸在睡梦中，晓春已经带着男友杀上门来了。夏夏蓬头垢面去开门，一见有男士，吓得赶忙又蹿回房间去整理衣冠。

“打你手机关机就知道你一准儿在睡懒觉！”晓春跟进去催促她，“赶紧打扮打扮，一会儿吃饭去，已经跟人家约好了。”

“用得着这么急吗？”夏夏一边手忙脚乱地穿衣一边抱怨，“我还没睡醒呢！”

“少啰唆，赶紧的！就是互相见个面合合眼缘，又不用准备什么！不过说实话，那人还真不错，长得帅，人也有上进心……”晓春舌灿莲花一般把对方狠狠夸了一通。

“你见过真人了？”夏夏也期待起来。

“没有，我听江友天说的，他平时可很少夸人！”

夏夏忍不住打趣：“江友天说的？你这进入角色是不是有点太快了？立马就嫁鸡随鸡，嫁狗随狗，嫁根扁担扛着走了！”

晓春笑着扑上来：“看我撕烂你的狗嘴！”

这一闹倒把夏夏的睡意驱散了不少。在好友的陪同下，夏夏的首轮相亲会正式拉开帷幕。

小伙子果然不错，生得气宇轩昂，还白净清秀，一问原来不是武警，是文职人员，在派出所管户籍的，为人有点羞涩，不怎么主动跟夏夏搭话，夏夏也是个腼腆的，话都让晓春和江友天说去了。

中途，晓春把夏夏拎进洗手间：“你们这样可不行，搞得像出来看我跟江友天玩二人转似的，你们得互相搭话互相了解才有戏嘛！”

“可他不跟我说话，我有什么办法！”夏夏表示无奈。

“笨！你不会自己想主题呀！都什么年代了，还等着男人主动！我跟你说，你要是看上人家了，就得动脑筋把对方吸引过来，否则好男人一茬茬都给挑光了，你守着一群歪瓜烂枣哭去吧！”

夏夏完全忽略晓春话里的“金玉良言”，双眸铿亮瞪着她：“哇！你跟江友天肯定是你主动了，对不对？对不对？”

晓春脸一红，用力推她一把：“说你的问题呢！扯我干什么！”

为了给相亲双方多制造点机会，四个人吃了中饭又去喝茶，喝了茶晓春看俩人情形差不多了，就撺掇警察兄弟单独请夏夏吃晚饭，她拉着江友天功德圆满地退了场。

哥们儿一走，警察见得自己独撑场面了，白皙的脸先红了一红，夏夏见状，面庞也跟着红了一红。

“你喜欢吃什么？”警察主动问。

“随便什么都行。”

“那……中午吃了中餐，要不晚上就换换口味，咱们去吃牛排怎么样？”

“好啊！”

夏夏拎着包跟在他身后走，心想，此人虽然内向，但还算有想法，也比较能拿主意，靠谱。

唯一不靠谱的是两人单独相处时依旧无话。

晚上的牛排店门口排起了长队，夏夏跟着警察默默等候在队伍里。多数时候，两人各自看着玻璃窗外的夜景发呆，偶尔星眸转动，目光不小心碰撞在一起时，也是彼此矜持地笑一笑。

夏夏不免郁闷，虽说恋爱的时候讲究无声胜有声，但他们刚开始就玩这套是不是有点儿过了？

好容易等到座位，夏夏决定听晓春的话主动一点，正搜肠刮肚找话题时，警察指指她的包：“是不是你手机在响？”

夏夏忙把手机翻出来，扫一眼来电，顿觉煞风景，是田宁打来的，料想不会有好事，又不能不接。

田宁在电话里告诉她，自己喝醉了，在一家饭馆的包房里躺着呢，让夏夏开车去接她。

夏夏忍气建议：“你找公司驾驶班的人不行么？”

“大过节的，就不去麻烦人家了！你快，快点过来啊！我头痛死了！”

夏夏这才留意到他舌头确实有点大，皱着眉问明了饭馆地址。

通完电话，夏夏很是抱歉：“那个，我……”

警察显然已经明白怎么回事，极为爽快地说：“没关系，你有事你去忙吧！”

夏夏怀揣着既轻松又惋惜的复杂心情离开了牛排店。

站在街边打车时，她心头立刻涌起各种驳斥田宁的言论。

不好意思麻烦别人，就好意思麻烦我？开不了车自己不能打车回去？

她突然一拍脑袋，自己真是笨死了，刚才如果直接告诉田宁她还在老家不就什么麻烦都解决了！

不过那样一来，警察肯定会发现自己在撒谎，会对她的人品产生质疑，貌似更加划不来。

一路胡思乱想来到饭店包房，里面的桌子已经收拾干净了，但空气中弥漫着呛人的烟味，田宁正仰面躺在沙发上，以手抚额，似乎睡着了。

夏夏走近他，连唤两声，田宁才睁开迷蒙的眼睛，一见光亮立刻又拿手去挡。

“你来了？”他嗓子沙哑不已。

虽然只是飞快的一瞥，夏夏还是看清了老板双眸中满布的血丝，心蓦地一软，点点头问：“你能自己走吗？”

“能！”田宁挣扎着坐起来，脸色煞白，神志却还清醒，揉揉头发又晃晃脑袋，像劫后余生似的舒了口气，“总算消停了。”

他脑子还算清楚，但走起路来却摇摇晃晃的，不得不搭着夏夏的肩借点力。站在电梯里，还有闲心开玩笑：“不好意思，占你点儿便宜。”

夏夏横了他一眼。他比她高了整一个头，搭在她肩上的胳膊很克制地没有用力，仿佛怕压坏了她似的。

“怎么一顿饭吃这么久？”

“喝酒了呗！”田宁一说话脸上就流露出一丝痛苦的表情。

“你嘴巴怎么了？”

“舌头起泡了。”田宁暗暗嘶声哑气：“喝得太多，怕说错话，一个劲儿咬自己舌头。”

夏夏意外，叹口气说：“当销售真不容易。”

田宁苦笑两声，忽然有些沉默，直到坐进车里，才又慢悠悠地开口，竟有些咬牙切齿：“那家伙，如果不是客户，真想狠狠扇他！”

夏夏还待细听，他却没了下文，脑袋转向窗户外面，半天不说话。夏夏也由他，自顾自发动了车子。

车子在三江的夜色中乘风破浪般开过去，街上车流如水，行人匆匆，沿街店面灯火璀璨，无人管理的人行道上，小贩们正在为夜市忙碌。马路上到处流淌着生活，世俗热闹、纷繁芜杂。

到了田宁家楼下，夏夏把车停进车位，发现田宁已经睡着了，她想把他推醒，手刚伸出去，看到他疲惫不堪的脸，又有些迟疑，到底还是缩了回来。

好在田宁没多会儿就醒了，一个激灵坐直，看清是在自家门口才又放松下来，转头瞟了眼夏夏："谢谢啊！"

夏夏咧咧嘴："你能自己上楼吧？我就不送你上去了。"

她拎上包要告辞，田宁一把抓住她的手，见她神色有异，忙又松开："上去坐会儿再走吧。"

夏夏没好气："我晚饭还没吃呢！"

田宁居然好脾气地笑起来："那就更不能让你走了，我请你吃晚饭。"

"算了吧，你早点休息，别折腾了！"夏夏实则不想跟他多处。

偏偏田宁没眼色，竭力挽留："不折腾，我就在家做，做给你吃，我做饭水平不错的。"

但不管田宁怎么劝，夏夏还是坚持要走，她推了门下车，田宁一见也紧赶着下来，脚没站稳，一个踉跄就栽花圃边上了。

"喂！你……"夏夏没辙，只能又返身把他拉起来，"你到底怎么样啊？"

"眼花，头晕。"

"家里有人吗？"

"没，我爸妈都上亲戚家喝酒去了。"田宁此刻的态度老实得像小学生。

夏夏无奈，只得扶着他上了楼。

家里果然一个人都没有。

田家房子宽敞，装修得却很朴实干净。夏夏把田宁扶至沙发上躺下，又给他倒了杯热茶，看看他满脸通红又东倒西歪的模样，就这么走了有点不放心，只得不情不愿在他对面的小沙发上坐下。

"你父母什么时候回来呀？"

"早呢！晚宴一般都得九点才结束。"

夏夏看看表，这会儿七点都没到，不禁气馁，难道要在这里守他两个小时？

田宁倒安逸自在，他身体虽疲乏，但经过刚才这一路的折腾，睡意都给折腾没了。

"你饿不饿？"他问夏夏，"冰箱里应该有吃的，你随便挑。"

夏夏还真饿了，她在厨房找到一把挂面，冰箱里有生菜和卤肉，她取出来一些，打算下碗热汤面来吃。想起田宁也没吃晚饭呢，就走出来问他："你要不要？"

田宁摇头："吃不下。"

厨房活计中就属下面最省事，十来分钟后，夏夏已经坐在餐厅的桌边吃上了。

田宁歪在沙发上看着她吃，橙色灯光下，她那张对食物充满热情的面庞给他带来少见的暖意。

"我刚给你打电话时你在干什么呢，一副不情不愿的口气？"

夏夏吸吸鼻子，不满地回："如果是你，好好地跟朋友吃着饭，老板一个电话过来让你加班，你乐意？"

田宁故意忽略她的抱怨："朋友？是男朋友吧？"

夏夏面部表情顿时不自在起来："不是。"

田宁笑道："你别瞒我了，我这双眼睛很毒的，是男朋友又有什么关系。"

或许是他此刻柔和的语调，或许是周围温馨的环境，夏夏总算把素日里始终扛在肩上的戒备放了下来，舔了舔嘴唇，扭捏着道："真不是男朋友，才……第一次见面而已。"

"哦，原来是相亲去了。"田宁大感兴趣，在沙发上半坐起来，"对方人怎么样，是干什么的？"

夏夏把警察的情况大致说了说，但总觉得跟老板聊这种私人话题很尴尬，不愿深谈。她飞速把面吃完，借着洗碗的由头总算挡住了田宁的各种打探。

把厨房收拾干净后，夏夏重新回到客厅，见田宁双目炯炯，挺有精神，自己显然没必要再为他担心，便再次提出要走。

田宁一听又不乐意了："你家里有急事？"

"没急事我也得回家呀！我在你这儿不也没事干吗！"

"没事干？"田宁把脑袋一歪，想了片刻说，"我饿了，你给我下碗面吧。"

夏夏气得够呛："我刚才问你的时候你不是说不饿吗？"

"是啊！刚才是不饿，可现在饿了呀！"田宁一脸无辜，"你给我下一碗吧，你刚才吃的时候我闻着味儿真香。"

夏夏咬牙切齿杀回厨房，田宁还在客厅冲她嚷："不要太多，一小碗就可以了。真对不住，说了我给你做饭，反而要让你动手。”

七八分钟后，夏夏已经把热面条端了出来。

田宁讶然：“这么快？不会还是生的吧？”

夏夏不接茬，把碗撂在田宁面前，冷若冰霜道：“这回我可以走了吧？”

田宁笑道：“你就这么不待见我……行行，你回去吧。”他挣扎着要下沙发，“我送你！”

“不用！您把面条吃了早点去睡觉就算帮我了！”

可田宁已经踉跄着往门口走了。夏夏轻易越过他，眼看就要先一步抓到门把手，田宁心里不知怎么的一急，伸手就拉了夏夏一把。

“哎呀！”夏夏失去重心，朝后便向田宁身上倒过去，田宁也站不稳，两个人一齐滚倒在地板上。

静默了几秒后，田宁先大笑起来，夏夏发现自己居然置身于他的怀抱，顿时羞恼交加，想站起来，田宁却恶作剧一般拉着她不放。

“郭夏夏，知不知道，其实你很傻？”

夏夏气极了，欲反唇相讥，却见田宁忽然敛了笑，怔怔地凝视自己，眼眸里是从未有过的水一般柔和的色泽。

夏夏一呆，忽然觉得害怕，猛力推开田宁，跌跌撞撞爬起来，开了门就往外跑。

直到奔出小区走在灯火如昼的街上，田宁那双神色异样的眼睛还如鬼魅一般在眼前晃悠。

夏夏拦了辆车往家赶，窗外飞速流逝的景色渐渐使她平复了心绪。她抬臂轻嗅衣服上沾到的酒味，努嘴摇了摇头。

醉鬼真是世界上最可怕的动物。

长假最后一天，晓春给夏夏打电话，聊到那次相亲会，她支吾其词了片刻后才吞吞吐吐地说：“夏夏，要不然……我重新给你介绍一个吧！”

夏夏一听就明白跟警察没戏了，倒不觉得有多伤心，但自尊心多少受到了打击，意兴阑珊道：“算了，我最近也没心情弄这个，以后再说好了。”

晓春见状，只得好言劝她，话里话外的意思无非是：不是夏夏人不好，是跟那位警察气场不对盘。夏夏本也想挑挑警察的刺儿以表明自己并未在意，转念一想，晓春说不定以为自己是吃不着葡萄说葡萄酸呢，索性作罢。

跟晓春通完电话，夏夏心里的憋闷竟还有些排解不开，像一团灰蒙蒙的雾萦绕在心田，怎么也想不通那位警察究竟看自己哪里不顺眼了，以至于长假后第一天去公司上班，精神仍有些萎靡。

田宁没多久也到公司了，他新理了个超短的发型，神清气爽，步履稳健。

“郭夏夏，进来一下！”

“哦！”夏夏没精打采地跟进去，早把假期服侍他的那档子事抛诸脑后了。

田宁一边落座一边打量她：“你怎么跟霜打的茄子似的，出什么事了？”

“没有啊！”

田宁略一思索：“你相亲那事有结果了没？”真是哪壶不开提哪壶！

“黄了。”夏夏翻着白眼如实相告。

“谁没看上谁？”

“他没看上我。”

“哦——”

田宁下巴一昂，眼里装满了揶揄和笑意，夏夏顿时来气，嘴巴一张就开始控诉他：“要不是你中途把我拉出去，给人留下不好的印象，这事儿能黄得了吗？”她终于也学会他的惯用招术——抡起猪八戒的钉耙开始倒打。

田宁眉一挑：“讹上我啦？你别拉不出屎怪……”

话说了一半，想到自比“茅坑”不太妥当，兼之夏夏又是一副气势汹汹的表情，田宁生生把后面的话都吞了回去，叹口气，摇摇头道：“郭夏夏，你去洗手间照照镜子，看看你现在这副表情有多凶恶！”

夏夏丝毫不醒悟，恶狠狠地回：“给老板您干活，要不彪悍一点儿，我这条小命早不保了！”

言毕，夏夏气冲冲出去，还把办公室的门用力关上。

“胆儿肥了啊，你！”田宁目瞪口呆之余，也只是盯着夏夏消失的方向喃喃自语了这么一句。

过了春节，就是真正意义上的新年了，再无节日可盼，上班族们铆足了劲儿向前冲，为新年的指标冲锋陷阵。

三月，部门里更加忙碌，谁都希望能在季度末多签几张单子。而田宁最为紧张的是舜英的项目，闲暇之余，夏夏还听说迈信也在为此作着努力。

月中，舜英公司派代表来群新碰头，田敬宜亲自出面迎接，规格极其隆重，作为销售总监的助理，夏夏自然也没法偷闲旁观。

一整天，她被田宁差得团团转，捧着一叠资料往会议室跑时，还在走廊上邂逅一位中年男士，满脸堆笑地跟她打招呼："郭小姐，好久不见！"

夏夏愣了好几秒才反应过来，原来是教她打高尔夫的刘总。

刘总有意跟她套近乎，吃饭时提议田宁把夏夏也叫上，田敬宜都首肯了，却被田宁找个借口给推了，别人都没什么，倒是田敬宜格外多看了他两眼。

纷纷扰扰地忙了一整天，直到夜色袭来才算偃旗息鼓。

已经很晚了，田宁的办公室内却还亮着灯。

夏夏把老板交代的琐事都处理完毕，拎包进去打算跟田宁打声招呼回家。

办公室里，田宁正坐在办公桌后面跷着脚讲电话，口吻私密，见夏夏进来，也没避嫌的意思，只用手势示意她等等，夏夏只得干站一边。

"……他要接待就让他接待呗！我没什么想法，反正还没开标，放放烟雾弹也不错。你要能让他觉得这一单十拿九稳就更好了，到时这个跟头栽下去……哈哈！我知道我知道！你放心，叶吟风前怕狼后怕虎，玩不出多少花样来的……嗯，好，就这么着！"

挂了电话，田宁故意含笑望向夏夏，后者的脸色如他预期的那样，不太好看。

"是不是觉得我很卑鄙？"

夏夏转头不理他。

"如果我不卑鄙，死的那个人就是我。"

"我又没说什么！"

"那你摆这副臭脸出来给谁看？"田宁抬高嗓门。

夏夏心里很乱，一直以来，叶吟风在她心目中都是很正直的形象，即使自己离开了他，潜意识里，其实还是不希望他栽跟头。

"你以为叶吟风是什么好人？你以为他干干净净就能拿下那些项目？"

田宁从夏夏的表情中辨认出一丝犹豫和对自己的不屑，心头的怒火陡然加剧，未加思索脱口便道："他要真有你想的那么好，就不该为了那个浪娘儿们放弃你！"

夏夏的脸色顷刻间就白了，用难以置信的眼眸扫了田宁一眼，扭身便跑了出去。

她别过身去的刹那，田宁捕捉到她眼眸里似有晶莹的泪光，心顿时缩紧，有点不知所措地呆坐在椅子里。

其实话一出口他就后悔了。

他也不明白自己是怎么了，总想挑夏夏的刺儿甚至让她难堪，可一旦她流露出受伤的神色，他又很受不了。

也不知坐了多久，他忽然猛醒过来，呼地站起身，大踏步走出办公室。然而夏夏早已走了，座位上空空如也。

他盯着那张空椅子，一股强烈的失落感涌入心田。

夏夏在离出租房尚有一公里路时提前下车，沿着热闹的步行街慢慢往前走。

差点被田宁逼出的眼泪终究没有成形落下，随着时间的推移，心头那道伤疤毕竟越来越浅淡了。

夏夏气愤的是田宁对她的态度，似猫捉老鼠般戏弄自己，看到自己被逼急了他比签了大单还高兴。她始终弄不明白田宁是怎么想的。

当然，她也不打算弄明白。

于夏夏而言，田宁只是她生命中的过客，她犯不着为这样一个随时可能跟自己分道扬镳的人劳心费神。

一段路走到尽头，便是出租房小区的正门，而夏夏的心情也恢复得差不多了。她给自己鼓了鼓劲儿，把老板那张可恶的嘴脸抛诸脑后，抖擞精神走了进去。

舜英项目没多少悬念地落入群新囊中。单子金额可观，董事长田敬宜亲自召集了一场庆功宴，跟此项目沾点儿边的相关人员都被邀请到了，夏夏和王静也应邀在列。

席间夏夏去上洗手间，回来时在走廊巧遇田敬宜，他特意停下脚步跟夏夏打招呼，搞得夏夏受宠若惊。

“小郭哪里人呀？”

“我老家在宜奉，田董。”

“哦，那可是个好地方，出好茶啊。”

“是啊，我们那儿的白茶挺有名的。”

“什么时候回老家，给我捎两罐好茶过来怎么样？”田敬宜笑呵呵的。

“没问题！”夏夏腰杆挺得笔直，但觉董事长今天非比寻常，目光格外慈祥，态度也格外亲切，果真是人逢喜事精神爽。

她哼着小曲儿朝包房方向走，迎面又遇上田宁，曲调马上销声匿迹，同时恢复一脸的板正。

最近夏夏正跟田宁打冷战，挑战方自然是她，只要跟工作无关的事，她一概不发表评论，搞得田宁相当郁闷。

“田总。”夏夏彬彬有礼地称呼完就想擦身过去。

“你等等！”

田宁唤住她，狐疑地扫了眼她的表情，明明刚才还看见她兴高采烈的，一到自己跟前怎么立刻就晴转多云了？

“什么事，田总？”

“一会儿散了席你别忙回家，跟我去趟公司。还有点事要处理。”

“好的，田总。”

“我说，你能不能别这么一板一眼说话呀，跟唱戏似的！”

“是，田总。还有事吗，田总？”

田宁哭笑不得，挥挥手：“行了行了，你走吧。”

隔了几天，夏夏被田宁叫进办公室，交代完正事，他从抽屉里取出一个纸袋子递给夏夏。

“舜英的单子顺利签下了，这里头也有你的一份功劳，不过提成你是指望不上了，公司没这规矩。送你套衣服作为奖励吧。”

“我不要！”夏夏手都没伸。

田宁瞅瞅衣服，又瞅瞅她的脸色：“你连看一看的兴趣都没有？”

“既然公司没这规矩，我也不能随便收你东西。”

“跟公司没关系，我私人送你的。”

“那我就更不能要了。”

田宁把笔一扔，烦躁的情绪又在体内抬头：“你不至于让我原封不动退回去吧？”

“这跟我无关。”

“郭夏夏！”田宁匀了匀气，努力不让自己发作出来，“你还想不想要这份工作了？”

夏夏贞烈的眼神顿时疲软下来，轻咳一声：“田总，你不能老拿这事儿威胁我。”

“我没想威胁你！我签了单子高兴，想送点东西给你，你跟我撇那么清干吗？还有，你如果老带着现在的情绪来上班，我们以后还怎么共事？”

夏夏的坚硬又松动了几分，嘀咕一句道：“每次不都是你挑起来的事儿！”

田宁见她终于又说人话了，心情立刻舒缓了不少，脸上也有了笑意：“你又不是第一天认识我，我的臭脾气你还不清楚？连我妈都拿我没辙——行了，你把东西收好，咱跟从前那样踏踏实实地做事，多好！”

夏夏挣扎了片刻，到底还是向现实妥协了，挪动脚步靠过去，把纸袋子拿到手里：“那……谢谢田总了。”

她在公司没好意思把衣服拿出来看，到了家才掏出来细细品鉴。

田宁的眼光果然不错，尺码合身，颜色也很衬夏夏的肌肤。鲜亮的色彩让夏夏的心情不觉轻舞飞扬。

陶醉了片刻，她忽然想起价格的问题，连忙脱下来查看，但田宁早把牌子上的价格都给剪了。

不过这可难不倒夏夏，网络信息时代，只有你想不到的，没有网上查不到的——照着衣服的品牌规格一查就一清二楚了。

而查出来的价格让夏夏咋舌，一件毛衣加一套小西装居然要上万！

夏夏一晚上没睡踏实，那个清晰的五位数成了压在心上的一块石头。

翌日午餐时，夏夏特地等了王静一起去餐厅，旁敲侧击向她打探田宁以前有没有给前任助理送过东西。

王静眨巴着眼睛琢磨了几秒，立刻明白过来，又不想打击夏夏又不想说谎，咂了会儿嘴才道：“有是有的，田总么，为人还是挺大方的。”

“那……都送些什么呀？”

“这个嘛，得看情况，有时候是衣服，有时候是包包什么的，哦，他有次去香港带回来几瓶香水，还送了我一瓶呢！”

王静说得兴起，瞥一眼夏夏若有所思的表情，忙安慰道：“你别着急，他现在不送你不等于以后没机会。这次舜英的项目我知道你也跑了很多腿，要不……我给你去提点提点？”

“哦，不用不用！”夏夏拼命晃着脑袋，一颗心总算放了下来。

原来田宁给前任也是这么大手笔送的，没别的意思，枉她紧张了一晚上。

相比群新上下的喜气洋洋，迈信的气氛多少有些肃穆。

冯远哲和崔友新神色凝重地坐在叶吟风办公室里。冯远哲的手机刚拨过一遍，摇着头叹气："老林还是不肯接电话。"

崔友新心情沉重："这事赖我，一上来情况没调查清楚就……"

叶吟风摆摆手，表示他无须自责，同时对还在坚持拨号的冯远哲说："远哲，算了吧。他存心避着我们，你拨多少遍都没用。再说，事到如今，即使他给我们的理由再完美也于事无补，输了就是输了。"

冯远哲愁眉苦脸地把手机塞进兜里，叶吟风桌上的分机刚好响起，秘书转告："叶总，有位姓田的先生想跟您说话。"

叶吟风一猜就知道来者不善，深吸了口气："……接进来。"

田宁没遮没拦的笑声很快撞入耳膜："叶总！真是不好意思，舜英的案子被我签下了。"

"那就恭喜田总了。"

"哈哈哈！叶吟风你果然大肚量，知不知道老林为什么躲着你们？"

叶吟风在听到他来电的一瞬间其实已经想明白了，此刻只能保持微笑不作声。

"老林早就是我的人了！你是不是没想到？不过也没什么好惊讶的，我这陪绑的花招还是跟你学的，咱俩一报还一报两清了！你说是不是？"

叶吟风还是不说话，但笑容已经不太自在，手掌也在不经意间紧握成拳。

"老同学，说实话跟你较量挺带劲的，让我好像一下子回到学生时代，虽然那会儿我经常输给你。还记不记得你以前跟我说过的话——一次输赢算不了什么，来日方长，你还有的是机会！现在我把这句话回赠给你，哈哈！接下来，咱们就得在江润的项目上再见啦！"

江润的工程一拖再拖，搞得多家供货商惶惶不安，唯恐最终不了了之，好在新年过后，终于有了确定要上的可靠消息。

接完田宁的电话，叶吟风感觉身体的某处正在不断发生倾斜，整个人都似滑入失衡的边缘。

冯远哲和崔友新正拿期待的目光盯着他，似乎想等他再说两句，可他已无心废话，吩咐道："先这样吧。老崔，你回去检查一下江润的案子有没有遗漏的地方，明天我再找你好好谈。”

两人一走出去，叶吟风便再也坐不住，走到窗前，用力深呼吸，还嫌不够，又把窗户也打开。

初春的微风带一点羞涩的暖意，怯怯地拂上面颊，不冷不热。

他闭起眼睛，缓慢调整呼吸，期冀能够借这个动作让心情平静下来。

有人轻叩办公室的门，随即推门进来，是新聘的秘书李雯，手上捧一杯星巴克的咖啡："叶总，您要的摩卡。"

"放桌上吧。"

"好的。"

李雯搁下咖啡又轻手轻脚走了出去。

叶吟风在窗边站了十多分钟，才稍觉舒爽了些，他走回桌前，打算重新工作。

手一抬，居然碰倒了咖啡杯，棕色的液体顿时流了一桌，他好不容易调整过来的心情瞬间又被破坏殆尽。

他呼地站起来，抓起外套就走了出去，经过李雯的桌前时，略微顿足，沉声道："我桌上被咖啡弄脏了，赶紧叫阿姨去收拾一下。"

言毕抬脚便走，不去看李雯诚惶诚恐的脸，心里却对她充满厌恶——为什么要把咖啡放在他容易碰倒的地方？做事真是一点都不动脑筋！

李雯来了有一个月了，但叶吟风发现自己对她还是无法适应，他在潜意识里拿她和夏夏作着比较，嫌她不够机灵，不够热情，不够有眼力见，总之，她没有哪一点比得过夏夏。

坐进车里时，叶吟风的心情坏透了，尤其发现自己正在迁怒于一个无辜的小姑娘的时候，那份挫败感里又增添了几分对自己的鄙夷。

他那一向良好的自控不知何时离他越来越远。

梦萱家饰的门开着，里面没有亮灯，从外头望进去，有种步入黑暗的错觉，不过那也只是一瞬间的事——适应昏暗的光线后，叶吟风很快看清里面的人正在忙碌。

文萱新进了一批货，正和帮工蹲在地上拆包装，察觉脚步声，抬眸一看，笑容立刻漾起："你怎么这时候来了？"

叶吟风背光站着，文萱看不清他脸上的表情，只听见他嗓音低哑地问："你现在忙吗？不忙的话，陪我出去走走好不好？"

文萱忙起身去水池边洗干净了手，又吩咐了帮工几句，穿上外套对叶吟风道：“咱们走吧。”

从店堂到叶吟风的车子里，一路上文萱什么都没问，只默默地陪着他。

一上高架桥，叶吟风的车立刻开得飞快，超车换道毫不减速，文萱几次都不得不抓牢手环才能稳住身子，她扭头瞥一眼叶吟风，只见他嘴唇紧抿，双眸直视前方，像在跟某个看不见的人较真。

车子从匝道上下来后，转入一条僻静的老街，叶吟风才渐渐减速，随后把车停在马路旁。

两人同时松了口气，而文萱依然不吭声，她在等叶吟风先开口。

叶吟风挺直身子靠在椅子里，依然望着前方：“你怎么什么都不问我？”

文萱看着他笑了笑：“没什么好问的……你要疯，我陪你一起疯就是了。”

这句话如同最有效的宽慰药，让叶吟风浑身都松软下来。他解开安全带，侧身将文萱搂进怀里，文萱也环抱住他的腰，两人静静地相拥，彼此感受对方的体温。

“又有单子丢了？”文萱轻抚他扎手的后脑勺。

“嗯。”叶吟风声音闷闷的。

“这没什么，”她安慰他，“你不是常说，胜败是兵家常事。”

叶吟风没有回应，只是把苦笑埋进她衣服的褶皱里。

他不是没输过，比这次输得惨得多的都有过，可没有一次失败后像现在这样消沉。只有他自己清楚，他的难过并非全部因为输单。

许久之后，他终于松开了文萱，清俊的脸上重新绽放出微笑：“看见你，心情好多了。”

文萱也微笑起来：“这就回去？”

叶吟风摇头：“你有什么事想做的，今天我陪你。”

文萱想了想：“女人发泄郁闷最好的方式是购物，不知道男人是怎么样的？”

“都一样。”

第九章 背水一战

商场里依然开着暖气，叶吟风和文萱把外套都脱了，还是觉得热。两人手里都拎了好几个购物袋。

叶吟风看看表，时间不早了，便道："找个地方吃饭吧。"

"嗯。如果餐馆能供应冷气就好了。"文萱开着玩笑。

"这种天怎么可能！"叶吟风把手伸过去，"把东西都给我吧，我来拿！"

两人说笑着，文萱还亲热地挽着叶吟风的胳膊，像一对天造地设的完美情侣，不时有羡慕的目光朝他俩望过来，叶吟风察觉了，心情又渐渐好转起来。

一进雅阁的门厅就有人认出叶吟风，立刻过来打招呼："这不是小叶嘛！"

文萱很识趣地赶紧把手从他臂弯里抽出。

叶吟风也忙回礼："陈叔叔好！"

"你爸爸最近身体挺好吧？有时间让他出来跟老同事们喝喝茶嘛！"对方一面客套一面频频打量文萱，"这位是……"

叶吟风愣了一下，很快便道："我女朋友，邱文萱。文萱，这是陈叔，我爸特要好的一个同事！"

文萱含笑与对方寒暄。

陈叔笑呵呵地调侃："女朋友长这么漂亮，你爸爸妈妈肯定高兴坏了吧。"

文萱飞快地扫了叶吟风一眼，他虽然还在微笑，笑容却难免有点虚浮。

好容易摆脱了陈叔，叶吟风特意要了个包间，以免再碰到刚才那样的尴尬。

吃着菜，文萱慢悠悠道："你刚才，其实没必要那么介绍我的。"

叶吟风又是一愣，随即神色恢复坦然："早晚的事，你不用想太多，顺其自然就好。"

文萱没再反驳，朝他笑了笑。

不出两天，叶吟风预料的事果然发生了。

那天晚上他一回到家，就见母亲坐在客厅里，一副喜上眉梢的神色："吟风，你是不是有事瞒着我跟你爸爸？"

"没有啊！"他故作不解，低头换鞋的同时，心里还是有点惴惴。

"还说没有！老陈今天上午来都跟我们说了！"叶母嗔道，"你也真是的！有了女朋友也不带回家来给我们看看！"

"哦，你们早就认识了。"叶吟风竭力堆出自然的笑容。

"我认识的？"叶母眼眸铮亮，高兴坏了，"难道是夏夏？"

叶母对夏夏一直印象很好，几次暗示叶吟风带她来家里玩，所以夏夏离职的事，出于避免麻烦的心理，叶吟风也一直没跟家里人提过。此时听母亲再次提起夏夏的名字，他的心竟无端颤抖了一下，有点烦躁地低下头去："当然不是！是……文萱。"

"谁？"叶母没听清。

有那么一刹那，叶吟风忽然想逃，他几乎能猜到母亲接下来的反应，而那正是最让他觉得棘手的麻烦。

但他很快就对自己的怯懦产生鄙夷，心蓦地横下来，拖延和躲避都不是办法，该解决的问题早晚都得解决。

他走到母亲身边，含着笑坐下，口齿清晰地重复了一遍："妈，我女朋友是文萱，邱文萱。你们不是早就认识她了？"

叶母怔住："你开什么玩笑？"

"我没开玩笑，妈，我的确是在跟文萱交往……已经有几个月了。"

叶母明白过来后，脸色顿时变了，杏眉倒竖："叶吟风，你知道自己在干什么吗？"

这是一场意料之内的诘问，他不能逃避，必须认真面对。

叶吟风真诚地看着母亲："我知道。妈，我很喜欢文萱，她对我也一样，请你……成全我们。"

"混账！"叶母气得身子发抖，"你知道邱文萱是谁吗？她是孝祥的老婆，是你嫂子！"

叶母激愤的嚷嚷惊动了在房间里看杂志的叶父，他缓步踱出，摘下老花镜，皱眉看着他俩："你们又吵什么？"

“问问你儿子！他都在干些什么！”叶母拿手一指叶吟风，“老头子，你知不知道，他居然，居然跟邱文萱混在一起了！”

“妈！”叶吟风压制着不满，“文萱现在是单身，我也是单身，我们为什么不能在一起？”

“亏你还问得出来！”叶母眼中喷火，“先不说孝祥的事，邱文萱她还有个孩子，你让我跟你爸怎么跟别人解释？你一个好好的没结过婚的男孩子，放着那么多好姑娘看不上，非要去跟一个寡妇搅和在一起，我跟你爸的脸都给你丢尽了！”

叶吟风也怒了：“文萱是死了丈夫还有个孩子，可没哪条法律规定我不能娶这样的女人！妈，到底是您的脸面重要，还是我的幸福重要？”

叶吟风极少在父母面前发火，成年后这大概还是第一次，叶母被他几句话问得有些蒙，一时愣在那儿。

“好了好了，都别争了！”叶父做和事佬，拥着叶母往房间里去，“孩子都这么大了，你还当他五六岁不懂事呢，有话好好说，激动有什么用！”

“真是要气死我！”叶母抹了抹眼眶，愤怒过后只觉得无限委屈。

“妈！”叶吟风叫住母亲。

他为自己刚才的态度感到愧疚，语调放缓了不少，但又觉得必须强调一下自己的立场：“感情的事是讲缘分的，这个您以前也常放在嘴边。这么多年下来，我迟迟没有结婚是因为没碰到有缘分的那个人，直到遇见文萱……我不会放弃她的。”

叶母再次急得跺脚：“老叶，这事你到底管不管？你儿子现在昏了头，都六亲不认了！”

“走走走，进去再说！”叶父劝慰着，好歹把老伴哄进了房间。

叶吟风在空荡荡的客厅里孤身坐着，忽然感到前所未有的空寂。一直以来，他都把家当成最可靠的港湾，没想到有朝一日，他会向自己最爱的亲人宣战，而这个家，居然也变成了战场。

家里的难堪局面叶吟风自然无法向文萱和盘托出，他还在为尝试说服父母接受文萱而作着努力，尽管目前看起来很难。

与父母僵持了数天后的某个下午，叶吟风正在开会，秘书气喘吁吁跑来找他，说他父亲打电话过来了，好像有什么急事。

叶吟风匆匆赶回办公室，忘在桌上的手机果然有一串未接来电，叶父找不着他，只好打到他公司的总机上，前台又转给了他的秘书。

电话中，父亲的声音格外低沉："吟风，你最好马上回来一趟。"

叶吟风心头一凛："什么事，爸爸？"

"你妈这两天都没好好吃饭，刚才一直在喊胃疼。"

"那送医院没有？"叶吟风也急了。

"我给她吃了几片药，正卧床休息呢。你要没什么事就回来看看她。"叶父顿了一下，语气放缓，"你妈一直这么疼你，这次的事她也不是故意要跟你过不去，有什么话，你跟她当面好好谈。"

叶吟风心软下来，垂眸应道："知道了，爸爸！我现在就回来。"

叶吟风赶到家，母亲已经睡着了。

他蹑手蹑脚从母亲的卧房里退出来，父亲还在客厅沙发里坐着，扬手招呼他过去。

叶家是慈父严母，叶吟风从小的生活起居以及学习成绩一直是母亲在抓，父亲常年忙工作，很少过问，不过一旦母亲的教育出了问题，父亲就会出面跟叶吟风谈谈心，效果每每比母亲的责罚更有效。

"公司里没什么紧急的事吧？"

"没有。"叶吟风在父亲身旁坐下，他明白父亲一定有话要跟自己说。

"吟风啊，你和邱文萱……"

一听这开场白，叶吟风的神经立刻又绷紧了。

叶父岂能不清楚他的心思，看着已经长大成人的儿子，无声叹了口气："你三十出头的人了，又打小就很有主见，关于你感情上的事，我不想干涉，也无权干涉。你喜欢什么样的女孩，想跟谁在一起，那都是你自己的事。"

"谢谢爸爸能理解。"叶吟风不无感激，男人果然比女人理性多了。

"不过有两点我要提醒你。"叶父话锋陡然一转，"邱文萱毕竟曾经是孝祥的妻子，孝祥走了一年都不到，你就跟她……这是不是合适？"

母亲的严厉声讨没能击中叶吟风，偏偏是父亲这慢条斯理的一句问话让他心中忽地盈满羞愧，忍不住低下头去。

"还有，对文萱，你究竟了解多少？"

叶吟风听出父亲的弦外之音，略觉困惑和紧张："……爸，您什么意思？"

"我跟文萱不熟，也不了解她以前的经历。"叶父思索着，缓缓说道，"不过有件事情我印象深刻：那还是我跟你妈第一次见到她，就是去兰溪参加孝祥葬礼的那天，文萱她……当时的表情看上去很奇怪。"

不知为何，叶吟风盯着父亲沉思中的脸庞时，有种被一只看不见的手倏地攥住脖子的凉飕飕的感觉。

他没敢吭声，沉默地听父亲讲下去。

"她显得很安静，甚至有点冷漠，好像孝祥跟她一点关系都没有。整个葬礼的过程，她一滴眼泪都没掉。事后你妈还跟我嘀咕，说孝祥娶了这个老婆真是冤枉，走时连哭两声都不会。你知道咱们这儿的老风俗，人走了没有亲人哭就会成为孤魂野鬼，当然这是迷信……可文萱对孝祥过世的反应多少有点不合情理。"

听完父亲的描述，叶吟风不安的情绪反倒缓解下来，身子往沙发深处靠了靠，忍不住替文萱辩解："文萱的性子天生就这样，而且，她以前吃过不少苦，在待人处事方面有点……有点冷淡。"

叶父瞥他一眼："她跟你谈过以前的事？"

叶吟风唯恐父亲深挖，勉强点头："说了一点。"

叶父若有所思地看看他的表情，沉吟片刻后，总算没有盘根究底追问下去："我的态度刚才都说清楚了，我不会反对你们来往，毕竟你是成年人了。不过，能不能看在你妈妈健康的分上，把这件事暂缓一下？"

见叶吟风为难，父亲又道："你妈妈一辈子都以你为傲，你忽然给她来这么一下子，她肯定很难接受。再者，缓一缓对你也有好处。你可以想想清楚，你对文萱究竟是一时冲动，还是感情确实牢固到可以相濡以沫一辈子了。"

父亲的理由合情合理，让叶吟风很难开口说不，纠结半晌后方道："爸，您给我点时间，让我好好想一想。"

叶父嘴角流露出一丝淡淡的笑意，以他对儿子的了解，他明白这个回答最终意味着儿子将会妥协。

深夜，叶吟风独自驱车来到水月湾码头。

清冷的夜风从湖面上吹来，轻拂他的衣衫，而心头的烦乱却使他失去了感知寒意的能力，他双手攥紧栏杆，在昏沉的光线中眺向远处的湖心小岛。

一弯新月静悄悄地升至中天，水中倒影不时随波荡漾，一如他此刻不安分的内心。

他感觉有两股力量正在撕扯自己，巨大的压力下，他再次想到逃跑，却始终找不到可以藏身的庇护所。

想小时候的自己，是多么无畏，即使在并不擅长的运动场上，被田宁甩下好几十米，他依然会咬紧牙关冲到终点。女生们鼓励的欢呼是对付田宁嘲笑的最有力武器。

那时，他无论做什么都是英雄，哪怕失败了，老师、同学也还是会原谅他。或许这就是田宁对他最为耿耿于怀的地方。

年纪大了，怯意却像逢春的冰河，渐渐融化成水，要将他湮没。

他抬头，望向清冷的孤月，父亲的话如同阴云，悄悄笼罩于心田上方。

"孝祥。"他对着天空无声呼唤，和文萱相恋以来，这是个他始终想回避的名字。

"你爱过文萱吗？"他在银色的月光下发出迷茫的疑问，"如果你曾经深爱过她，你一定不会阻止她重新获得幸福，是不是？"

明月清辉，无人应答。

叶吟风转身，远处茶楼的灯光带来丝丝缕缕的橙黄色光线，婆娑的树影在夜风中微晃，他向着那片明亮的暖意缓缓走过去，心里却依然是雾一般的迷蒙。

回到家，父母的卧房里还亮着灯。

叶吟风在门外踌躇了几秒，终于还是探手叩门。卧室的门很快被拉开，父亲站在门内，目光平和地望向他。

"爸，我回来了。"

父亲点点头，从儿子的眼眸中意识到他有话要说，便闪到一边让他进来。

叶母坐在床头，正架着老花镜读报纸，对儿子进门的声响置若罔闻。

叶吟风走至床前，低声下气地问："妈，您身体好点儿没有？"

"托你的福，死不了。"母亲还是气呼呼的。

"妈，我想过了，我……都听您的，"叶吟风眼帘低垂，以掩饰内心涌动的痛苦，"我跟文萱……我打算……分开。"

叶母的目光在一行文字上顿住，稍顷，她搁下报纸，抬眸久久凝视儿子。即使再严厉的母亲，面对如此乖顺的儿子，心也难免会软下来。

她拍拍床沿，语气恢复了往日的柔和：“来，坐下说。”

叶吟风依言坐下。

“吟风，我知道你心里怨我。我也想让你高高兴兴的，可这毕竟是你一辈子的事，我不能看着你将来后悔。”

“妈……”

“不，你听妈把话说完。你以为妈妈是为了自己的面子才反对你跟文萱的？你太不了解我了。”

叶吟风不辩解，只默默地听。

“我跟你爸爸都这么大年纪了，面子不面子的没你想的那么重要。可妈还不了解你吗？你打小就争强好胜，不管什么事都希望能做到最好。不错，文萱是漂亮，但再漂亮的人看久了也会觉得稀松平常，到时候你能受得了她前面的两次婚姻？还有，你能一点疙瘩都没有就把小冬看成自己的孩子？”

叶吟风震动地看看母亲，仿佛回到茫然的小时候。这些实际得让他害怕的问题，他的确没怎么考虑过，或许是不敢往那方面想。

“你们年轻人，把爱情看得比什么都重，这我能理解，可爱情也讲基础，不是说非得门当户对，那都是老皇历了，我说的基础，是指你俩得有些相似的共同点，有谈得来的话题。问问你自己，你跟文萱之间有吗？你们两人无论在经历还是见识方面的差距都太远了。”

叶吟风张了张口，一时却找不到反驳的理由。

“妈是过来人，不妨跟你实话实说，爱情这东西，总有一天会退化甚至消失。到那时候，你要怎么对文萱？如果你找的是个跟你相似的人，有一天，爱情不在了，可你们还有友情，还有亲情，这些感情也足够维系你们在一起过一辈子。”

“妈，我……”

“吟风，知子莫若母，我知道你是个要面子的人，你选择了谁就会跟谁过一辈子，将来即使后悔，你也会忍着不说。可你觉得那样值得吗？与其到那一步，不如今天这个恶人就由我来做了。”

叶母说到激动处，眼泪婆娑，叶吟风忙抽了张纸巾递给她：“妈，看您说的，我不都已经……答应分手了么？”

“我是气呀！”叶母叹着气，“这个邱文萱，她一定是看准了你的为人才……”

“妈——”叶吟风皱眉，“文萱不是那样的人。”

叶母也懂得见好就收，眼见儿子神色不悦，忙道：“好了，好了，既然都决定了，以后这件事咱们就不再提了。”

叶吟风这才松了口气。

父亲笑着走过来：“母子俩说开了就好，吟风，总之你妈没别的意思，就是希望你一切都好好的。”

从父母房间里走出来，叶吟风的心绪复杂得无从言说，有痛楚，有失落，有愧疚，还有一丝他不愿意承认的松快。

即使再要强的人，面对麻烦时，也会产生逃避的本能。然而，是否真能逃避得了，只有走下去才知道。

一连几天，叶吟风音讯皆无，文萱预感一定发生了什么。几次拿起电话又放下。在对待男人的问题上，她早就习惯了被动承受。

可这次不一样，因为在乎，每一秒的猜疑都成了最难忍受的煎熬。

熬到最后，她却不得不放下矜持，用手机拨叶吟风的号码，一边拨，心里一边升起某种类似于悲哀的不祥感，而她清楚，自己所有的预感都是那样准确。

铃声响了很久才通，叶吟风低沉的嗓音从听筒里传进她耳朵：“文萱？”

“是我。”文萱努力让自己听上去欢快自然，“这两天是不是很忙？”

“嗯，在忙江润的案子，所以才没跟你联系。”

叶吟风平和的语气听不出异常，文萱悄悄松了口气，暗笑自己神经过敏。

“那，今晚过来吃饭吧。我做两个你喜欢吃的菜，再忙晚饭总得吃。”

“对不起，我……恐怕没时间。”

听着他心事重重的语气，刚刚压下去的疑虑猛又抬头，文萱一时竟有些愣神，半晌方笑笑说：“没关系，那就等你忙完再过来。”

刚要挂电话，叶吟风忽然又叫住她：“文萱！”

“嗯？”

“我们……暂时分开吧。”

叶吟风终于还是把这句话说出了口，这两天他不跟文萱联络是因为没想好要怎么跟她开口。

文萱胸口一窒，闭上眼睛，过了数秒才又睁眼，面庞惨白且渗出冷意，幸亏叶吟风看不见。她尽量保持平静的语气，很直接地问："你母亲不同意？"

"……嗯。"叶吟风被一语点破，忽然感到难过，"我的意思是……暂时分开一段。我妈……她一时很难接受……得给她时间。"

文萱猝然低头，咽下涌至喉咙口的哽咽，怆然一笑："没关系，你说怎样就怎样好了。"

"对不起，文萱……我是不是很没用？"

"别这么说自己。"文萱努力调整呼吸，对于这意料中的结果，她并不十分意外，尽管内心的伤痛如此强烈，她却不得不轻描淡写掩饰，她不习惯在被人抛弃时流露出软弱，"那么，先这样，预祝你拿下江润的项目。"

"谢谢，你也……保重。"

文萱笑到最后一秒，直至听筒里传来忙音，她脸上的笑意才像被劲风刮跑似的消失得一干二净。

手机从掌心滑落到腿上，她浑然未觉，只感到阵阵寒意从心底直逼上来。

叶吟风身边从来不缺乏女人的身影。

他从小学五年级开始就能收到女孩子的情书，到大学毕业，其间收到过的表白，包括书面的、口头的，简直不计其数。

渐渐地，他基本上只要一瞥女孩的眼神就能判断出对方是不是对自己有好感，尽管大多数时候他都选择装傻。

他曾有过三次感情经历，两次在校园，一次是在工作以后。三次都是女朋友主动找上的他，且三次无一例外，都是对方甩了自己，理由各不相同，但他总结了一下，无非就是在自己身边找不到存在感。

每结束一段感情，他都有如释重负的解脱感——他被女孩子包围得太紧了，难得有空间透透气，顿觉浑身上下每个毛孔都无比舒畅。

后来，再有女孩对他示好他就谨慎多了，恋爱的滋味固然美妙，但他实在不喜欢每时每刻都被捆绑住的感觉。

而和文萱的相恋、分手，却和以往任何一次都不一样。

这一次，是他主动向对方表白——虽然他早就察觉到文萱对自己显而易见的好感，末了，也是他主动提出分手。

世上的恋情到头来无非如此，爱了，分了，没什么稀奇。可对叶吟风来说，或许正是因为那一点点与以往的不同，让他在分手之后不但没觉得如释重负，反而因为愧疚而郁郁寡欢。

当然，在分手的最初几天里，叶吟风也曾感受到解脱的快感，不过这种快感并非因为终于可以摆脱女朋友无休止的纠缠和各种令他烦乱的要求，而是——他终于可以不必再因为文萱的身份而面对各种诘问和异样目光了。

然而，轻松了没多久，与文萱在一起的点点滴滴便不断在脑海里重现，他曾经允诺过的那些海誓山盟尚未实现就都不作数了。他是个重诺的人，说那些话时也是真诚的，以为自己确有能力给文萱一个美好的未来。

曾经的种种承诺却在父母亲情面前被轻而易举击碎。

而父母的反对其实并未激烈到玉石俱焚的地步，叶吟风也因此意识到自己的妥协之中包含了太多复杂得连他自己都说不清的成分，他因此对文萱更加歉疚。

文萱没有像他的前几任女友那样，信誓旦旦说了分手，之后却还藕断丝连给他打电话、发短信，再折腾了一阵后才彻底销声匿迹。

她安静得像一片云，无声地从他的世界飘过，没有怨言，似乎也毫无留恋。

不安地挨过了一周，叶吟风到底没忍住，在某个下午拨了文萱的手机号。

她的手机关机。

如果她接了电话，两人在见不着面的条件下云淡风轻地扯几句，叶吟风或许能好受一点。

文萱是在跟自己赌气么？还是她决心完全从自己的生活中撤退？

他心烦意乱地把手机抛在桌上，脑子里渐渐被各种不祥的猜测堆满，再也按捺不住，索性撂下工作，驱车去了文萱的店铺。

出乎他的意料，店铺没开张，卷帘门闭着，上面还贴了一页纸。叶吟风凑上前去细读，居然是张店铺转让的启事。

他像被人猛捶了一拳，倒吸一口凉气后，转身就奔回车上，疯狂地往文萱家里赶。

懊悔在一瞬间吞噬了他整颗心。他本该料到这个结果的，他不是不了解文萱的脾气，她外柔内刚，遇事不会哭闹，却也有自尊，有主见。

叶吟风一边猛踩油门，一边祈祷文萱还没离开三江。

他心里忽然涌上来疯狂的念头：只要她还在，只要自己能赶得及，这一次，他一定要将她留住。

此时他满脑子想的都是文萱的好，哪怕只是对自己微微的一笑，就足以令他神魂颠倒。

叶吟风忽然醒悟到，原来他是那样深爱着文萱，却愚蠢得放手推开了她。

他有文萱家的电子门卡，泊好车，他一路刷卡进门，等不及电梯，他一口气奔至八楼，很快就站在文萱家的门前。

可他不敢掏钥匙开锁，唯恐推开门后看见的是满目凄冷。

他砰砰地砸门，响声惊心动魄："文萱，你开门！文萱，你在不在？"他近乎绝望地喊着，仿佛遭遇了世界末日。

其实他并未等太久，门就被拉开了，文萱略带诧异，愣愣地站在门内。

叶吟风跑得气喘吁吁，此刻仍在大口喘气，他瞪视着文萱，一阵恍惚，简直像在梦里，上前一把抱住了她："文萱，原来你没走……"

文萱置身在他怀里，却有些木讷，任由他抱着。

叶吟风没有等来预期中的热情回应，抱了她一会儿，也就讪讪地松开了手。

文萱的神色很快恢复如昔的平静，侧身让至一边："进来说吧。"

叶吟风被她冷淡的声音感染，激烈的情感渐渐平复下去，不敢再在她面前唐突。

"我打你手机不通，又去你店里，看到那张转让启事……"他盯着她的背影喃喃解释。

房子收拾得很干净，文萱径自走进卧房，叶吟风也跟进去，展现在眼前的是收拾得光溜溜的床架，两只行李箱分别摊开在床的两边，文萱正把衣柜里的衣服一件件往里叠放。

"对，我是打算把店铺转出去。"文萱埋头叠衣服，长发披散下来，掩住了她的表情，"我跟小冬要离开这里了。"

叶吟风的手不由自主紧握成团，果然还是被他猜到了。

"你们……打算去哪儿？"

"回兰溪。"文萱依然没把头抬起来，语气里透出的沉着让叶吟风良心难安，"我想清楚了，我跟你确实不合适，你母亲说得没错，你该找个更好的女孩成家才对，之前……是我太贪心了。"

她终于直起腰来，正对着叶吟风，面颊上挂着让他心碎的淡然微笑：“其实，我本就不该来三江，我在这儿只会给你添麻烦。”

叶吟风喉头涌动，想说点什么，嗓子眼里却似被什么东西堵住。

“哦，差点忘了！”文萱拉开床头柜，取出一份文件递给他，“本来想等走的时候快递给你的，既然你来了，省了我一件事。”

叶吟风没接，拿眼睛盯着她：“是什么？”

“我在迈信的股份，全部转赠给你。”文萱轻松地耸耸肩，“不过话说回来，这些本来也不属于我。”

叶吟风眉心颤动了一下，他没想到文萱居然会这么洒脱。

“至于这栋房子，”文萱目光环顾四周，充满留恋和不舍，“既然写的是我的名字，我就不退给你了，虽然买它的钱实际上也是你挣的。”

“我已经委托中介帮我挂牌转卖了。”她对他抱歉地一笑，“我和小冬需要钱。”

叶吟风缓缓地摇头，起初动作轻微，到后面变得越来越猛烈：“不，你不能这么做！”

他久埋在心底的愧疚和不舍此刻都被文萱的离开搅动了出来，一股从未有过的蛮横紧紧攥住了他。

叶吟风跨前一步，猛然把文萱揽进怀里，搂得死死的，她几乎喘不过气来。

“邱文萱！你不能就这么走了，我不会让你走的！”

文萱僵直地任他搂着，下巴搁在他肩上，酸楚地笑笑：“可我在这儿能干什么呢？”

“我什么都不用你干，我们……我们结婚。”

文萱的身子微微震颤了一下。

叶吟风像终于想明白了似的，激动地松开她：“文萱，嫁给我！我要娶你！谁也别想阻拦我！”

他说得咬牙切齿，仿佛在跟黑暗中的某股势力作着较量。而母亲语重心长的那些话以及父亲的规劝此刻全都不管用了，他唯一渴望的是能保住怀里这具温热的躯体。

文萱闭上双眼，两行热泪顺着面颊淌下，她缓缓抬起双臂，迟疑片刻后，牢牢环抱住叶吟风。

第十章 醍醐灌顶

如今夏夏想跟晓春吃个饭、逛个街已非易事，自从有了男朋友，晓春几乎把她所有闲暇的时光都贡献给了爱情，导致可供友谊发展的空间日渐狭窄，这让夏夏对晓春的新生活充满了羡慕妒嫉恨。

而晓春则在电话里热络地给她指点迷津：“你也找一个吧，有了男朋友你会发现整个世界都变得跟从前不一样了。”

“我哪有时间呀！”夏夏叫屈，“每天都加班！星期六、星期天还动不动就给叫去公司随意供人差遣。老板没人性，下属哪里还找得着春天！”

“你怎么又走回原来的老路了呢！”晓春不满。

“有什么办法！没有男朋友就多挣点钱呗，免得将来老无所依。”夏夏既是玩笑也是无奈。

“因为没有男朋友，就把时间全花在工作上，因为没时间，结果就找不到男朋友……郭夏夏，你这叫恶性循环！”

“我也不想这样，可也得有人看得上我才行啊！”

“哦，我听出来了，你是给上次那警察给打击到了吧。”晓春安慰老友，“那也不赖你，说不定人家口味独特或者性取向方面有什么问题呢！”

夏夏满腔怨念顿时化作笑声：“你也忒嘴毒了，合着人家没看上我就是同性恋啊？我又不是测试同性恋的工具！”

“我哪里嘴毒了！同性恋搁现在这个时代也没什么值得大惊小怪的，人家美国都允许同性恋结婚了！夏夏，我觉得你的问题还是得走出来，要敢于广泛地跟各种未婚人士相亲……”

“又是相亲！我一听就直打哆嗦。”

“你不跟人见面怎么会有机会！”晓春换了口气，还想语重心长开导夏夏一番，没承想江友天找上门来了。

恋人一到，友人只能退至一边，两人的电话粥以晓春和江友天出门约会而告终。

挂了电话，夏夏怅怅然从床上爬起，难得的假日，既然没人可陪，就自己出去逛逛吧。

可一个人逛总是有些意兴阑珊，她就近去了趟超市，把一周的生活用品买全了，又踩着香樟的落叶走回小区。

老巷子灰色的砖墙上被常春藤爬得密不透风，活像一条绿色的长挂毯，墙根下又有无数草本植物执着地从缝隙里钻出来，争先恐后给这条年岁悠久的老巷增添春的气息。

四月来了。

夏夏记得在学校时读过几本诗集，据说四月是诗人们最觉惆怅的时节，万物复苏，所有活物都蠢蠢欲动，努力生长。而诗人看得显然比一般人长远，他们来不及体味生命的快感，就在提前为这一幕的结束感到悲伤。

夏夏抬头望望天，没有传说中的碧空如洗，工业化将城市的天空熏染得看不出底色。但鸟儿依然在空中飞翔，花儿尽情舒展身姿，眼前的一切都生机勃勃，让人由心底生出一股慵懒的愉悦。

眼前是长长的围墙和青石路，石路上布满樟树的倒影，夏夏踩着树叶缝隙间的光斑无聊地朝前迈步，无声弹奏着理查德最脍炙人口的钢琴曲。

“夏夏！”街对面有个声音清晰地唤她。

夏夏没来得及辨识声音的主人便本能地转过脸去，看到文萱着一身紫衣站在对面的沿街店铺跟前，心里顿时咯噔了一下——不论愿不愿意，她跟文萱到底还是堪堪遇上了。

文萱见她站着不动，便主动穿街过来，带着一脸重逢的喜悦。

“你也住这里？”文萱注意到她手上的超市马甲袋。

夏夏只是点点头，懒得多解释，脸上的表情却依然有些僵硬。

“我一直想打电话给你。”文萱抿了抿唇，神色中注入了一丝小心翼翼。

这让夏夏有些意外：“你……找我有事？”

“是的。”文萱迎视她的双眸略微眯了眯，“我跟叶吟风……要结婚了。”

恍若一个霹雳从头顶闪过，夏夏猝不及防，心狠狠抽搐了一下，她慌忙低下头去，心里却为自己这样的反应感到羞耻。

原来时隔半年，她还是个在感情面前一筹莫展的小嫩瓜，连稍稍掩饰一下情绪都不会。

文萱对她的神色视若无睹，兀自诚恳地说着：“我在三江没什么朋友，而你对我，还有小冬曾经那么好，所以，我觉得有必要把这消息告诉你。”

难过像龙卷风一样袭来，又被夏夏驱赶着强行出境。她深吸了口气，明白此刻保持沉默是不对的，她必须给自己保留几分尊严。

终于，她仰面，在面庞上努力堆出笑意：“恭喜你们！”

文萱剪眸如水，笑得格外亲切：“谢谢你，夏夏。”

夏夏保持着直视对方的姿势，不经意间却发现文萱也有一丝不知所措的神色，这让她难堪的情绪好歹舒缓了几分。

“婚礼就在这个月底，我希望你也能来参加，但不知道你有没有时间？”

夏夏忽然不知哪来的勇气，点点头说：“只要有空，我一定去。”

“那你给我留个地址好不好？过两天，我给你发请帖。”

“不用那么麻烦，你把酒店名称和具体时间发短信给我就可以了，我的手机号没变。”

文萱高兴地点头，双眸因为夏夏的允诺而发亮，仿佛夏夏能去参加婚礼是对她的恩典，这让夏夏一时难辨复杂的滋味。

告别了文萱，夏夏转身继续走自己的路，可心情明显一落千丈，每一个步子落下去也仿佛不知轻重，再也没有了先前的愉悦。

走着走着，眼泪蓦地下来，刚才在文萱面前伪装的坚强像斑驳的墙粉，分崩离析，迅速暴露出脆弱的内里。

理查德轻松欢快的钢琴曲赫然转换成贝多芬的交响乐，凝重、阴森、充满愤怒和力量。

她浑然不顾周围异样的目光，一路掉着眼泪走回了家。

此时此刻，她终于相信，四月，的确是哀伤的季节——她在这样一个阳光明媚的春日早晨，用泪水彻底埋葬掉了她的初恋。

一大早，田宁的身影便出现在公司大厅门口，他大踏步往办公室方向走，老远就注意到了夏夏，她两眼正无神地对着电脑，心思却明显不在电脑上。夏夏是个不擅掩饰情绪的人，田宁很容易从她的面部表情判断出她心情的好坏。

等走近了，田宁没有跟她搭讪，夏夏也木然不动，仿佛全然没注意到老板已经驾到。

进自己办公室前，田宁扭头瞥了夏夏一眼，紧接着又瞥了一眼，夏夏从电脑屏的反光中把他的举动看得一清二楚，但只作不见。

田宁的一只脚都踏进办公室了，却忍不住又抽出来："郭夏夏，你进来！"

"啊？哦！"夏夏无奈，只得装作如梦初醒似的转头看了看田宁，随即起身跟进去，神色却依旧有些恍惚。

"坐啊！"田宁指指自己对面的椅子。

待夏夏落座，他把头凑近她，神色夸张地打量她红肿的双目："你这里，怎么回事？"

夏夏扭脸躲避他咄咄的目光，含糊解释："……被风吹的。"

"被风吹的？昨晚三江刮大风了？我怎么没发现！肿成你这种程度，怎么也得十级以上的大风才刮得成吧！"

夏夏不理他的调侃："田总，你找我有什么事？"

"我听到一个消息，"田宁别有深意地盯着她，"叶吟风这个月28号结婚——你所谓的刮风不会就是指这个吧？"

夏夏低着头没吭声，她知道什么都瞒不过田宁。

"对了，你是怎么知道的？"田宁越发好奇起来，"叶吟风不至于无耻到还打个电话亲口通知你吧？"

"不是……昨天在路上碰见邱文萱了。"

也许昨晚的哭泣太伤筋动骨，夏夏已没力气抵抗老板的盘问，索性一五一十全招了。

"这女人可够狠的。"田宁低声嘀咕了一句，又扬起嗓门，"她请你去参加婚礼了？"

"嗯。"

田宁笑起来："叶吟风也请我了。这点我对他倒是刮目相看，与其娶个老婆还要藏着掖着，不如索性高调公开，'我就娶个拖油瓶，你们能把我怎么着吧！'正好堵所有人的嘴——你去不去？"

"没想好，看时间。"

田宁一乐："你如果真想去，就是有再紧急的事我也能放你！"

夏夏听不下去，冷着脸站起来："我先出去了。"

"等下！我还没说完呢！你想去的话，提前告诉我，咱俩一起就个伴儿！"

邱文萱和叶吟风的婚礼，夏夏最终还是决定去了。不过她可没听田宁的主意跟他结伴同去，婚礼那天，她提前一小时偷偷溜了。

虽说田宁早就撞破了她对叶吟风的那点心思，如今夏夏在他面前也没什么可难堪的，但她依然受不了田宁那张爱说废话的损嘴，一个人去起码耳根清静。

坐在出租车里，她依然想不明白自己为什么最终会决定去——这场婚礼和她关系不大，她不是非去不可的。但潜意识里，夏夏又朦胧地觉得，如果她选择不去，邱文萱和叶吟风一定会以为她是出于怯懦和放不下，而这是她最无法忍受的。

下车前，夏夏正掏钱包付账，田宁的电话追杀过来："郭夏夏，你怎么不等我就走了？"

夏夏早有准备，立刻倒打一耙："咦，你还没走？！我见你不在办公室，还以为你早走了呢！"

田宁没辙，不满地解释自己临时被田董找去谈事了。眼见跟她同路无望，只得又叮嘱道："你比我先到，记得给我留个位子，我这就过去找你！"

"好！"夏夏答应着，阴晦的心情因为捉弄田宁成功而稍稍有了点儿起色。

婚礼设在尤家花园饭店，这家饭店是根据一座民国时期的豪宅改建的，亭台楼阁错落有致。

夏夏沿着迂回的游廊走向百花厅，远远地就听到欢声笑语，她近乡情怯似的放慢脚步，直至在游廊拐弯处驻足。

不远处的花厅门口，叶吟风和邱文萱手挽手站着，皆是盛装打扮。

文萱一席白色婚纱，美得如同直接从画中走下来似的，而身畔的新郎也是玉树临风，两人宛如天造地设的最完美组合，比婚纱宣传册中的模特不知优雅般配多少倍。

夏夏远远望着那对璧人，心底的酸楚在所难免，但她懂得木已成舟的道理，此时此刻，除了祝福，她不知道自己还能做些什么。

她努力调整呼吸，放柔表情，即使步履再沉重，也没有踯躅不前的道理。

她慢慢接近新人，直到觉察到自己已经出现在他们的视野之内，紧张的情绪忽然加深，幸好在她前面还有一对来宾夫妇急切地要跟新郎新娘寒暄。

夏夏把事先准备好的红包握在手里，却狼狈地发现自己的手居然在不由自主地颤抖，她对自己的胆怯感到懊恼，但此时即使想逃也已经来不及，排在她前面的来宾夫妇正由迎宾人员带离，数秒间，夏夏便暴露在新人面前。

她鼓足勇气，硬着头皮走上去，把红包塞进文萱手里："叶总，文萱姐，恭喜你们。"她的声音低若蚊蚁，根本没有勇气抬头直视两人。

文萱早就注意到她，此刻更是喜不自胜，忘情地抱了抱她，俯在她耳畔低语："夏夏，真高兴你能来！"

叶吟风也道："谢谢你，夏夏！"口气异乎寻常的真诚。

夏夏心潮起伏，有些慌乱地想尽快进大厅，视野中却忽然出现一只手，是叶吟风的。她这才仰头仓促地扫了他一眼，叶吟风正用一贯柔和友好的目光凝视着自己。

夏夏有点茫然地把手也伸了过去，给他握住。

叶吟风的手掌温暖细腻，而夏夏掌心里全是因为紧张生出的汗。他轻轻加力，仿佛在给她打气。

夏夏一个恍惚，忆起去年秋天在茶馆，他也曾像今天这样向自己伸出手，让她感受到他掌心的温暖。

那一次，她误会了他，浑浑噩噩把一颗心交出去，结果落得个头破血流。

夏夏用力抽回手，眼眶也蓦地湿润，笑容几乎保持不住，慌忙偏过脸去。

多亏文萱已经安排了带她入席的人，她跟着对方走进去，把酸楚和惆怅尽皆埋入心底。

一进热闹的婚宴大厅，忧伤便无处容身，夏夏的老同事们一看见她便大呼小叫："郭夏夏！夏夏！坐我们这儿来！"

夏夏转眸，看到了熊汶、小双和许多张熟悉的面孔，心情顿时明朗了不少，含笑走过去的同时，把田宁的叮嘱忘在了脑后。

老友重逢，格外亲热。无数个问题抛向夏夏，各种八卦此起彼伏。

"夏夏，你一走，我们徐景别提有多伤心了！"熊汶搂着腼腆的徐景嬉皮笑脸，"他几次说想跳槽去群新跟你会合，亏得老金跟我死劝活劝才把他留下！你说你这一走多耽误事儿！"

"你拉倒吧！"小双翻着白眼拆穿他，"上回是谁说要把自己一表妹介绍给徐景的，这会儿见了夏夏又卖乖！夏夏你别信他们的！"

夏夏抿唇笑着，由他们说去。

“要说还是郭夏夏面子大！”熊汶换个话题，“前老板结婚还专门请你来参加婚礼！”

“那还不是夏夏干活认真，得叶总赏识！”小双说着，拢手俯在夏夏耳边悄悄告密，“叶总对现在的秘书很不满意呢，嫌她做事没眼力见。唉，我现在才发现，原来我们老板也是个很挑剔的人！真奇怪，你当初在的时候怎么一点问题都没有？”

夏夏一时不知该如何作答。

大伙儿正起劲地聊着，司仪奔上台，拿话筒大声讲了几句，闹哄哄的气氛才有所好转，婚礼马上就要开始了，新郎新娘也已走到大厅门口作好了进场准备。

司仪声情并茂地讲了一番开场白后，结婚进行曲奏响，新人的身影逐渐推入众宾客的视野。掌声四起时，夏夏的心情再度陷入落寞；也许是因为文萱脸上幸福的微笑，也许是因为小双刚才说的那一席话。

她垂下头，不去看众人期待的最风光艳丽的一幕，并在新人即将抵达主席台时，借口上洗手间，从边门溜了出去。

此时，所有的宾客都在大厅内观摩婚礼，百花厅的门口除了一个大大的鲜花拱门和两名门童外，人影寥落。

司仪的说话声穿透木质墙壁传入夏夏的耳朵时已被过滤得听不清楚，她加快步子，急切地想找个地方静一静。

花厅一角的待客区内，有个瘦弱的身影孤零零坐在沙发里，夏夏经过时，忍不住移目细瞧，却是自己认识的——叶吟风的母亲。

叶母听到脚步声也转眸张望，两人目光相撞时，夏夏少不得过去打声招呼：“叶阿姨！”

叶母本来愁眉苦脸地坐着，抬头看见夏夏，眼眸亮了亮，也站起来：“小郭，你也来了？”

夏夏腼腆地笑笑，反问：“您怎么不进去呀？”

叶母重重叹了口气，望着夏夏的眼里简直有千言万语，却无从说起，再次化作一声叹息，紧接着又无奈地摇摇头。

夏夏不笨，立刻猜到叶母对这桩婚事想必极不满意，但终究拗不过儿子的坚决，勉为其难同意了，此刻虽生米煮成熟饭，到底意难平。

她也不知要怎么劝慰老太太，正搜肠刮肚想说几句闲话缓解下气氛，宴会厅大门方向有人急匆匆奔出来。

“叶阿姨呢？叶阿姨！赶紧进去吧，轮到您上场了！”

叶母一听，眉头又紧皱起来。

夏夏也忙道：“阿姨，您快去吧。”

其实根本不用她劝，两名婚礼组织者早已冲了过来，绑架人质似的把叶母拉了进去。

看来，这场婚礼至少有两个人是不太愉快的。

她在酒店的走廊里来回踱步，眼看再拖延下去就会引来一堆盘问了才又回到大厅。

婚宴已经进入到最高潮，台上，新郎新娘正共同举刀切蛋糕，一旁的香槟酒早已倒好，只等蛋糕切完，就可以正式开席了。

婚礼虽然豪华高调，但肉麻亲热、插科打诨的环节一概没有，整个仪式干脆利落，前后不过十多分钟，夏夏不禁想起叶母沉重的背影。

小双问夏夏：“你刚才上哪儿去了，这么久才回来？你的手机响了好几回！”

夏夏忙掏出手机来查看，全是田宁的号码，赫然想起田宁的嘱咐，立刻暗呼糟糕。

她正要给田宁拨回去，手机又响了，还是田宁，他在大厅里来来回回找了夏夏几圈，这会儿听到她的声音，已经没脾气朝她吼了，口气完全迷惘：“郭夏夏，你究竟在哪儿呢？”

夏夏忙讲明自己的方位，三四分钟后，田宁晃啊晃地过来了，看见她，长叹一声：“娘的，可算找着你了！你怎么坐这么角落？”

夏夏怕他埋怨自己没给他留位子，赶忙反问：“你坐哪儿了？”

田宁朝靠近主席台的一桌指了指：“就那儿，全是老头老太！我还给你留了个空位呢，怎么样，跟我一起过去？”

夏夏哪里肯：“我坐这儿挺好的，都是我以前的同事！”

田宁难得没勉强她：“行，那你吃着吧！”又拿手机点点她，“完事了别又跑！记得给我打电话！”

“哎，好！”

老板一走，夏夏立刻长松一口气，目光调转回来时，才注意到一桌子人全虎视眈眈瞪着自己。

"好你个郭夏夏，有男朋友了也不告诉我们一声！"熊汶捶着桌子声讨她。

小双语露羡慕："夏夏，你男朋友真帅气！一看就是特自信的那种人！他是干什么的？"

夏夏最恨别人把她跟田宁往一块儿扯："哪儿跟哪儿呀！这是我现任老板！"

"啊？是你老板呀！那不就是群新的田宁了！我说怎么有几分面熟呢！"在座的人中也有跟田宁打过照面的。

"可不就是他么！"

"奇了怪了，他怎么也来了？"

"听说他跟我们叶总以前是同学，生意归生意，结婚属于私事，理当请的！"

大伙儿七嘴八舌交换八卦，敢情了解内幕的人还不少。

众说纷纭间，新郎新娘已经换过礼服，在一桌桌敬酒了。这个宴会厅足以容纳下一百桌筵席，放眼望去，上座率达百分之八九十。

小双咂嘴道："这七八十桌酒敬下来，新郎新娘估计都得累趴下！"

"所以说老冯和老崔今天任重道远啊！"

冯远哲和崔友新是迈信公认的酒量最好的两人，今天担任着替新人挡酒的重大使命。

眼看新人离自己这桌越来越近了，夏夏再次萌生逃跑的念头，她怕在众人面前失态丢脸。

可前同事们对她热情不减，几乎什么话题都能跟她沾上边，她寻不着开口的机会，犹豫彷徨之时，机会稍纵即逝。

夏夏这桌年轻人多，平时没机会调侃叶吟风，今天撞上他结婚这样的大好时机，岂肯轻易放过，一桌子人挨个儿向新人敬酒，但都被冯远哲和崔友新巧妙地化解过去，鉴于崔友新在公司的地位，他们也不敢太胡闹。

轮到夏夏时，文萱立刻从伴娘手上取来一瓶果汁，给她倒了一满杯。熊汶一见不乐意了，把夏夏的杯子抢过去换上红酒："夏夏是叶总的前任秘书，跟我们这些干活儿的可不一样，怎么能拿果汁糊弄人呢！一定得喝酒，大家说是不是？”

一干人正嫌没机会闹，被熊汶一鼓动，全都似打了鸡血，使劲拿酒杯在玻璃桌面上敲打响应。

夏夏红着脸一再推拒：“我不会喝酒。”

“不会喝，找人帮你嘛！”熊汶一推徐景，“哥们儿，你机会来了，赶紧上呀！英雄救美懂不懂？”

徐景被大伙儿一起哄，只得也红着脸，半推半就把杯子接过来，跟新人的酒杯碰了碰，随即一饮而尽，气氛一下子推到高潮。

熊汶又倒满一杯红酒给叶吟风：“我们这边可全都喝了，叶总您也不能老玩虚的，这杯是我代大家敬新郎新娘的，喝了这杯，祝您跟太太新婚美满！”

冯远哲又想挺身干涉，被叶吟风拦住，他接过酒杯，没有马上喝，随手搁在桌上，出乎众人的预料，他又取过一瓶果汁，又给夏夏的杯子里斟满一杯，端起来递给她：“夏夏，谢谢你今天能来！这一杯，我敬你，我干了，你随意！”

这突兀的一幕弄得大伙儿都有点儿愣。

夏夏强笑着与叶吟风碰了杯，眼看他一口气将红酒饮尽，她也下意识地把冰冷的果汁都灌进了胃里。

气氛不知怎的有点凝重。

文萱轻拽叶吟风的衣袖，示意他去下一桌，而他的脸倏忽间已红得像枫叶，脚步踉跄间，还不忘优雅地对众人笑一笑。

“叶总是怎么了？”小双狐疑地看看大家。

“估计酒喝多了吧？他平时不就不太能喝酒吗！”熊汶说着望向夏夏，夏夏视若无睹地呆坐着，仿佛听不见周遭的声音，他只得耸耸肩，不再胡乱评价。

夏夏心里清楚，这些迈信的老同事们肯定从刚才的那一幕中嗅出了不寻常的味道，但她无暇顾及，她所有的思绪都沉浸在叶吟风适才饮酒时那细微的一皱眉上。

她不明白他在为什么烦恼，更不明白他为什么要当众敬自己酒。

她发觉自己越来越不懂他，也许，她从来就没弄懂过他。

婚宴散场后，夏夏拒绝了迈信同事找地方再聚聚的邀请，来到花厅侧门等田宁。没多会儿，就见他随着人流走出来，站在檐下朝她招手，她忙追随过去。

田宁叉着腰长吁了口气："没意思透了！夏夏，你喝酒没有？"

夏夏木然地摇头。

"我也没喝！怕你借酒浇愁，到时可就没人开车了！"田宁一如既往地不放过任何打趣她的机会，但夏夏一点反应都没有。

末了还是田宁开车，他先送夏夏回去，一路上嘴就没闲着。

"我坐的那桌全是叶家亲戚，可听到不少内幕消息。"他自顾自爆料，"原来迈信整个儿都是邱文萱的，后来她分一半股份出来给叶吟风，才算把他留住。现在更是变本加厉，直接用婚姻把叶吟风给套住了，嘿嘿！这女人不简单吧！"

夏夏盯着窗外没吭声。

"其实叶吟风也傻，他如果出去重新弄个公司单干，保管三年内超过迈信，何必给一个女人打工？现在好了，连人带公司全送给了那女人！不过谁让他是男人呢，正所谓英雄难过美人关。"

"你难道不是男人？"夏夏头也不回地堵了他一句。

"我跟他不一样，我能透过现象看本质，再漂亮的女人也不过就是个女人！我才不会像他那么感情用事！你说你也算半个美女吧，我有没有被你迷惑过？该说照样说，该骂照样骂！哈哈！"

"……"

"怎么，生气了？还是原来心情就不爽？"

"你真烦！"

到了小区门口，夏夏坚持自己走进去，田宁不放心，停了车还追上去："这条路怎么黑咕隆咚的，拍鬼片挺合适——哎，郭夏夏，别走那么快嘛！"

夏夏在租房楼前停下脚步："田总，我到了，你请回吧！"

田宁拿手指蹭蹭鼻梁，脸上挂着一点无赖的笑："不请我上楼喝杯茶？我口渴了。"

"已经很晚了。"夏夏语重心长地劝。

"十点还没到呢！"

夏夏无语转身，田宁立刻紧步跟上："说真的，你不会想不开吧？"

夏夏埋头走路不理他。

“你猜我今天为什么要去吃叶吟风的喜酒？不是因为我跟他同学，我是冲你去的，就怕你路上恍惚了出什么乱七八糟的事！”

“我没那么脆弱！”

“那谁知道！越是外表坚强的人，内心越是软弱孤独。你看你有时候倔得像头驴……”

开了门，夏夏冲进厨房搜罗出一瓶陈年矿泉水又火速奔出来，恶狠狠地往田宁怀里塞：“拿去路上喝吧！”

田宁毫不理会她恶劣的态度，背手不接：“你这儿就没热水？我想喝口热茶！”

“没有！”

“你就这么对待你现任老板？”

夏夏瞪着他喘了会儿粗气，扭身又噔噔噔跑回厨房烧水。田宁在客厅里咧嘴笑，慢条斯理打量着房子四周。

“这地方小虽小，你收拾得还挺利索。”

夏夏用热得快烧开一壶水，本想就倒杯白开水出去了事，无意中瞥见塞在角落的一罐红茶，好久没动过了。她稍一犹豫，还是取出来，抓了一把放进茶杯。

茶是好茶，田宁端起来一闻就赞味儿香，又问：“你怎么不来一杯？”

“我不渴。”

田宁谨慎地又嗅了嗅茶水：“我说，你没往里面放别的什么吧？”

夏夏气得七窍生烟：“不敢喝就算了！”

田宁见把她惹急了，才咧嘴嘿嘿地笑，一副心情很好的样子。

“这回死心了？”

“死心什么？”

“你对叶吟风的心思啊！”

夏夏使劲白了他一眼。

田宁啜一口烫烫的茶：“知不知道我为什么看不惯叶吟风？”

夏夏不吭声。

田宁也无所谓，悠然继续：“我跟他是初中同学，还同桌过一阵呢。他是老师眼里的那种完美学生，成绩优秀，思想端正，总之哪方面都比我强，哦，除了体育。不过我很烦他，这人太一本正经了。”

“你那是妒忌吧？”夏夏忍不住插嘴。

田宁耸耸肩不否认：“考高中时我没发挥好，考得烂透了。我妈想找关系把我弄重点高中去，我觉得没什么意思，没愿意。以后这书是念得越来越糊涂，后来就索性不把上学当回事。高考时，我特意挑了个偏远城市的大学上，然后一直在外面乱闯，差不多把大半个中国都走了一遍。”

田宁又喝一口茶：“这茶真不错！”

他瞅瞅夏夏，后者的神色此时已平静了不少。

“等我再回到三江，叶吟风已经是标准的成功人士了，呵呵！至于我呢，什么都不是。不过我不在乎，人活一辈子，图的是个经历，跟你有多少资产没多大关系。我吧，虽然没他拥有的多，但绝对比他过得快活。”

夏夏终于露出一点笑意：“看不出你还挺有感悟的。”

“我感悟多着呢！别以为我是老粗什么都不懂。我也吃过亏，被人坑过不少回——坏人可不是一天就能养成的！”

他眯眼笑着盯住夏夏，夏夏只得把笑容收敛了，又赏他一颗白果，这人总这样，说着说着就又歪了。

“真奇怪，我为什么要跟你说这些？以前可从没跟人聊过。”田宁一脸莫名的感慨状，顺便把茶杯递过去，“再给兑点儿热水。你这儿真不错，让人有倾诉的欲望。”

夏夏坐着没动：“已经不早了，你是不是得走了？”

田宁的好心情立刻遭破坏，不悦道：“你怎么老想撵我走，我就这么招你讨厌？”

“确实晚了嘛！”夏夏反驳，一心巴望他早点儿离开。

她站起来，打算去开门，以实际行动给他来个逐客令。田宁见状，一股无名火腾地就从心头蹿起，跟着起身，一伸手就把夏夏给拽了回来。

夏夏毫无提防，狼狈地直接撞进田宁怀里，一张脸顿时涨得通红，愤怒不已：“你怎么老喜欢拉拉扯扯的？”

田宁拉她回来纯属气恼所致，自己也不知道想干什么，可她这句话一下子给他提了个醒儿，想起上回在自己家，他也曾与夏夏如此近距离地接触过，他甚至清晰地回忆起了那一次自己曾有过的心旌摇曳。

他头一低，懵懵懂懂就吻了上去。

夏夏没想到他会来这一招，完全不知所措，脑子里混乱成一团糨糊，手在空中胡乱抓瞎，双眸难以置信地瞪着田宁，仿佛不相信发生了什么。

田宁蓦地松开嘴，垂眸看她："你不会从没被人亲过吧？"

目瞪口呆中的夏夏被他点醒，右手终于明确了要去的方向，"啪"地一声甩过去，扇了田宁一个大嘴巴。

田宁被打得懵懂，怔怔地抚了下脸颊，忽然发狠地将她重新拥入怀里，双唇用力吸吮碾压，力道之大，像要在她唇上刻下标记。

夏夏被亲得浑身酥麻，几近瘫软，力气仿佛都在刚才那扇过去的一耳光中消耗尽了，此刻连站立都困难，不得不紧紧揪牢田宁的衣襟支撑住自己。

田宁忘情地吻着她，身体慢慢起了欲望。

欲望顺着喉咙爬到嘴角，形成一串低沉含糊的呢喃。但他理智尚存，没敢唐突行事，一则明白夏夏不会答应，二则也觉得那样对夏夏不妥。

他恋恋不舍地离开夏夏的唇，但没有立刻放开她，用前额顶着夏夏的脑门，脸颊与她的面庞轻柔相蹭，意图慢慢平息体内灼热的焦渴。

夏夏心跳得几乎不像自己的了，过了好一会儿神志才勉强恢复正常，看清自己的处境。

她此刻就像一件被呈上桌子的祭品，完全被田宁禁锢住，丝毫动弹不得，可恶的田宁还陶醉地在她脸上蹭来蹭去，她那个气啊，羞啊，急啊，逮个冷子，膝盖不顾一切往外撞去，田宁"哎哟"一声就松开了她。

"你可真狠啊！"他龇牙咧嘴地护着要紧处，神色依然有些亢奋。

夏夏已经像火车头一样冲过来，疯了似的把他往门外推："滚！流氓！快滚开！"

田宁还没从情意绵绵的温柔乡里完全退出来，就被夏夏像撵牲口一样给推出了门外。

"郭夏夏！"他用力捶门，"你开门啊！"

"走开！"夏夏的喊声里带了哭音。

田宁愣了片刻，只得灰头土脸地放弃。

走在楼梯上，他忽然意识到这还是头一次在女人跟前吃瘪，越想越窝火，扯开衣领，低声骂了句："浑蛋！"

也不知道是在骂谁。

田宁一晚上没睡踏实，几次想给夏夏打电话，但想起她那副恨不得吃了自己的表情，只好作罢。

天一放亮，他就匆忙起床。

母亲听到动静从厨房里出来，见他这么早就起了，诧异地埋怨：“你怎么不提早说一声，我早饭还没弄好呢！”

“不吃了！”田宁一边打领带一边往脚上套鞋。

“什么事这么紧急啊？”母亲皱眉看儿子忙活，“又要开早会？”

“嗯。”田宁胡乱敷衍着，拽上皮包就出了门。

到公司后才发现，大多数员工还没来上班，田宁看看表，自己比规定上班的时间提早了一小时。

他在茶水间弄了杯红茶，又搜罗了几块糕点，慢悠悠地走回办公室。

红茶是立顿茶包，吃在嘴里涩涩的，糕点也不知道有没有过保质期，有股子可疑的霉味儿，没吃两口就被他吐掉了。

职员们陆续来上班，但迟迟不见夏夏的身影。

九点部门开早会，夏夏还是没来。田宁沉不住气，拨了她的手机号码，这回他可是有充足理由的。

谁知夏夏的手机关机了。田宁气不打一处来独自去了会议室，在走廊迎头碰见王静。

田宁知道夏夏在公司里跟王静最好，劈头就问：“看见郭夏夏没有？”

王静正忙着回去拿文件，听闻老板询问，赶紧刹住脚步，诧异地反问：“她今天不是请假了吗？”

“请假？！跟谁请的？”

“她早上打电话给我，说今天要请一天假，你批准的。”

“扯淡吧！”田宁气得跳起来，“谁说我批了！妈的敢假传圣旨，胆儿肥了她！”

王静忐忑不已，想到公司规矩，又不得不艰难地舔舔嘴唇：“那……我是不是通知人事部，给她……记一天旷工？”

“你敢！”

王静转身偷笑——冒险成功。

她深谙老板的脾气，盛怒之下最痛恨的就是被人牵着鼻子走，如果有人要他此时往东，哪怕是放之四海而皆准的阳光大道他也不肯乖乖就范。

这一天田宁无论干什么都不得劲儿，焦躁的情绪始终缠绕着他。刚到下班的点儿就一刻不耽搁地收工走人——直接杀向夏夏家。

他把门板拍得山响，可夏夏就是不开，田宁的火气也越来越旺，最后索性往门上一靠，不走了："郭夏夏，有种你别出这门！"

没多会儿，夏夏的身影却出现在楼梯上，垂着头，手攀扶手，走得有气无力。

"郭夏夏！你上哪儿去了？"

夏夏冷不丁听到有人从上面叫唤自己，惊讶地抬头，看见是田宁，也没像昨晚那么激动得大呼小叫要赶他走，只瞥了他一眼，继续愁眉苦脸走上来。

田宁这才察觉不对劲："你怎么了？"

"胃痛。"

田宁的气立刻全消了："怎么搞的？还有，你怎么把手机给关了？"

夏夏一边开门一边解释，她晚上没睡好，早晨就隐隐觉得胃痛，手机关机是为了睡觉，但睡了一天胃疼都没见好转，这会儿只能忍痛出去买药。

"那你干吗不打个电话给我啊？还跟王静谎称跟我请过假了？"一提这茬，田宁仍有些气恼。

夏夏倒是干脆："我不想听见你的声音。"

田宁被噎得好一会儿无话可说，等进了屋才又道："那现在呢？"

"什么？"

"还不想看见我？"

夏夏淡漠地瞥他一眼："我身体不舒服，没力气跟你较劲儿。"

就水吃了药，夏夏也不管田宁，自顾自去厨房做晚饭。

田宁在客厅闷站了会儿，蹩进厨房："我来帮你吧。"

夏夏身子正虚弱，就没跟他客套，指点了米缸和油盐酱醋的位置后道："煮点儿粥就行了，我吃不下饭。"

她回床上躺着，一门心思等药物发挥作用，耳朵里却灌满乒乓作响的声音，全是田宁在厨房整出来的动静。

她翻一个身，让自己无视，恍惚中，总算朦胧了过去。

一觉醒来，胃里果然松快了许多。夏夏欣悦地睁开眼睛，床前一个黑乎乎的身影吓得她一骨碌爬起，不过很快就明白是虚惊一场。

"你总算醒了，好点儿没？"

"好多了。"夏夏惊魂甫定地下床。

“那就……吃晚饭？”

夏夏点头，一天都没好好吃东西，确实很饿。

田宁得到她的首肯，立刻精神抖擞地出去张罗。

夏夏简单地洗漱了一下后回到客厅，饭桌上摆了两碟凉拌菜，看上去挺清爽，勾人食欲。

田宁不知在厨房磨蹭什么，迟迟不见出来。夏夏纳闷地走进去，看见他一脸说不出话来的复杂表情。

“粥没煮好。”他牙疼似的嘶气，“成米饭了。”

夏夏揭锅看，果然。

“要不倒了重做吧。”

“那多可惜。”夏夏把锅子接过来，往里面兑了点儿热水，“炖成泡饭也能吃。”

田宁有点不好意思：“看来水放少了。”

“你在家从来不沾灶台吧？”夏夏一语戳穿他。

田宁这回老实了：“嗯，都我妈煮。不过我也不是不会，可能老不做饭，手生了。”

夏夏不觉笑，身体一见好，心情也跟着阳光起来，再见田宁，也不觉得他像昨晚那样面目可憎了。

偏偏田宁还不忘提及：“哎，昨天晚上……”

夏夏抢在他前面说：“别提了，我都忘了。”她只当他是一时撞邪，才会对自己趁火打劫。

田宁尴尬地咳两嗓子，他本可以说几句轻松的话来化解下气氛的，又恐不小心再得罪夏夏，咽了咽口水把废话吞回肚子里。

泡饭很快煮好，夏夏从架子上取了两只碗，一只盛了一满碗，一只只盛一半，回过身来时才说：“你也在这儿吃吧？”

田宁求之不得。

晚餐简单得不行，米粥配小菜，不过田宁吃得倍儿香，吃完了还主动收拾碗筷准备去洗，被夏夏拦了下来：“还是我来洗吧。”

田宁帮她把餐具弄进厨房，憋不住问了句：“你是不是怕我砸了碗？”

“嗯。”

“你不说实话会死啊？”

“不是，不说实话怕你炒了我。”

两人在厨房里又开始唇枪舌剑，不同的是，田宁再也不像以前那样为夏夏的牙尖嘴利光火，心里反而有种甜丝丝的感觉。他还觉得慢条斯理洗碗的夏夏特别养眼，像个乖巧的小媳妇儿。

等全都收拾完了，田宁还没走的意思，鉴于两人今天相处得还算和谐，夏夏不好意思粗鲁赶人，婉转地问：“你今天不忙？”

田宁却总能一针见血：“你就这么想赶我走？”

“不是啊！”

夏夏嘴上说不是，脸上却是不言而喻的神色，仿佛田宁是只一见月亮就显原形的色狼，让他觉得很伤自尊：“喂，郭夏夏！我告诉你啊，像昨晚那种事以后绝对不会再发生啦！”

夏夏嘟哝：“我可什么都没说。”

“我昨天晚上一定是鬼上身，才会对你……”田宁说着，偷偷打量夏夏的神色，及时住口，“吓得你一晚上没睡好？”

“才不是呢！”夏夏想说你哪有那么大魅力，不过为了避免无谓的口舌之争，她还是选择了闭嘴。

事儿一说开，彼此都舒服了不少，也就真当昨晚不过是个令双方都始料不及的意外。田宁再度轻松地调侃起夏夏来：“既然不是因为我，那就是因为失恋的事了！怎么，想了一晚上，越想越伤心？”

“没有啊。”夏夏坦言，“我不让自己多想，一直打游戏，结果就胃疼了。”

田宁气道：“我靠！敢情你是打游戏打成这样的啊！”

夏夏顺竿子往上爬：“那总比我想不开自杀强吧。有些想不通的事，打打游戏也就过去了。”

田宁盯着她看了一会儿，耸肩点头：“也对！哎，你玩的什么游戏？今天我陪你一块儿玩！”

“三国杀！”

“呵呵！看不出来，你还会玩这个！”

夏夏开了电脑，兴致勃勃地教田宁，可他总不得要领地乱来，夏夏就骂他笨，骂完见他脸色不好看，又讪讪的：“对不起啊老板，我不是故意的，可你真的很笨哎！”

田宁没好气："我哪有你那么多闲工夫！"

正玩着，田宁有电话进来，是不得不去的应酬。愉快的时光到此为止，他长叹一声，站起身来。

"夏夏，你明天去上班吗？"

"好了就上。"夏夏眼睛盯着屏幕。

"你都能打游戏了，还不算好？"

"……行行，我去。"

田宁望着她瘦削的背影，嘟哝："我不是这个意思。你还是多休息两天吧。"

"也行。"

"那……我走了。"

"拜！"夏夏一手握着鼠标，一手对他扬了扬，连头都没回。

田宁心里不是滋味，走上去二话不说就把游戏给关了："叫你休息，不是打游戏！"

夏夏转眸，目光触及到田宁恼怒的眼神，虽然不明白他干吗气成这样，还是息事宁人地举起双手："好吧，老板是天！"

夏夏虽说也是独生子女，但家境普通，父母又都忙于工作，没闲空把她当宝贝那么养着，因此她从小就觉得自己很渺小。

遇到叶吟风后，她觉得自己就更渺小了，套用某作家的一句话，简直就是渺小到了尘埃里。

然后，爱情来了，刮过那一片荒芜的尘埃，让埋在土里的小小的她开出了一朵小花。没等小花结出果实，命运一脚踏上来，无情地踩灭了她卑微的企望。

叶吟风结婚了，可她的日子还得照着原来的轨迹继续往前过。

夏夏是草，迎风就得生长，不是因为草有多伟大，纯粹只是本性使然。

五月份，整个销售部的重心都放在了江润集团的项目上，整整一个月连轴转，末了却还是输了单子。

那几天，田宁的脸堪比寺庙内供着的四大金刚，狰狞凶恶，且时常在会议室里一言不发，光青着一张脸，众人都不敢随便跟他搭讪。

中标的有两家公司，迈信排第一，拿了大头。

因为竞标公司多，事后难免有各种闲言碎语出来。传闻迈信这次风光中标是有隐情的，且内幕不太光彩，甚至有落选的供应商气不过，偷偷往江润总部发了举报信。

还是雷明阳说了句公道话：“哪场竞标没有花头？没抢到单子不代表清白，开标前谁也不省油，小动作都多了去了！输了就是输了，背后编派别人都不算本事！”

这些花絮都是王静躲在夏夏椅子旁边窸窸窣窣告诉她的，夏夏竖着耳朵一一听了，却不加任何评论。

“郭夏夏，你给我进来。”田宁忽然走到门边森然发号施令，吓得王静跟夏夏均是一哆嗦。

王静都没敢回头细瞧，借办公桌和墙之间一条狭窄的缝隙溜出去，直奔向自己那一亩三分地。

夏夏则乖乖起身进了田宁的办公室。

“把门关上。”

夏夏关了门，在距门一脚的地方站着，只要田宁朝她发飙，她就打算脚底抹油。

“过来坐呀，怕我吃了你啊！”田宁口吻还算平和。

夏夏耷拉着脸过去坐下：“老板，我这两天没干什么让您挠心的事儿呀！刚跟王静我们只不过是……”

“郭夏夏，做我女朋友怎么样？”

田宁眼睛半睁半闭，说出来的话却让夏夏震惊到以为自己听错了：“你说什么？”

田宁又重复了一遍。

夏夏觉得世界末日来了，哭丧着脸：“老板，你能不能别，别开玩笑。”

“我像在开玩笑吗？”田宁皱眉。

“那天晚上的事，真，真的是意外，你总不至于要我负责吧。”夏夏苦着脸，“再说也是，也是你主动啊！”

忽然，她像被雷劈中似的，恍然大悟，立刻沉痛忏悔：“老板我错了，我以后再也不说你坏话了！求您别再跟我玩这个了，行不行？”

田宁啼笑皆非：“你都说我什么了？”

“爱臭美，自我感觉超好……”

田宁的脸慢慢拉长，夏夏赶忙住嘴，转而道：“老板，您能不能把那天晚上到现在的这一段记忆彻底删除？咱们还跟从前那样，我哪里做得不对，你尽管骂，我保证不回嘴！”

田宁气笑：“什么乱七八糟的！实话跟你说吧，我妈下个月六十大寿，非让我带个女朋友回去，我不想让她失望，这不找你帮忙救急来了！”

“那你从以前那堆女朋友里随便找一个不就行了？”

田宁拿眼瞪她：“那是我妈，我能随便吗？”

夏夏也急了：“那你也不能讹我呀！”

“我讹你个头！你有什么值得我讹的，胸特别大？”

“老板！”

“行了行了，就这么说定了，啊！”田宁口气软一点，“主要是你比较符合我妈那辈儿的审美。”

夏夏确定不是田宁要整自己，稍稍放下心来，嘟哝一句：“有就有，没有就没有，干吗要弄虚作假啊！”

田宁没理她，朝她猛一勾下巴：“那就这么说定了！”

“哎，谁跟你说定了！”夏夏又急，“那万一以后穿帮了怎么办？”

“过了这个坎儿再说呗。”

“那……如果你妈妈对我不满意，你不是白造假了。”

“这就不用你操心了。我心意尽到就行。她六十大寿，我希望她老人家能开开心心地过。”

“那……”夏夏咬咬唇，神色忽然有点扭捏，“如果你妈对我很满意呢？”

田宁瞪着她看了片刻，噗地大笑，夏夏的脸顿时涨红了：“我从小就很讨长辈喜欢的。”

田宁倾身向前，近距离打量着她：“你只要跟我演好这场戏就成了，其余的，你都甭管。事成之后我还有赏！”

夏夏这才眼睛亮了亮：“真的？赏什么？”

田宁盯着她放光的脸，一时有点走神：“……等过了以后再说。”

夏夏前思后想，田宁虽然脾气暴躁了点儿，出手却一向大方，他要是一高兴，评级时给自己再涨一级工资的话……这笔买卖或许还真不赖。

“那……你不许耍赖啊！”她心动了。

田宁见她松口，咧嘴一笑，露出一口整齐的白牙，瞅得夏夏心里直犯怵。

“哪儿能呢，我用人格担保。”

“啊？！那你肯定会耍赖！”

“郭夏夏！”

对夏夏而言，跟田宁的这笔“交易”仅限于在他母亲的寿宴上使用，且过期即可作废。夏夏打心眼里没把这当回事，相比较而言，田宁就比她认真多了。只要在公司，每天晚上肯定是要送夏夏回家才善罢甘休的，而且也不再拿夏夏当御用司机那么使了。

夏夏不想私生活跟他走得太近，提出保持距离，田宁却一本正经给她摆理由，美其名曰：预先培养感情，免得到时候真穿帮。

“我眼睛够毒吧，我妈的眼睛比我还毒！稍微露点儿马脚她就能看出来。”

夏夏丧气之余，又忘了自己不再顶嘴的承诺了：“你眼睛毒吗？我没觉得啊！不过你嘴巴倒是够毒的。”

“嗯哼！彼此彼此！”

有天下班稍早，到了夏夏家楼下，她刚要像之前那样钻出车去，却被田宁拉住胳膊：“哎，今天我在你家吃晚饭怎么样？”

“为什么呀？”夏夏不情不愿，一时又想不出推拒的理由。

“我来煮饭！”田宁说着，脸上浮起一丝小得意，“让你见识下我真正的手艺。”

“这……也算预演的一种？”

“嗯？哦，当然，当然算！”

夏夏无可奈何，为了涨工资，只能就范。

一进家门，田宁立马甩掉外套，熟门熟路就进了厨房，一副准备大干一场的架势。

夏夏给他配齐了食材，退出来之前又小心翼翼地叮嘱：“老板，您煮饭归煮饭，别把房子给点了哈！房东可是要来赶——哎哟喂！”

田宁回身就把一个塑料菜篮子倒扣在欲夺路而逃的夏夏头上。

“男佣”在厨房忙碌的当口，女主人闲来无事上网乱逛，在qq上跟晓春相遇。

“今天这么早？晚饭吃了没？”

“还没呢！”夏夏忍住告诉对方自己房间有个“田螺先生”的冲动，

免得晓春大惊小怪。

“你呢？”她反问。

晓春回：“刚吃好。”

“怎么不跟江友天约会去？”

“他去欧洲出差了，要一个月呢，无聊死了！”

夏夏打了个幸灾乐祸的表情过去，再配上两句诗：“忽见岸上杨柳色，悔教夫婿觅封侯啊！”

“死相！你出不出来？今天反正早，一块儿看电影去？”

“什么电影？几点？”夏夏一下子来劲，好久没搞娱乐活动了。

“我查查看啊！”晓春很快发过来一个链接，“和平影城，《功夫熊猫2》，听说还不错。晚八点有一场。”

夏夏飞速盘算了下，现在才六点半，时间上应该赶得及：“那行，你去买票，我吃过晚饭就过去。”

女主人喜滋滋地下线，那边男佣已经把三个菜端上桌了，有荤有素，色香味俱全。

夏夏哼着小曲儿过去帮忙，一揭开饭锅的锅盖，顿时有点呆：“怎么是粥？”

田宁面呈得瑟：“这回煮得不错吧？不稀不稠，正好！”

“可我的胃已经好了呀！”夏夏低声嘟哝一句，算了，粥就粥吧，她还赶时间去看电影呢。

田宁眼睁睁望着狼吞虎咽的夏夏：“味道怎么样？”

“还不错。”夏夏一脸潦草的神色。

“青椒土豆丝会不会太咸？”

“不觉得。”

“那这个莴苣炒肉片呢？”

夏夏再次敷衍地点头：“还行——哎，老板，你吃完是不是就得走了？我跟朋友约好了八点看电影。”

“什么朋友，男的女的？”

“女的。”夏夏抬眸，瞥见田宁眼里警觉的神色，一阵不乐意，“就算是男的又怎么了？你也管得太宽了。”

“你现在可是我女朋友！”

“嘿！不是假的嘛！”夏夏直乐，“那得等上台演戏的时候才算！台下还不兴人卸了妆轻松轻松了！”

她三下五除二吃完粥，拾掇拾掇空碗就往厨房走：“那个，你也赶紧吃完哈，我这就开洗啦！”

田宁心里窝火，没滋没味吃了几口，把碗筷重重地往桌上一顿，冲进厨房：“你这人怎么这样？”

夏夏错愕地转身望向他：“我怎么了？”

田宁再也忍耐不住，爆发出来：“你知道我在家煮了多少回粥才煮得像样一点吗？还有那几个菜！我白天没机会做，晚上瞒着我妈偷偷在厨房练了好几次手！你倒好，一句感谢的话没有，还恨不得立刻把我扫地出门！”

夏夏被喷得张口结舌，一时语无伦次：“要不，要不我打包了，看，看电影的时候再吃？”

“不必了！”田宁用力吼一声，掉头就走。

没几秒钟，夏夏就听到大门被猛力拍上的声音。

她飞速眨巴着眼睛，慢吞吞走出厨房，桌上，田宁的饭碗里剩了大半的粥，三盘炒菜还袅袅冒着热气。

她吸吸鼻子，走过去，盯着桌子上的碗碟，田宁刚才那一通振聋发聩的吼叫又一次在耳边回荡。

她忽然意识到了什么，又委实不敢相信，手足无措地呆立着，仿佛被罚站的小学生。

田宁怀着怒气回到家，父母早就吃好晚饭在看电视了，见他回来，母亲挺惊讶：“今天回来得这么早！不是说有饭局吗？晚饭吃了没有？”

“吃了。”他闷闷地回了句，换了鞋就进房间，置了一肚子的气，不用吃就饱了。

母亲跟进来，手上还拿了个包裹，表情复杂：“小宁，今天有人给我寄来了这个，没留姓名。”

她打开包裹给儿子看，里面是一套女式羊绒装，田宁伸手翻检邮寄单子，辨认出来是韩晴的笔迹。

“是不是韩晴寄来的？”母亲倒也不傻。

“嗯。”

“那怎么办？我不能要她的东西。”

“给你你就收着吧。”田宁不以为然，他当初可没少在韩晴身上花钱，“人家也是好意给您贺寿。”

母亲眉头一皱，不满地看向儿子：“你该不会还跟她有联系吧？”

“不是说了么，早断啦！”

“我把丑话说前头，你要是敢带她去吃我的寿酒，别怪我不客气，我，我当场掀桌子！”

田宁哭笑不得：“妈！韩晴是不太懂事，但你也不至于把人恨成这样。”

“我没恨她，但就是不喜欢她！对了，你说的那个女孩子能不能提前带回来给我瞧瞧啊！”

“不能！”这会儿田宁一提夏夏就来气。

母亲不乐意了：“合着我这个当妈的还不如你叔叔呢！连他都见过了，我怎么就不能先见见？”

田宁纳闷：“叔叔见过？不可能啊！”

“他今天来送礼，我跟他提起你要带女朋友回来的事儿，他就笑着说他见过的，那姑娘就在你们公司，人不错。你叔叔还说，瞅你看人家那眼神，这次十有八九是认真的。”

田宁像被人在胸口猛捶了一拳，疼痛之余，一下子苏醒过来。

母亲见他脸都扭曲了，以为他又犯牛脾气，赶忙见好就收：“行了行了，你说什么时候带回来就什么时候带，我不逼你！”

她把包裹搁田宁房间：“这个你还是想办法替我退回去吧，那么尊贵的姑娘，我们田家可消受不起！”

母亲一走，田宁就开窗点了根烟，慢条斯理抽着，把认识郭夏夏以后的一系列事件从头至尾捋了一遍，最后不得不长叹一声，自己是真的沦陷了。

都说旁观者清，如果不是母亲转述叔叔那番话点醒自己，他大概还要被继续蒙在鼓里——实在很难相信自己会对郭夏夏动心。

或许，正是因为这样的不经意、不设防，才让他轻易掉入自己亲手挖的坑里。

爱上一个人很难，简直不啻于一场山长水远的跋涉。

爱上一个人又是那么容易，几个微小的点滴就足以让人心动。

一切的区别仅仅在于她是不是你的那盘菜。

如今，田宁终于看清楚自己的心意，可同时也面临一个棘手的问题——夏夏会认为自己是她的那盘菜么？

第十一章 欢喜悲忧

内线电话嘀铃铃地响，夏夏从办公大厅的一头飞奔过去，总算在对方挂断之前及时接了起来。

电话是前台打上来的："夏夏，有位小姐想见你老板。"

"呃，小姐啊？"夏夏嘴上应和着，心里发出一连串鄙夷的虚词，不知道又是田宁的哪笔风流债东窗事发了，"可田总今天不在公司呀！"

"我也这么说，可人家不信。"

"她找田总有事吗？"

"没说，她坚持要见田总一面。"前台的口气里也稍带一丝八卦的兴奋，"她说她叫韩晴。"

"哦——啊？"夏夏一听，原来还是笔旧债，顿一顿道，"你让她接电话，我直接跟她说吧。"

听筒那头一阵忙乱，然后韩晴的声音传了过来："郭小姐吗？我是韩晴，田宁他到底在不在公司？"

"你好，韩小姐，田总今天真没在公司，去客户那儿了。"

"那他什么时候回来？"

"这我可说不准。"

"你能帮我打电话问问么？"

"这个……"夏夏着实为难，但韩晴的声音听上去可怜巴巴的，她不禁心软，"那行，你等等啊！"

她用自己的手机拨了田宁的号码，响了好几声对方才接。

"有事？"田宁的嗓音压得很低。

夏夏也不由自主地把声音放低："田总，你今天还回公司么？"

"不一定——你有事？"

“呃……没，没什么，就是随便问问。”

田宁看看表：“可能还要一个小时，五点前应该能赶回去，你打算等我？”

“嗯？哦，行，行啊！”

田宁的嗓音里居然流露出笑意：“这边一完事我就回去。”

一撂下手机，夏夏赶忙向韩晴通风报信：“他说他五点左右回。”

“那我就在这儿等他——谢谢你，郭小姐。”韩晴好听的声音里带了几分感激，“我今天是特意请了半天假过来的。”

五点还差一刻钟时，田宁兴冲冲地回来了，还带着一脸饱满的笑容，夏夏察言观色，顿时也安心许多——如果客户那边谈得不顺利，那韩晴小姐恐怕就要被牵累了。

韩晴为了能跟田宁重修旧好特意去找了份工作，夏夏觉得一个女孩子能为自己所爱的人作出改变是值得尊重的，她愿意为此放弃和田宁的“交易”，反正她涨工资的事也不见得一定有谱，再说，自己这点儿小事肯定不如人家的姻缘来得重要。

“田总，有个客人等着见你呢！”

田宁收敛了笑看她，满腹狐疑：“什么客人？”

夏夏还跟他卖关子：“是个女孩子，在223会议室，你去见了就知道了。”

田宁从她脸上捕捉不到具体信息，皱眉把包往她桌上一扔，大踏步朝会议室走去。

夏夏暗自想象着田宁乍见韩晴时的表情，以及韩晴怀着激动扑上去，紧接着好一通凄凉婉转的倾诉衷肠，之后自然就破镜重圆，大功告成喽！

她被自己编写的剧情所感动，在这感动之外，还有一丝自以为是的伟大，在这伟大之外，另外还有一种滋味，淡淡的，酸溜溜的，找不着确切的词汇来形容。

夏夏正为自己这古怪的感觉疑虑时，223会议室的门忽然很大声地被拉开，韩晴怒气冲冲地从里面走出来，昂首挺胸，手上还提着她上楼来时就随身携带的一个纸袋子。田宁则带一脸莫测的阴森，也慢悠悠地从会议室里出来，跟韩晴拉开相当距离，不紧不慢地往办公室这边走。

夏夏错愕地望着从自己眼前经过，且正眼都不朝自己瞄一下的韩晴，这剑拔弩张的局面跟她脑海里的剧本相差得不是一点点。

“郭夏夏，你进来！”

夏夏闻声立刻打了个哆嗦，刚才还是看戏的心情，斗转星移间她就成了悲惨的主角，只等着被淋狗血了。

老规矩，把门关上。

之后，夏夏在心里“嘿咻嘿咻”建起一道坚强的防线，以期能抵御田宁毫无理性的咆哮。

孰料田宁面壁站着，久久不语。

夏夏弄不明白他打算唱哪一出，心里一合计，与其被动挨骂，毋宁主动认错，好歹能给对方的怒气一点儿缓冲的时间。

“老板，这个，韩晴，哦，韩小姐她说她找了工作了，你，你以前不是嫌她，嫌她懒么，所以她让我那个……我就想帮她一次……你们怎么说也有好几年的感情了……”

田宁缓慢地转过身来，面色出人意料的平静，平静中还夹杂一丝凝重：“郭夏夏，给我个机会。”

他这台词夏夏的剧本里根本没有，且转折过于厉害，她有一脚踏空的错觉：“什，什么？”

夏夏愣神之际，田宁已经走到她面前。

“给我个机会，行吗？”田宁深深望着她，“我观察了你一星期，你每天都过得逍遥自在，我知道你对我不在乎……不过没关系。”

他深吸了口气：“我会让你爱上我的。”

他那副胸有成竹的口吻不知怎么的，让夏夏在慌乱之余居然还有点生气，她闷不吭声地转头想去拉门，田宁一把将她拉住，顺势又把她圈在磨砂玻璃旁边的白墙内。透过玻璃的缝隙，夏夏能看到大厅里攒动的人影，这充满张力的暧昧姿势让她耳热心跳。

田宁的双眸中燃起火苗，却没有像之前那样冲动乱来，他俯在她耳畔低语：“你这么抗拒我，是不是怕有一天会对我动心？”

他低沉且富有磁性的语调里含着夏夏从未注意到过的成熟魅力，她像忽然失却了心跳，脑子里空茫一片后就是尖锐的嚣叫，令她无法再忍受下去。

完全是出于本能，她再次抬起了膝盖准备出击，不过这次田宁早有防备，在她出招之前已经松开了她。

她面红耳赤地抢着去拉门，田宁没再拦她，只在她身后幽然道：“总有一天你会明白，我没你想的那么坏。”

怀疑就这样得到了证实。

这还是首次有人明目张胆追求夏夏，一向自以为挺有主见的她忽然六神无主了，她只能上线向晓春求救。

晓春听说有人在追她，先发过来一张龇牙咧嘴的笑脸："这是好事啊，夏夏！那人是谁？"

"……我的现任上司。"

"啊？！不是我说，郭夏夏，你还真有上司缘！前面是你爱上自己的上司，现在又被你的上司爱上，天哪！TVB的戏码都没像你这么庸俗狗血的！"

"哎呀，我现在心里特乱，你就别涮我了！我该怎么办呀？"

"他人怎么样？"晓春火速切入正题。

"以前不是告诉过你了吗！"

"哦——就是那个又花心又残暴的自我感觉超好的家伙？"

"嗯。而且还很凶，动不动就朝我吼。"夏夏历数田宁的种种不是，觉得自己要这么乖乖地从了他实在太吃亏太犯便宜了。

晓春听完她的申诉没立刻反馈意见，好一阵沉吟。

夏夏现在完全把晓春当救命稻草了："到底怎么样，你倒是说说看嘛！"

"根据'好坏坏好'定律看呢，这人其实还不坏。"

"什么好坏坏好？你绕口令呢？"

"好人不见得就不干坏事，看着像坏人的也不一定就不是好人。"晓春飞速敲字解释完，又切入正题，"你看啊，你这位现任上司，他觉得你不好就朝你吼，觉得你好，就敢于无视你的愚蠢主动追求你，这说明他是个表里一致的男人啊！这样的男人现如今算难得的了，多少人口蜜腹剑，随便撞上一个，女人最终都不知道自己是怎么死的！"

"可他还很花心。"

"你看见了？"

"那倒没有。不过传闻不少。"

"不是有句俗话叫：会咬人的狗不叫吗？嘴上花不见得心里也花。"

"听上去真别扭。"

"我说这么多其实都没用，关键你自己怎么想，你对他有感觉吗？"

夏夏扭捏起来："我也说不清楚，每次看见他，神经立马绷紧，都成条件反射了。一想到他，全是他张牙舞爪朝我咆哮的场景。”

晓春纳闷：“那他怎么就看上你了呢？听上去你不是一般的笨呢！”

“喂！也不都是我的错好不好！是他太蛮横了嘛！”

“哦，我懂了，他属于‘小攻’，好容易找着你这只笨笨的‘小受’，如鱼得水，就舍不得撒手了！”

“林晓春！你能不能正经点儿！”

晓春乐完，又敲了一段字给她：“你有没有发现，你提起他的口气已经不是普通员工对上司的那种意思了？问问你自己，你对他还有一点点身为下属的敬意吗？”

夏夏哑然。

“你俩平时肯定没少打情骂俏吧？我觉得吧，你跟他其实还挺般配的，至少比你跟叶吟风般配——不过要不要接受他必须你自己拿主意，你到底喜不喜欢他也只有你自己最清楚。如果现在搞不明白也不用着急，静下心来好好想一想，早晚会有答案的。”

可夏夏的心哪里静得下来，分分秒秒都在摇摆中，她觉得自己都快精神分裂了。

一方面，她得时刻提醒自己田宁是上司，她不能在工作的时候胡思乱想，可另一方面，只要田宁的身影出现在视野里，她就控制不住心跳的速度，尤其当他那双灼人的眼睛朝她扫过来时。

这期间，田宁除了公事，难得没多骚扰她，仿佛存心要给她时间考虑清楚。

夏夏每天都过得心慌意乱，时间可不等人，流星一样划过，转眼就到了田宁母亲大寿的日子。

寿宴定在周六正午，隔天下班时，田宁特别嘱咐夏夏：“明天上午十点我去你家接你。”

夏夏垂着眼帘轻轻“哦”了一声，一副小媳妇要去见公婆的忐忑相，若搁在平时，田宁少不得又要戏弄她一番，只是眼下情形特殊——任何不当言行都会影响到夏夏对他的综合评价，他怎么也得管好自己那张嘴。

周六，夏夏起了个大早，把自己洗得香喷喷的，又在衣柜面前作了一番审慎的抉择，挑了件中规中矩的裙子换上。

十点，田宁的电话准时打来：“我在你楼下，你准备好了就下来吧。”

“哦，好！”夏夏接完电话匆忙下楼。

上了车，夏夏才注意到田宁也打扮了一番，一身崭新挺括的西服配上他高挑的身材和清爽的发型，颇具飒爽的英姿。平日里他总是穿一套半旧不新的西装，一副风尘仆仆的劳碌相。

夏夏见他老拿眼睛瞄自己，顿觉不安：“穿这个是不是不好看？”

“唔，土是土了点儿，不过我妈应该会喜欢，就这样吧。”

夏夏被他评价得不自在起来，一会儿掖掖左袖管，一会儿抻抻右衣襟，田宁暗暗好笑。

“宴会什么时候开始呀？”

“十一点。”

“那，我们会不会去太早了？”

“小姐，那可是我妈的寿宴啊，咱们当然得早点儿到了。”

“哦。”夏夏不断地换气，深呼吸。

“你至于这么紧张吗？”

“从没干过骗人的勾当。”

田宁笑道：“只要你点个头，咱把关系一确定，就不能算骗人。”

“我总觉得吧，”夏夏慢吞吞道，“我只要一点头，你就得把我给卖了。”

“……”

在酒店停车场停好车走出来，田宁远远瞧见母亲正站在酒店外面的檐下引颈眺望，忙拽过夏夏的手来握着。

夏夏吓了一跳，赶紧用力一甩，没甩脱，反被田宁握得更紧，她还没来得及叱责，田宁脸一板，正色道：“剧情需要，我妈看着呢！”

田妈妈眼尖，早就望见儿子牵着一个女孩的手走过来，那女孩白净清秀，打扮得也是老老实实的，且一脸青涩表情，怎么看都是个乖巧本分的姑娘，她看头一眼就喜欢上了。

夏夏本来挺紧张，到了长辈跟前，打小锻炼起来的敷衍长辈们的本事立刻派上用场，嘴巴一张就甜甜地叫了声伯母，把田妈妈喜欢得连连点头。

“妈！这就是郭夏夏，跟我一个公司的。”田宁少不得还给双方介绍一番。

“哎，好好！郭夏夏，这名字多好听，人也长得好！”田妈妈抓过夏夏的手来握着，“以后我叫你小夏好不好？”

夏夏含笑点头。

田妈妈一见“准儿媳”，自己的寿宴都不在乎了，径自拉着夏夏的手，一路给亲朋好友们介绍，田宁只有跟在她身后的份儿。

夏夏一见这阵仗，不禁暗暗叫苦，本以为只是逢场作戏，哪料田宁她妈如此热情，越玩越真。她简直怀疑是不是田宁早有预谋。不过能被这么多人重视着，夸赞之辞又溢于双耳，她又难免有点飘飘然。

筵席开始，夏夏被安排坐在田妈妈身侧，田宁则紧紧靠在她右首，坐她正对面的是群新的董事长田敬宜。夏夏的眼睛简直不知道该往哪儿看，一张脸时刻红着，脑子里也有点晕乎乎的。

田敬宜笑道：“小宁啊，你跟小郭处对象我没意见，唯一担心的是你俩朝夕相处的，可别耽误了工作。”

夏夏被这番打趣臊得脸更红了，亏得寿宴上除了田敬宜没有其他群新的人。

田妈妈乘势说：“你要实在担心，就让小夏去别的部门就是了。”

“那也得看小郭的意思。”田敬宜笑眯眯望着夏夏，“你对哪个部门比较有兴趣？”

“我，我还没想过。”夏夏心慌意乱地答。

田敬宜乐道：“你看你看，人家还舍不得跟小宁分开呢！”

一桌子人都呵呵地笑，夏夏的头低得更厉害了，恨不能找个地洞钻进去。田宁偷偷探手过来，抓牢她的手掌，用力握了握。她下意识地转眸去看他，撞上一双漾满柔色的眼睛。

筵席上，田敬宜已经将话题转至生意经，宾客们也把注意力从两个年轻人身上转开，夏夏这才暗松了口气。

聊到市场前景，田敬宜语气难免沉重，反倒是田宁说了不少给他打气的话，田敬宜笑道：“我这个侄子，别看人年轻，能干着呢！他来公司一年没满，给我抢了多少订单过来。要不怎么说我老了呢，作决定缩手缩脚的，还不如小宁有魄力！”

田妈妈立刻道：“那你也不能由着他乱来，这孩子有时候没分寸！”

田宁则叹了口气：“可惜没把江润的单子签下来。”这是他最难受的一块心病。

田敬宜摆摆手："你别这么想。江润的项目总金额虽高，利润被挤得厉害，而且听说他们内部斗争激烈。即使签了单，将来实施起来也头大着呢！我还是图稳妥，敏感的客户尽量少签为妙。"

田宁低头笑笑，岂能听不出叔叔话语里的安慰之意。

"我琢磨着，过两年我就退休了，总经理的位子就给小宁坐，以后的天下，说来说去还是年轻人的。"

田敬宜自己有个女儿，还在上大学，才学平平，将来很难接手他的生意。他看重侄子的才干，一直希望能为自己所用。

"别！叔叔，"田宁忙道，"您可千万别指望我，我没那么大野心，跑跑业务过过小日子就知足了。"

田敬宜嗔道："哎——男孩子怎么能没志气呢！"

田妈妈笑着插进来："你还不知道他的脾气，一刻没得安分的，你能把他叫回来帮你做事就已经很能耐了。我反正不管他干什么，只要开心就好。以后的事以后再说吧。"

田敬宜对她摇摇头："小宁这脾气，全是你惯出来的。"

夏夏听得有趣，心里竟对田妈妈的开通很有好感，一个能尊重儿子意愿的母亲，应该算一个难得的好母亲了。

一顿寿宴足足吃了三个小时，临结束时，田妈妈还硬塞了个红包给夏夏："小夏，我知道你们年轻人不喜欢应酬老头老太，我让田宁先送你回去。以后没事常跟田宁到家里来吃饭，我有几个拿手好菜，做得比饭店师傅都强呢！"

"妈，你别老拿我爸恭维你的马屁当真话来讲，会穿帮的！"田宁笑着调侃。

"去去！就知道拿你妈开涮！"田妈妈把儿子推到夏夏身旁，"你要好好对小夏，如果敢欺负她，我头一个不依！"

田宁乘势牵了夏夏的手，朝母亲挥挥："妈，你可别被表象蒙蔽住了，夏夏也不是吃素的，你最好还是多担心担心你儿子！"

两边说笑着告了别，一同走出众亲友视线，夏夏马上挣脱了田宁的手掌。

田宁无奈地嘀咕："我手还没捂热呢！你也忒小气了！"

上了车，夏夏把红包递给田宁："这个你收着吧。"

"给我干吗！这是我妈给你的。我们这儿的规矩，长辈给的东西不能随便退回去，不吉利。"

夏夏只得缩回手，打开来数了数，居然有一个月工资那么多，她又忐忑起来："可是你妈给得太多了。"

"不都说了么，事后有赏。"

"可我还以为你说的犒赏是给我涨工资呢！"夏夏一不留神把心里话给说了出来。

田宁乐道："想涨工资啊？那刚才在席上你怎么不直接跟叔叔说啊？"

"那是你叔叔！又不是我叔叔！"

"将来不也是你叔叔了？"

"你！"夏夏气得拿红包敲他脑袋，"又占我便宜！"

"喂喂！开车呢！"田宁乐不可支地躲闪，"赶紧把红包收起来，我妈要知道你不拿她当回事儿会生气的，你看她多喜欢你！"

夏夏想起田妈妈嘘寒问暖的热情劲儿，心里也止不住涌起阵阵暖意。

晴朗的春日下午，阳光很好。

田宁把车在靠近容湖的路边停下，扭头示意夏夏："去湖边走走？"

夏夏眺一眼窗外的湖光山色，立刻也被吸引，点了点头。

容湖是三江最著名的景致之一，湖边有大片草坪、树林以及一条约十里长的沿湖堤岸。春光明媚的日子里，游人如织。

夏夏跟田宁顺着堤岸朝景区深处走，沿途经过一座拱桥，两人在桥上驻足赏景，从高处望下去，容湖山色尽收眼底。

田宁趴在栏杆上感慨："多少年没这么悠闲地看风景了。"

夏夏本欲效仿他也来说两句诗意的废话，转念一想不对："你不是说来群新之前一直在外面游荡么？风景看得还少？"

"我说的是'悠闲'地看风景。"田宁转头强调，"在哪儿看景不重要，重要的是得有悠闲的心情。"

"原来你也会咬文嚼字。"

"这不是咬文嚼字。"田宁望着远处盎然的绿意，手指在栏杆上有节奏地敲击，"悠闲不是游手好闲，而是一种生活态度。"

夏夏若有所思："所以你刚才拒绝你叔叔的提议？"

"是啊！对我来说，工作是工作，只是一种谋生的手段。我可不愿意把我所有的时间都贡献给工作，可如果当一个企业的管理人，这种牺牲几乎是必不可少的。”

夏夏新奇地望着他：“那你不想多挣点儿钱？”

“钱挣多少是个够？你看我叔叔，身家也好几亿了，可他平时的花销其实用不了多少，他挣钱是为了满足创业的欲望，追求所谓的成就感。但那不是我的理想。”

夏夏觉得自己以前真是太不了解田宁了：“那你的理想是什么？”

“享受生活。”田宁转过身来，背对栏杆，带一脸慵懒的笑盯着她，“还有，娶个老婆，生俩孩子。”

夏夏正用带点崇拜的目光注视他，听到他后面的理想，眼神立刻虚浮辗转起来：“这也算理想？大多数平凡的人都能做得到呢！”

“人生本来就很简单啊！只不过太多人急着要证明自己，反而把最重要的事排到最后，那叫舍本逐末——你呢，你的理想是什么？”

夏夏还真被问住了，小时候她理想很多也都很崇高，随着年龄的增长，理想也在不断缩水。

“我没什么理想。就是希望生活没那么大压力，可以吃饱穿暖，将来再找个可靠的人结婚就已经很幸福了。”

田宁意味深长地笑：“看来咱们还挺志同道合的，不如凑合一块儿算了。”

夏夏憋不住谴责他：“你也算可靠的人？甩女朋友跟甩废纸团一样利索。”

“又替韩晴抱不平？”田宁轻哼一声，“谁没走过弯路，发现自己走弯了再走回来难道有错了？”

“那你想过她的感受没有？她为了你都重新找工作去了。”

“她不找工作靠什么养活自己？啃老吗？”

夏夏一时噎住。

“我承认我是不够好，那你说说看，你心目中的好男人是什么样的？”

“反正不能花心，一辈子只对一个女人好。”

“你有这想法，本身就证明你挺幼稚的。”

夏夏忿忿起来：“你的意思是，世界上就没有不花心的男人了？”

“我不知道，但你准备拿什么方法去测试对方是否就是你说的这种男人？你能看对方一眼就分辨出来他是花心还是不花心？”

夏夏再次哑口无言。

田宁的神色正经起来："其实，男人之所以花心是因为没有找到他真正喜欢的女人。可是总有那么一类女人，他们一旦碰上，就再也不敢随便乱来，因为舍不得她伤心。"

他的目光渐趋蒙胧，从遥远的景色中转过来，想要捕捉夏夏的眼睛："夏夏，你就属于这样一种人。"

夏夏的耳根忽然热热的，眼眶也不争气地有点潮湿，她猝然转眸，避开田宁追逐的目光，雾气在眼前不断升腾，她忍不住抽了抽鼻子，心里却在数落自己，真是丢死人了。

她突变的神色没能逃过田宁的眼睛，他靠过去，自然而然地把夏夏拥入怀中。

"以前我很烦叶吟风，不过现在不了，我应该感激他。"他轻搂着她，让她恍惚如置身温柔的摇篮，"我得谢谢他错过了你，让我有机会认识你……并爱上你。"

夏夏的防线终于彻底倒塌，即使她平时再"恨"田宁，也无法挣脱他此刻的温柔。一个强悍的男人一旦缴械投降，带给女人的震撼远远大于她所能承受的范围。

她在田宁的怀里涕泪交加，抽抽搭搭问："这……也是剧情需要？"

"不是，我真心的。"

夏夏哭得更厉害了。

"我们……试试？"田宁的口吻依然保持着小心翼翼。

夏夏啜泣着点头，即使她可能再次判断失误或者遇人不淑，但这一刻，也觉得值了。

田宁用前额顶住她脑门，看着她一脸狼狈的泪痕，发出开心的微笑。

夏夏和田宁相恋的消息在群新不胫而走，很多人吃惊到了极点，反而觉得这事挺正常，正所谓"不是冤家不聚头"，再说人家老板跟秘书朝夕相处的，表面上剑拔弩张，背地里说不定早就暗度陈仓了。

王静是深知夏夏跟田宁之间关系曾经紧张到何种程度的，对此类消息难免存疑，趁着午餐时间特地找夏夏打听："你跟田总，是你心甘情愿的，还是他逼你的呀？"

她这么一提，夏夏还当真好好想了想，整件事情怎么回忆都是"逼迫”的成分居多。跟王静算半个闺密了，她也不嫌寒碜，把田宁之前哄骗自己当假女友的事都说了出来。

“哇！”王静瞠目结舌之余直晃脑袋，“田总搞这一手，算不算现代版的王老虎抢亲啊？”

“咳咳！”田宁的声音冷不丁在两人旁边响起，“王静，看你年纪不大，居然还听说过‘王老虎抢亲’这种古董级的戏码？”

王静立刻被唬得面皮青紫：“田总，呃，是……这个故事是我奶奶，咳，我奶奶的最爱，小时候常，常听她讲。”

田宁心情好，不跟她理论，扭头吩咐夏夏：“我出去一趟，六点前赶回来，你别急着走，晚上一起吃饭！”

“知道了。”夏夏忍着笑答应。

田宁一走，王静大口呼吸着拍了拍胸脯，脸色又恢复了之前的红润，咂嘴感叹：“田总真是太霸气了，约个会都这么高调！夏夏，你有没有觉得自己正处在舞台灯的照射范围内？”

“有吗？”夏夏耸肩，“有也无所谓，反正这事儿不是我说了算。”

王静瞪她：“喂！你可不能表现得太奴性啊！小心田总蹬鼻子上脸。”

夏夏听得不舒服，本欲反驳几句挽回点儿面子，仔细一想，坦然道：“还用小心？他不是早就蹬鼻子上脸了。”

“你……你真没救了。”

和田宁确定关系没多久，夏夏差不多每晚都有饭局，要么受田妈妈的盛情邀请去田家吃晚饭，要么跟田宁到外面吃。

田宁也想在她的蜗居里给她再次展露自己在厨艺方面的才华，但夏夏总是找理由拖延。

现如今两人的关系可谓名正言顺，田宁更有理由赖在她那小破屋里不肯走了，可孤男寡女同待一个屋檐下，她怕田宁早晚有一天把持不住把自己给生吞活剥了。

夏夏可不像田宁以为的那么傻，她其实精着呢，暗地里的小算盘打得一点不比别的姑娘少——虽说她被田宁感动得点下了头，心理上毕竟还是拿他当上司的成分居多，离情侣还差着几步，得悠着点儿走，免得冲动之下再把自己当祭品一样供出去，将来才发现识人不淑弄得自己懊悔。

所以，出去吃成了最好的选择。

不过在外面用餐经常会碰到熟人，天晓得田宁怎么会认识那么多人，仿佛整个三江没几个跟他不熟的。

田宁也大方，每次有朋友过来搭讪，他都会把夏夏隆重推介出去，唯恐别人不知道似的。夏夏觉得没必要，事后也埋怨："你怎么跟什么人都要介绍我呀？我跟那些人根本没什么关系。"

田宁坏笑："人人都知道你是我女朋友了，以后就不敢随便追你了。"

夏夏被他一句玩笑气乐，心里却也觉得暖融融的。

田宁爱吃川菜，经常去的是市区一家口碑不错的川菜馆，那里的辣子鸡和酸菜鱼味道特别醇厚，夏夏不太爱吃辣，不过这两道菜她却很爱尝试，哪怕吃完后得伸着舌头狼狈地哈半天气。

这天晚上田宁又提到去吃川菜，夏夏立刻响应，还提前预订好位子，免得到时因为客人太多还得排队等。不过她电话还是打晚了，好位子都被抢光，只给他们在楼梯旁留了张桌子。

晚餐两人吃得还是挺高兴的，田宁生就一张能讨女孩子欢心的嘴，一顿饭的工夫，把夏夏逗得数次前仰后合，菜都没顾得上吃多少。

田宁一边往她碟子里夹菜一边还埋怨她："别光顾傻乐，赶紧吃啊！"

夏夏正对楼梯，不时有吃完饭的客人从楼上下来，她偶尔也会朝下来的客人扫上一眼，但完全是无意识的，心思全在田宁这儿呢。

所以，当叶吟风跟邱文萱出现在视野里时，夏夏一开始并未在意，她正往碟子里加醋，双眸不经意朝前面一瞥后又低下头去，但很快地，那对熟悉的身影忽然从记忆深处浮出水面，田宁的话音一下子荡得老远，她恍如坠落梦境，手一抖，醋洒了出来。

叶吟风走路向来目不斜视，直奔目的地而去，反倒是文萱格外留意四周，也率先看见夏夏和田宁。数秒的意外之后，她挽着叶吟风的胳膊稍稍用力，笑吟吟地往两人的方向走过来。叶吟风不解地看看她，又朝对面望望，见夏夏和田宁坐一桌，心里顿生怪异的感觉。

夏夏的不自然岂能逃得过田宁的眼睛，扭身望去便一目了然，赶紧热情地站起来跟叶吟风打招呼。

"田总真体恤下属，加班晚了还上馆子吃工作餐。"叶吟风微笑打趣，表面功夫做得很好。

“嗨！哪家公司工作餐吃这么奢侈啊！”田宁也笑着回，“我们这可是自个儿掏腰包的！哦，对了，得重新给你们介绍一下——郭夏夏，我女朋友！”

文萱意外地看看夏夏，随即笑道：“恭喜你了，夏夏。”

叶吟风闻听，眉头不自觉地皱了皱，笑意略微有点牵强：“什么时候的事？”

“也就这几天刚挑明关系。不过眉来眼去可也有好一阵了！”田宁说毕，发出爽朗的笑声。

夏夏正拘谨得难受，听田宁信口胡说，忍不住把腿伸过去，狠狠踩了他一脚。田宁不露声色地往边上让让，依然笑吟吟地：“你们这是吃完了还是刚来？”

文萱道：“刚吃完，准备回去呢！这儿客人真多，有点闹。”

“川菜嘛！吃的就是个气氛。”

叶吟风扫了夏夏一眼，一时也想不出什么合适的话，文萱已经在跟他们告辞了：“那你们慢慢吃，我们先走了。”

夏夏抬头，松了口气似的跟他们颔首道别。

田宁坐回位子时，才露出龇牙咧嘴的狰狞面目：“你下手怎么老那么狠？”

“谁让你胡说八道的？”

“我哪里胡说了。”田宁强词夺理，“你要对我没意思，怎么可能我一勾搭你你就答应了？你上大马路上试试去，看人家跟你搭讪你肯不肯跟人家走？”

夏夏咬牙用力拧了他胳膊一把：“看你再胡说！”

田宁也不躲，撑死忍着，一边凄惨叫唤：“这个小女人太凶残了！”

回去的路上，叶吟风一声不吭，车里沉默得近乎诡异。

文萱忽然轻笑着说：“你发现没有，夏夏和田宁比我们更像情侣。”

叶吟风正为这个突如其来的消息浑身不舒服，听到文萱这么说，眼前立刻又浮现出夏夏偷踩田宁脚尖的镜头，不舒服的感觉更强烈了，压抑地笑笑：“是么？我怎么没觉得，吵吵闹闹，跟俩孩子似的。”

文萱还想说几句什么，手机忽然轻盈地响了两声，她扫一眼屏幕，飞快地掐断了。

“谁来的电话，怎么不接？”叶吟风百无聊赖地问。

“不认识的，可能打错了，最近老有人打错电话。”

文萱望望窗外，车子还在立交桥上飞速行驶，她又扭头看一眼叶吟风，他的面庞紧绷绷的，线条棱角过于分明，显出几分无谓的固执。

文萱不觉暗叹了一声，每个人的内心其实都藏着一个执拗的孩子，为一些得不到的东西耿耿于怀，所谓长大不过是个谎言。

他们没有立刻回家，先得去叶家把小冬接上。

婚后，叶吟风担心母亲与文萱不和，就搬出来住在文萱那儿，一家三口时不时回去蹭顿饭联络下感情，反正两边的家离得也不远。

叶母果然还是对文萱看不顺眼，一桌吃饭都不肯跟文萱直接对话，这让文萱很尴尬，不过想想当初她能答应两人的婚事已属不易，这点委屈做媳妇的怎么也得受着了。

叶母倒是极喜欢小冬，叶吟风便说服文萱，常把小冬寄托在父母那儿，后来干脆连幼儿园的接送活儿也都由叶家父母一手包办了。

文萱暗中观察，发现叶母确实对小冬疼爱有加，也就放心地由他们去了。她跟叶吟风也因此得到不少二人相处的时间，也算婆媳关系不顺中的一点小小安慰。

车子停在叶家楼下，文萱对叶吟风说：“你一个人上去吧，我就在车里等。”

叶吟风知道她不想看母亲的脸色，也不勉强，径自上了楼。

叶家客厅里，母亲正陪小冬看动画片。听到开锁的声音，叶母的笑脸立刻收起，留小冬独自坐在沙发上，自己则一言不发地进了卧室，叶父见状，只能暗自摇头。

叶吟风进门就问：“我妈呢？”

叶父嘴巴朝房间里一努，叶吟风会意，走进母亲的房间：“妈！这么早就睡啦？”

叶母见只他一人上来，想问文萱的下落，又觉得有点伤面子，于是赌气不开口，只淡淡地问儿子：“来接小冬？”

“嗯。她晚饭吃得怎么样？”

“我喂的，吃了一大碗米饭，菜也吃了不少。”聊到孩子，叶母的神采才飞扬了一些。

叶吟风笑道：“您怎么又喂啊？小冬都这么大了。”

“你去看看小冬的面颊还有身上，是不是比刚来时胖了一圈？小孩子哪有不哄着就肯好好吃饭的。要都由着他们，个个都是排骨，就等着三天两头生病吧！”叶母对文萱放任自流的教育方式颇为不满。

“好好，”叶吟风息事宁人，“孩子您带着，都听您的就是了。”

“吟风，”叶母嗔怪地盯着他，“你们什么时候才打算生一个啊？”

“呃，妈——你照顾小冬还嫌不够啊！”

“小冬再好，也不是叶家的亲骨肉！”

“可是我们刚结婚，你总得给我们点儿时间吧。”

叶母杏眉一竖：“是不是文萱不乐意？”

“哪儿的事！”叶吟风有点头疼，又不得不安慰母亲，“是我觉得现在要孩子早了点儿。”

“早什么，你都三十二了！再说，有了孩子也不用你们操心，只管生下来，有我跟你爸爸带呢！”

叶吟风不接茬，只是好脾气地笑着。

叶母泄气地往床头一靠：“当初死活要跟她结婚的是你，我怎么拦都拦不住，我也想通了，生了你这么倔的一个儿子有什么办法，谁让我摊上了呢！你爱跟谁结婚就跟谁结婚吧。现如今，妈就剩这么一个要求了，不过是想早点抱到亲孙子，你不会连这个都不肯满足我吧？”

“妈。”叶吟风不免心存愧意，想了想说，“您让我再考虑考虑。”

叶母叹了口气，站起来轰他：“行了，别在这儿考虑了，赶紧回去吧，晚了别又看你媳妇的脸色。”

叶吟风抱小冬下楼，车子就在楼洞口停着，里面亮着灯，文萱正垂头跟谁讲电话，额前的一绺长发披散下来遮住了她脸上的表情。

走近了，叶吟风抬手敲敲玻璃示意，文萱没提防，猝然仰面，脸上居然交织着惊恐和凌厉，叶吟风一见之下，顿时怔住。

见是丈夫抱着孩子下楼来，文萱的神色又立刻缓和下来，飞快挂线，替他们把门拉开。

“这么快就下来了？”她语气不太稳定，仿佛有丝战栗来不及清除干净。

“嗯，我妈怕你等。”

叶吟风把小冬安置在后座上，文萱也从副驾上下来，坐到后面陪小冬。

车子徐徐启动，叶吟风仍心存狐疑："刚才跟谁打电话呢？好像有人要吃了你似的。"

"是个骗子。"文萱已完全恢复正常，"刚在车里等你们等得无聊，见有电话进来就接了，谁知道是诈骗犯，接了都后悔。"

"哦。"

文萱亲了亲小冬的额头："今天乖不乖？"

小冬手上玩着纸鹤，点点头："乖的。"

"晚饭吃的什么？"

"鱼、肉、米饭，还有很多菜。"

"阿公阿婆对你好不好？"文萱低声问着，瞥了眼叶吟风的后背。

小冬再次点头，把纸鹤朝母亲扬了扬："阿公帮我折的。"

自从跟着叶家二老，小冬比过去活泼了不少，话也多了起来，这是文萱最为欣喜的地方，否则，以她的脾气，是断不肯把女儿甩给对自己怀有敌意的叶母的。

"阿婆还陪我看小丸子，可是叔叔一进门，阿婆就回房间里去了。"

叶吟风听到小冬"告密"，身子不自然地挺了挺，文萱内心了然，只是淡淡一笑，揉揉小冬的头发，把女儿搂得更紧一些。

小冬睡得早，回到家没多久精神就打蔫，文萱服侍她睡下后才关了房门出来，叶吟风还在书房开着电脑处理公事。

文萱走过去给他捏肩，酥酥麻麻的力道刚好，叶吟风轻拍她手背以示谢意。

"怎么每天都有这么多事要做？"文萱疼惜丈夫。

"没办法，客户可不管你休不休息，想到什么要求，哪怕三更半夜也得给我们提。"

"江润的项目开始做了吗？"

"嗯，这两天刚开始，千头万绪的，有点乱。"

文萱松开他的肩："那我不打扰你了。"她走出去，还替他把门关上。

叶吟风回了一阵邮件，感觉口渴，想沏杯茶喝，正好借机起来走动走动。

客厅里只开了盏壁灯，光线暗暗的，他以为文萱已经睡下，走起路来不免蹑手蹑脚的。

谁知进了厨房，却见文萱在黑暗里站着，面朝窗户，双手撑在台面上，不知在想什么。

叶吟风放重了脚步："你还没睡啊？"

他赫然而起的说话声惊动了文萱，她身子轻颤一下，本能地回过头来，一副和在车里时一模一样的表情。

叶吟风皱眉："你这两天怎么了，突然一惊一乍的？"

"是你走路一点声音都没有，每次都吓我一大跳。"文萱先发制人，但笑容虚弱，"你要喝茶？"

"是啊！你怎么连灯都不开？"

"我也想喝点东西来着，走到这儿想起点事，一时忘了。"

"哦，什么事让你想得这么入神？"

文萱没说话，忙着沏茶。她拿了茶壶和茶杯，又打开橱柜门，里面大大小小有十几罐茶叶。

她笑着扭头问："你想喝哪种？"

叶吟风指指最靠外的一罐："锡兰红茶吧——你还没回答我呢！"

文萱笑道："我还能想什么，当然是琢磨怎么跟你母亲搞好关系了。"

叶吟风也笑了笑："这事说起来也简单。"

文萱意外："怎么个简单法？"

"她想要我们给她生个孙子。"

文萱愣了愣，笑得有点无奈："咱们不是早就讲好了，一年以后再说？"

"我没问题，主要是我妈……"

文萱把热气腾腾的一杯茶递给他，神色略显滞重："生个孩子不是那么简单的，要操心的事实在太多，光想想这些就头疼，我在小冬身上已经觉得很累了，所以……"

叶吟风走近她，伸手轻轻摸了摸她的脸颊，微笑着宽慰："我没逼你的意思，我妈虽是那么说，不过决定权还在我们手里。"

文萱松了口气，放下心来。她慢慢靠进叶吟风怀里，轻柔地搂住他："吟风，你真好。"

每当这种时候，叶吟风就觉得自己的心也化成了一泓池水，柔柔的，荡漾着一波波浅清的涟漪。

夜里，文萱却做起噩梦来，胡乱地低呼："不，不要，我不……"可是又说不清楚，仿佛有人掐住了她的脖子。

叶吟风被她闹醒，慌忙用力推她，把文萱给晃醒了过来。

她脑门上布满一层虚汗，眼角还挂着泪，样子甚是可怜，叶吟风抽了张纸巾给她擦拭："做噩梦了？"

文萱忍住啜泣的欲望，缓缓点头："梦见有人想杀我，在一个树林里，我拼命地跑，后来想起还有小冬，又赶紧跑回去，可是小冬已经被那人抓住了……"说到后面，她到底还是哭了出来，尽管很隐忍。

叶吟风心疼地搂住她，轻拍她的背安慰，过了会儿，问："那我呢？我在哪儿？"

"我不知道。"

他叹道："原来我在你心里根本没什么地位。"

"胡说。"文萱的脑袋从他怀里钻出来，梦境已飘远，她清醒了不少，脸上多了点儿被叶吟风逗出的笑意，"幸亏你没到梦里来，不然我又得多添一分担心。"

"你怎么没想过，如果我在你身边，至少可以帮你把小冬抢回来。"

文萱静默了片刻，轻笑："可能在我心里，你跟小冬一样，也是个孩子，帮不了什么忙，却总是要我操心。"

叶吟风轻抚她顺滑的发丝："文萱，知道吗？其实你是个很要强的女人。"

这一点他们结婚后没几天他就发现了，文萱极有主见，很多事情都拿得定主意，也很少有事要麻烦他。

文萱默然不语。

叶吟风沉吟着开导她："我们现在是两个人了，我是你丈夫，你有麻烦的时候尽可以来找我，不必自己偷偷扛着。否则，你为什么要结婚呢！"

或许是梦中的余悸犹在，文萱没跟他辩论，而是乖顺地重又钻进他怀里，温柔地点了点头。

叶吟风等着她说些什么，他几乎可以肯定文萱心里有事，可等了许久，她都不开口，只是缠绵地蜷缩在自己怀里，安静得像一只刚归家的猫咪。

第十二章 天翻地覆

拿下江润的单子并未让叶吟风有多振奋，且不说这项目他赢得莫名其妙，几乎谈不上成就感，项目实施后层出不穷的负面传闻也搅得他心乱。

设备安装了一半，崔友新就从江润带回来傅澄宇被检举受贿的消息。

傅澄宇是力助迈信拿下项目的江润高管，如果他倒了，极有可能牵累迈信，叶吟风第一时间让冯远哲去确认财务方面有无破绽。

冯远哲倒是信心满满："我们给他的钱都是找地下钱庄兑汇的，没有痕迹可查，而且又是打到傅总国外的账户上，只要他自己不供出来，外人没法抓着把柄。"

对于客户吃回扣的事，叶吟风也一直很无奈，不给就意味着你在这个项目里一点机会都没有，给吧，却会给双方都带来风险，而且高额行贿也稀释了项目的利润，有时简直就是为了占市场份额而无偿地做义工。

整体市场的不景气加上行业不景气，让叶吟风感到压力极大，而转型也不是嘴上说说就能实现的，不仅需要财力物力，更要决策者有一双洞察前景的锐眼。这最后一点，叶吟风自愧历练得还远远不够。

提心吊胆地装完了设备，傅澄宇被检举的事却没有进一步的消息，叶吟风以为不了了之了，刚要松一口气，孰料风波又起，这次居然还跟文萱有关。

传言令人难以启齿，带给叶吟风的不仅是愤怒，还有隐藏在愤怒背后的种种疑虑。

"究竟怎么回事，你倒是说说清楚。"

此刻，叶吟风在自己的办公室里，正略带恼怒地问崔友新，后者则吞吞吐吐，一句话非得掰成三句来说："就是有人，有人说邱董跟，跟傅总有……有那种事，我们才……"

叶吟风的脸一阵白，一阵青。

崔友新慌忙住嘴，难堪地叹气，他知道叶吟风是极要面子的人，可纸包不住火，外面都传得沸沸扬扬了，他不能听见了不说："叶总，我也知道，这肯定是那些眼红的人造谣胡说，但咱们没法去堵别人的嘴，关键是怎么采取措施来辟谣。"

叶吟风控制了下情绪，一时也没什么好主意，只得低声吩咐："你先出去吧……等等！先不要行动，也不要在公司里随便议论……让我好好想一想再说。"

"嗯，我明白。"

崔友新出去后，叶吟风独自坐在软椅上，闭起眼睛，手指缓慢揉捏着鼻梁，心里却在飞快地思索着各种可行的应对策略，但多少有些被动，而最令他不舒服的是，某种不祥的感觉始终挥之不去。

关于文萱和傅澄宇之间的事，崔友新断言是谣传，可叶吟风相信，无风不起浪。

当初迈信能轻易拿下江润，叶吟风就觉得奇怪，直到之后不久的某天下午，他偶然在文萱店里邂逅傅澄宇时才略有所悟，为此还跟文萱吵过一架。

文萱则解释说她是先认识了傅太太，之后才认识傅澄宇的。

"我知道你在争取江润的项目，既然有这么好的机会，我为什么不能拉拢一下他们夫妇？"文萱显得振振有词，"我给傅家送了不少名贵的家居装饰品，也曾经跟他们一起吃过两次饭，不过也仅此而已，我从没做过对不起你的事。"

她的说法合情合理，但叶吟风依然不高兴："我们不是早就说好了，公司的事你不再插手？再说，江润的事太复杂，有很多双眼睛盯着呢，你现在这样做，不是多个把柄给外人？"

文萱不以为然："我才不管外人怎么说呢！只要你能拿下江润这张单子，我做什么都是值得的。"她走近他，语调忽而变得轻柔："你还记不记得，上一次你输了舜英之后在高架上飙车…… 我不希望那样的事再发生，我要你过得开心。"

叶吟风哑口无言，同时被文萱的良苦用心感动，也对自己的小人之心暗存愧疚，此后，他没再追问这件事，两人自然也和好如初。

只是如今看起来，文萱为了帮自己而笼络傅澄宇夫妇的行为终究是个隐患，早晚会被人拿出来做文章。

还有一个疑问，虽然叶吟风不敢再跟文萱提及，但不表示可以从他心头抹平：文萱究竟是怎样说服傅澄宇选择迈信的？他不信单靠几件礼物就能打动一家大型集团公司的副总。

叶吟风越想越心境烦乱，索性收拾衣物，提早离开了公司。

车子已经发动，他却没有想好要去哪里，直到驶离公司附近的广场，才决定还是先回家看看再说。

今天是周末，按惯例他要和文萱一起回父母家吃晚饭，一想到饭桌上压抑的气氛，叶吟风的抑郁越发浓重。

曾几何时，他的境遇竟越走越艰难，前有宿敌，后有追兵，外患未平，内忧又起。

对着眼前无限延伸的马路，叶吟风只能无奈地感慨：不久前还意气风发的自己，转眼就老了。

到了街口，遇到前面闪红灯，他不假思索打方向盘右转，打算走小区边上的巷子，经侧门进去，虽说有点儿绕，但他不想停车等红灯——那条街口的红灯总是等得人不耐烦，而他此刻最为缺乏的正是耐心。

老巷狭窄，险险的两车道里车子不少，又没法超车，只能跟在前面的车辆后面慢慢浮游。

青石板铺就的人行道上，下班的行人三三两两往家赶。一名年轻的短发女孩穿着白色T恤、西装短裤，脚上蹬了双橘色跑鞋，走路步子轻快，宛如脚底板装了弹簧似的，手里还拎着一个大号的超市购物袋。

叶吟风的目光被这一抹青春的色彩吸引，不免转眸多瞧了几眼，随即愣住，因为认出来这女孩是夏夏。

他落下车窗细看，正好抓到她明媚的侧脸，面庞上生动的表情他再熟悉不过。

叶吟风想张口唤她，可夏夏突然转身，弯进了老新村的边门。他一时情急，几乎想停车下去追，无奈后面鸣笛声一片，催促他前行，他只能跟在车龙里安守秩序，车子很快就跟着街对面的小区保安指示，流入他所在的住宅区。

叶吟风的心情就这么陷入沮丧——从刚才想停车追夏夏未遂的琐事联想开去，他忽然意识到自己这小半辈子鲜有做主的时候，似乎一直在被各种力量推来推去，好容易在文萱的事上坚持了一把，结果却不像他想象的那么美满。

生活说到底还是逃不开柴米油盐、人伦纲常。初相遇时令他心悸的种种美妙也随着日子的流逝而渐渐消耗，变得浅淡无味起来，而烦恼却无处不在，执着地尾随在每一个人身后。

泊好车，叶吟风没有马上从车上下来，有点怔怔地呆坐在驾驶座上。

地下车库内光线幽暗，有点阴森，却很符合他此刻的心境，他可以不用强装笑颜，来这里的人除了停车赶紧走人外，对别的都漠不关心。

此时，浮现在他的眼前的不是困扰他的各种烦恼，也不是文萱和她的秘密，竟是他刚才在街上偶然看到的夏夏的侧脸，阳光单纯，笑意盎然。

他忽然有种想要伸手去摸一摸那张脸的渴望。

他被自己这突如其来的念头吓了一跳，随即摇了摇头，发出只有自己能体会到的苦笑。

他不愿沉溺在往昔的歉疚之中，随即推门下车，给车上了锁，慢悠悠往电梯的方向走。

田宁又出差了，而且一走就是一个多星期，周末夏夏只能一个人过，她发现自己居然还有点想念他。

不过对着田宁她是死活不肯承认的，尽管田宁在电话里死皮赖脸地逼问："你到底有没有想我？哪怕一点点？"

"真没有，忙都忙死了！"

"那下了班呢？你晚上睡觉总有时间吧？"田宁不依不饶。

"睡觉时候想你干吗！"

田宁不说话，而是发出一连串的坏笑，偏偏夏夏最后还懂了，红着脸呸他："没正经！"

她正欲挂电话，又被田宁拦住："别着急！我离吃晚饭还有十来分钟呢，再陪我聊一会儿！几天看不见你，实在想得慌。"

夏夏只好接着陪他扯："你那边都顺利吧？"

"就这样呗！吃饭、喝酒、晚上出去唱唱歌什么的，跟客户联络感情就是这么回事！"

"酒还是少喝点儿。"

"哎哟！你终于关心起我来啦！你是不是想感动死我？"田宁乐滋滋

地，“对了，明天就星期六了，我不在你也不用加班，打算干什么？一个人是不是很无聊？”

“不无聊啊！睡个懒觉一天不就过去了。”

“又睡！猪啊你！天气好出去走走，别老闷在家里，听见没有？”口气一严厉，上司的嘴脸就又回来了。

夏夏皱眉：“知道了，老板！你好烦啊！”

夏夏的所谓懒觉也不过睡到八点而已，平时七点半起床感觉比上刑还痛苦，偏偏能多睡会儿的时候又醒得早，在床上翻来覆去睡不着，只能起床。

洗掉衣服打理完卫生，夏夏决定听田宁的话出去走走。

田宁很注重运动，时常胁迫她一起去打羽毛球和网球，而夏夏对剧烈运动一直比较犯怵，坚信散步才是最好的运动，尽管田宁认为那是老年人才喜欢的方式。

六月中旬已颇有夏季的味道，老巷的青石路上林荫密布，性急的知了已经藏在树梢不管不顾地叫开了。

夏夏是夏天出生的，所以她对燥热的夏季不但不讨厌，反而有种亲近的喜爱。

走到巷口肚子就唱起了空城计，她便熟门熟路穿街过去，对街有家鸭面馆她常去，里面的东西既实惠，味道也不错。

她刚走到面馆外的梧桐树下，脚底忽然感觉踩到了什么滑腻腻的东西，抬起来一看，果然是块脏东西，顿觉一阵恶心，使劲在马路牙子上蹭鞋底。

在离她十米开外的地方，叶吟风正从住宅区侧门步出，手持一杯早餐咖啡，朝对面的老新村望了一眼，表情犹疑。但在他转过头，完全是无意识地往夏夏这边望过去时，夏夏的身影赫然映入眼帘。

认出她的刹那，叶吟风整张脸仿佛被点亮了似的，露出自己都没察觉的微笑。

脏物蹭得差不多了，夏夏又从裤兜里取出一包餐巾纸，抽出一张将鞋底周围仔仔细细擦过一遍，这才满意地把纸团扔进手边的垃圾桶。

她刚要回身进鸭面馆，感觉有个人影在离自己很近的地方站定，似乎还在打量她，她诧异转眸，没想到是叶吟风。

夏夏有点不知所措：“……你好，叶总。”

她还是第一次在这里遇见叶吟风，此前因为相安无事，她都快把跟他们夫妇“隔江相望”的尴尬局面给忘了。

叶吟风看看她，又瞅瞅面馆：“你是吃早饭还是午饭？”

一句话就打破了两人之间始终存在的那层隔膜，夏夏笑得腼腆：“起来晚了，早饭、午饭一块儿吃。”

从她明朗的笑容中，叶吟风可以看出来，自己曾经带给她的阴云正在慢慢驱散，只是面对自己时，她仍有一丝挥之不去的局促。

“不如我请你吃。”叶吟风看看表，快十一点了，“我也还没吃呢！”

“这个……”夏夏面露犹疑，“你不用陪家人吗？”

“他们有活动，我今天也是一个人。”

叶吟风没告诉她，自己今天其实是专门来等她的，没想到运气好，一出大门就遇到她。

见夏夏仍然迟疑，叶吟风口气放缓：“夏夏，我们好久没在一起吃饭了。还记不记得你以前在迈信，我们经常在外面吃？”

那些过去的事，夏夏怎么可能忘记，只是如今回忆起来，真的像隔了一个世纪那么遥远。

“只是一顿饭而已，你用不着考虑这么久吧？”叶吟风几乎无奈了。

可不是，一顿饭而已，夏夏豁然开朗似的笑了起来，既然已经打算朝前迈步了，又何必停留在门槛这边迟迟不肯跨过去，她跟叶吟风那不愉快的一页，早晚得有人主动翻过去。

想通了，她欣然点头。

叶吟风也懒得开车，在路口打了辆出租，和夏夏一起坐进去。

“去哪儿吃？”夏夏记得叶吟风喜欢粤菜，这点和田宁还真是很不一样。

“你去过的，到了就知道了。”

夏夏便不再问，泰然坐在他身边，车子飞快地往前开，两人话都不多，偶尔叶吟风问她一句无关痛痒的闲话，夏夏也拣最简单的答案来说。

大多数时候，她面带微笑望着窗外。令她欣悦的是，自己不再像从前那样对叶吟风满怀悲愤的怨意了。

时间是最好的良药，总有一天，那些曾经的痛、怨，都会化成云烟，随风而逝。

夏夏怎么也没想到叶吟风会带她重来这座中式茶馆。

“这里不是喝茶的地方么？”

“他们也供应午餐，就是品种比较少，但味道很值得尝一尝。”叶吟风解释。

夏夏并不喜欢故地重游，但既然来了，她也没法扭头就走，只能再次跟在叶吟风身后走进敞亮的中式院落，院子里的摆设样式依旧，连那几株植物都没变过，茑萝重新绿了，南天竹的枝头，红果子被色彩斑斓的花朵替代，秀气的叶子依然婀娜伸展。

早有服务员快步过来接待，叶吟风询问夏夏：“还是坐靠窗的位子？”

夏夏忙摆手：“就坐院子里吧，挺好的。”

叶吟风笑笑：“也好，我记得去年秋天我们来时，你就很喜欢这个院子。”

夏夏没吭声，好像没听见他说话似的。

他们的位子靠近一挂紫藤，碧绿的枝条垂下来成为一道天然屏障，正好将他们与其他客人隔开，不过坐在院子里的食客并不多，也很分散，每组客人都有自己的小天地，足够不受干扰地谈笑风生。

叶吟风兴致颇高：“在这儿吃饭有个好处，饭后可以再来壶好茶，不像其他饭店，吃完了只能走人。”

“你常来？”夏夏敷衍地笑着。

“以前常来，主要跟朋友。这里比较偏远，格局也小，招待客户比较费时，而且也不供应酒。”叶吟风耐心地向她解释。

饭菜很快上来，简单的几道家常菜，味道却是正宗的本地菜，清新可口，不同凡响，夏夏吃了几口就知道叶吟风为什么喜欢这儿了。

跟叶吟风一起吃饭很安静，他不像田宁，喜欢一边吃一边发表高论，夏夏觉得耳根清净之余，从前和他在一起时的那种小心谨慎的心态又回来了。

饭后，叶吟风要了一壶大吉岭：“大吉岭也因产地而稍有差异，这里的大吉岭红茶产自波兰，我特别喜欢。”

夏夏端起茶杯饮了一口，醇香的滋味依旧，但她却怎么也无法把它和上一回在这儿品尝到的味道对上号。

或许记忆也有它偏执的一面，不想记得的事就统统扔进废纸篓。

叶吟风给她续茶水，看似漫不经心地问：“夏夏，你怎么会……和田宁在一起？”

夏夏双手捧起杯子，强冷气作用下，这不失为一种取暖方式。她知道叶吟风不会无缘无故请自己吃饭，刚才在来时的路上，她就在心里作好了应对的准备。

“我不能跟他在一起吗？”她笑着反问。

叶吟风一怔，随即笑道：“我没别的意思，纯粹是好奇，田宁之前对你的敌意我都听说了，所以……你们两人会走到一起，我有点吃惊。”

“什么事都会变的。”夏夏依然不咸不淡。

叶吟风第一次见到她如此淡漠的一面，意外之余，也觉得酸楚，如果不是因为自己，她不会变成现在这样。但即便如此，在他心里，夏夏仍是那个不谙世事，全心全意信赖自己的小女孩——她离开自己时伤心欲绝的表情是最好的诠释。

“你大概早就知道，我和田宁做过很长时间的同学。”他觉得有必要忠告夏夏，“他从初中开始就风流韵事不断，这些事我本不关心，也不该多嘴说出来，但是——你不一样。”

他的目光中充满对夏夏的关切和担忧：“你是个过于单纯的女孩子，跟他那样的人在一起，我感觉……不是很合适。”

夏夏对着暗红色的茶水笑了笑，仰起脸来时，那抹难以捉摸的笑还挂在唇边。

“叶总，如果你今天教给我的是一些职场上的规则或别的什么，我想我会听的，因为我曾经很敬重你的为人，现在也是。但涉及感情……对不起，我得说，您是最不应该给我提醒的那个人。”

叶吟风有些难堪：“夏夏，如果是因为我曾经伤害过你……”

夏夏摇头，环顾这间装饰精致的院落：“也许你不记得了，上一次，也是在这里，你告诉了我许多跟迈信有关的秘密，你还向我伸出手，让我以为……”

苦涩的滋味再度浮现，她摇摇头，轻吁了口气：“我承认我很简单，简单到参透不了你的语言和行为。但是，我后来也曾仔细想过，我的误会也不见得就是我一个人的错吧。”

她的目光终于转向叶吟风，那眼眸里的亮度让他难以与之对视。

“你该知道自己的魅力，也该知道有多少女孩子在暗暗喜欢着你，所以……如果你不喜欢她，请你不要在工作以外的时候对她太好，让她产生某种错觉……”

夏夏重新捧起茶杯，声音也放低了不少："就像现在，你也不该说出刚才的那番话，无论你认为我的未来会糟糕成什么样，因为——那跟你完全没有关系……别人的事，最好还是由别人自己去解决，你说对吗？"

她清晰的吐词，让这段话变成一把锋利的匕首，准确地扎向叶吟风的心脏。

他像被击倒，身子微微颤了一下，情不自禁地伸手去摸茶杯，仿佛想找一点支撑。眼前的夏夏让他觉得陌生，她的犀利更是令他无所适从。

夏夏并未去看他尴尬的模样，她心里也有点乱，分辨不清今天跟他出来究竟算不算一个错误——听一些无谓的劝导，说一些伤人的话。

可她又不得不这么做，似乎唯其如此，才能彻底打开她心底盘着的那个结。

她饮尽杯子里的最后一口茶，将茶杯轻轻放下，重新绽放出明艳的微笑："叶总，谢谢你的午餐和茶——我得回去了。"

叶吟风还处在夏夏带给他的难堪之中，坐着没动，仅仅机械地抬起头，连笑容都装不出，但还是礼貌地问了一声："我送你？"

"不用了。"她再次端详被她冒犯的前任老板，奇怪心里怎么没有一丝歉意，"你不是很喜欢这里么，你再坐会儿吧。"

她转身时有股决绝的力量，仿佛要把从前在他面前展示过的柔软都收回来。

叶吟风也果然如她所言，继续留下来饮茶，尽管已经品不出茶水的滋味。

那把匕首还插在他心上，刚才只是觉得冷，等夏夏彻底从眼前消失后，他才有了痛的回味，星星点点，向全身泛滥。

可也正是这疼痛的感觉在猛然间点醒了他，他蓦地明白自己一直这样情绪低迷是因为什么。

他想起夏夏过去那张无忧无虑的笑脸，想起她看到自己和文萱在一起时心碎欲裂的表情，想起她踏足青石路上那带点迷惘的单纯笑容，还有刚才，她亮出匕首时的坚硬冷然。

他虽然照旧坐着，维持着之前的姿势，可内里早已崩裂坍塌。

他寻寻觅觅的不就是那艳若朝曦的一缕阳光么，她的笑如清晨的雨露，晶莹纯洁，曾经照亮他的世界，后来又被他亲手摧毁。

而他如此迟钝，仿佛置身于黏稠木讷的梦中无法自省，等醒转时早已来不及，阳光和微笑再也不属于他。

叶吟风疯了似的追出去，仿佛那样就能挽回些什么。

他一口气奔至街口，哪里还有夏夏的影子，他急促喘息，心情在绝望中慢慢平复、清醒，苦涩的滋味顿然涌上来。

回转身，寂静的老街在脚下延绵伸展，浓密的树荫挡住了当空的烈日，他仿佛再一次置身浑噩的黑暗中，且感觉到冷。

田宁在外出差一周，终于在星期天晚上赶回三江，他连家都没来得及回，迫不及待地打车赶往夏夏那里。

听到急促的敲门声，夏夏纳闷地跑去开门，见是田宁，很意外："咦？你怎么回来了？电话里不是说星期一才回？"

田宁拉着行李进门，喜气洋洋地解释："事儿都办完了，何必再耗一天？我是转签了机票提前回来的。"

夏夏毫无准备，忍不住埋怨："那你也不给我打个电话，我晚饭都吃过了。"

"不就是怕让你忙嘛！"

"我们可以出去吃呀！"

"出去吃多闹，还是你这儿好！"说着话，田宁已经撂下行李箱，惬意地歪在沙发上了。

"那你晚饭怎么办？"

"你给随便弄点儿就成。"

夏夏只得去厨房搜罗，不巧，冰箱里这两天即将告罄，橱柜里也没什么存货，她叹了口气走出来："要不我打电话叫外卖吧！"

"外卖油腻腻的有什么好吃的！"田宁皱眉，"你不会连一口吃的都不剩了吧？"

"家里只有面条了，你吃不吃？"

"吃吃！"

夏夏在厨房正热火朝天地煮着面，田宁不怀好意地钻进来，从背后一把搂住她，不分青红皂白就用力往她面颊上亲，夏夏慌忙往外推他："哎呀你干什么！我这儿煮面呢！"

"亲一个，就一个！"

田宁央求着，再次将她抱住，又顺势把她翻转过来正对着自己，嘴巴闪闪烁烁地在面庞上移动了会儿，不多时就挪到夏夏唇上，用力吮住后，陶醉地辗转起来。

夏夏忍了一会儿，见他毫无收手之势，她又惦记炉灶上还煮着面，便又想使绝招。

膝盖刚拱起来，就被田宁察觉，他立刻机警地松开夏夏，手掌猛拍了一下她的膝盖，气愤道："我现在可是你男朋友，你还给我来这个！不怕撞坏了将来独守空房啊？"

夏夏一被放开，立刻转身把炉火关了，毫不示弱地瞪着他："你也不看看这是什么时候！我在给你煮面呢！要不你自己来煮？"

"你来！你来！"田宁立刻掐灭气焰，狗腿地笑着退了出去。

一碗朴素的清汤挂面很快端到田宁面前，他什么都不抱怨，狼吞虎咽地吃完，拿纸巾胡乱抹了几下嘴，就朝夏夏扑过去："现在是时候了吧？"

夏夏早有所料，冷酷地推开他的脑袋，递过去一杯水："先漱口！"

田宁只得照做，悻悻地发牢骚："规矩还挺多！等我们要干那什么之前，你不会还要我先用酒精消消毒吧？"

"臭流氓！"

"你再骂一个试试？"

"臭流——""氓"字还没出口，就被田宁以唇封缄，凶狠地吃掉了。

欲望一放开，如同洪水泄了闸，田宁很快就火烧火燎起来，一只手开始不老实地在夏夏身上摸索，想要更进一步。

夏夏决绝地把他挡在门外："不行！"

"你不难受啊？"田宁万爪挠心，只能反过来诱惑她，手从关键部位退下来，转战其他敏感地带。

夏夏看破他用心，身子猛地一翻，把自己的正面藏进沙发，愠怒道："说了不行就是不行！"

田宁见她动怒，只得投降："好了好了，我放弃！赶紧翻回来吧，别跟个鸵鸟似的老想往沙子里钻。"

"你先退开！"

田宁简直无奈，走到离沙发最远的一张椅子上坐下："这样可以了吧？"

夏夏这才爬起来，一边含着怒气整理衣衫和头发，一边道："我警告你啊，你以后要再这样，干脆别来我这儿了。”

田宁喝着凉白开直摇头：“郭夏夏，都什么年代了，你还这么保守。”

夏夏没好气：“那你怎么不找个跟你一样开放的去啊！”

“姑奶奶，你现在脾气好大！”

“都是你招的！”

两人打了会儿舌战，田宁好歹平静了些，可眼看着夏夏近在咫尺却摸不得碰不得，委实不甘心：“干脆咱俩结婚得了。”

“凭什么呀！”

“反正你也没人要，想要我的人又太多。咱俩凑一块儿，又环保又和谐，比雷锋还高尚——哎，你又掐我，好疼啊！”

田宁在夏夏的住处磨到将近十点，才在夏夏的催促下不情不愿地离开。他因为出差的缘故没开车，现在只能去大街上拦出租。

夏夏本欲送田宁到路边，但刚到楼下就被他拦住：“你赶紧回去，黑灯瞎火的在外面乱闯，要遇上变态色狼我可就亏大发了——还什么都没干呢！”

夏夏抬脚就给他屁股上来了一下：“狗嘴里吐不出象牙！”

田宁嬉笑着避过：“赶紧上去吧，等你回屋了我再走。”

夏夏明白他关心自己，扮了个鬼脸就往楼梯上跑。

眼看夏夏屋里的灯再次亮起来，田宁才慢悠悠地拖着行李箱，一路吹着口哨往街口扬长而去。

他没料到，自己的志得意满全被对街的叶吟风看在眼里。

这两天叶吟风情绪低落。

没人会在发现自己犯下了一个涉及终身幸福的错误后还能泰然自若地继续原来的生活。而叶吟风在明白自己对夏夏的真实心意后，他更加无法面对的人却是文萱。

那些他们曾经经历过的点点滴滴，如今回想，宛若莫大的讽刺，更让叶吟风无法接受的是，他在回忆以往的那些细节时，似乎嗅出了文萱缜密谋划的意味。

她看似顺其自然的接近、挽留，乃至时不时拿他跟夏夏开的一些玩笑，其实无一不是推着叶吟风向她靠近的手段。

但这个念头很快就被叶吟风否决掉，错误是他犯下的，文萱从未逼迫过自己，他这样把罪责都归咎到她头上有失公允。这或许只是他在事后一种本能的自我防御，跟文萱本人没有关系，谁会愿意承认自己就是那个愚蠢的始作俑者？谁都会在懊悔之余找个替罪羊来为自己的错误开脱，叶吟风也不例外。

每天晚上回到家，他总是把自己关进书房，意欲安静地思考、做事，然而无论怎么努力，注意力却始终集中不起来，无非是一天天虚度罢了。

今晚亦是如此，而他不愿再将自己囚禁起来，索性外出走走透透气。

夜间散步不是他的习惯，但一路走下来，感觉还不赖，能呼吸到草木的气息和人间嘈杂的味道，至少比独处密室跟自己较劲儿强。

渐渐地，他发现自己的脚步正不由自主地往夏夏住的方向而去。

他徘徊在老新村的外面，体内有股冲动，不断推动他抬起脚步进去找夏夏，把自己内心最真实的想法告诉她，以弥补自己愚蠢的抉择，弥补夏夏曾经为自己流过的泪。

可他迈不开进门的步子，他该以何种立场去见她?

他想起不久前和夏夏在茶馆的那次谈话，即便他不愿意也不得不承认，夏夏的心早就不再单属于自己。

如今，他和夏夏之间，不仅隔着文萱，还多了一个田宁。

他被痛苦的思绪所左右，在那条夏夏常走的青石路上徘徊了不知多少个来回，最终，所有设想都被理性湮灭，余烬也被埋进心底。

既然已经作出选择，就要对这个选择负责，哪怕它是错误的，因为它涉及的不是一个人。

叶吟风失神地从老新村的门口撤回脚步，却依然迟迟不肯回家。

夜已很深，沿街店面大都关门，只有一家便利店还开着，他进去买了包烟。站在门口拆烟盒取烟，他刚往嘴里塞了一根，就看见田宁。

他想起多年前和田宁的暗中较量。

他们曾经比成绩，比所得奖项，甚至比谁得到的来自女孩的表白更多，当然这些都不用他们出面，自有闲人帮着张罗统计，比试成绩也是时时更新的。

自然是叶吟风胜出的次数多。

有次他和田宁在厕所门口狭路相逢，田宁眯着眼睛似笑非笑地问了句：“叶吟风，你累不累？”

那时候，他只当田宁是妒忌自己，微微一笑，以胜利者的姿态与田宁擦肩而过。

可现在，他真想跟田宁说句实话："累，很累。"

他还想说："田宁，我们换一换，好不好？"

田宁的身影很快消失在夜色中，只留下他对着颓丧的自己发出无声的嘲笑。

叶吟风点上烟，缓缓抽着，用极慢的速度走回去，烟雾在他两边缥缈地散开，隐入夏日的夜色，悄无声息。

走到离自己住宅还有两三栋房子的距离时，叶吟风的手机响了。

这么晚给他打电话的人除了文萱再无别人，他不太愿意接，但又不能不接。

没想到他居然猜错，是个陌生的号码，他蹙眉按了下拒绝接听的按钮，但铃声随后又响起，且响了很久，一副执着的样子。

他叹口气，苦笑笑，只得接了。显然，无论是打错了还是想诈骗，对方都想劳烦他说上几句才肯死心。

"喂？"他无聊地发出声音，嗓音低沉沙哑，毫无生气。

"你是叶吟风吧？"

叶吟风警觉起来："你是哪位？"

"你不用管我是谁，我想跟你做笔交易。"

对方的声音极陌生，口气有点疏懒，尽管他竭力想掩饰，依然流露出了一丝南方口音。

从商近十年，这种事不是第一次遇见，叶吟风很快镇定下来："你有话可以直说。"

对方笑了两声："看来叶老板是个爽快人。那我也不跟你绕弯子了。是这样，我手上有几张照片，我想你应该会感兴趣——跟你太太有关。"

叶吟风内心一凛："什么照片？"

"具体内容电话里不方便讲，反正只要是明白人，看过一眼保证印象深刻，哈哈！当然，不能白给你看，你这么聪明，应该能明白我的意思吧？"

叶吟风没急着跟他讨价还价，缓一缓后问："怎么证明你说的是真的？"

"如果你同意交易，我会给你看样片，你看了就知道是不是真的了。"

“你想要多少？”

“一百万。”

“你手上有几张照片？”

“十来张吧。我跟你要的是一口价，保证你不吃亏。”

叶吟风不免冷笑：“十来张照片就想卖一百万，你不如干脆去抢银行。”

对方等他笑完才又道：“这些照片我如果公开出去，不仅你和你太太名誉扫地，你那个刚到手的项目甚至你的公司都得跟着完蛋！”

叶吟风的心跳得不规则起来，凭这几句话，他不用看照片也能料到上面的内容，而那恰恰也是埋藏在他心底的一个结。

“你到底是什么人？”他嘴上问着，业内几个主要竞争对手的面庞迅速在自己脑海中掠过。

“我是什么人重要么？”

“谁让你这么做的？”

对方再次发出笑声：“你一分钱不付就想让我给你说实话，叶老板，你是不是太天真了？”

叶吟风努力抛开缠绕在心头的烦躁，飞速盘算了一遍后问：“你打算怎么交易？”

“我可以先发两张照片给你看看，你确定要买，我再跟你联系，把你的电子邮箱留给我。”对方显然有备而来。

叶吟风向他报了自己的邮箱地址，那人核对清楚后道：“一分钟内给你发过去，我过半小时后会再打给你。”

挂了线，叶吟风再也无心于刚才风花雪月般的愁绪，几乎是飞奔至家。

家里静悄悄的，文萱和小冬应该都已经睡下。他刚要进书房，卧室的门忽地被拉开，穿着吊带睡衣的文萱走出来，脸上没有丝毫睡意。她锐利的双眸扫了眼叶吟风：“你出去了？”

叶吟风只得站住，敷衍着道：“嗯，随便走走。”

文萱靠近他：“还抽烟了？”她对烟味一向很敏感。

叶吟风后退两步，离她远一点，尽量让自己的声音坦然：“嗯。”

文萱眼眸里的忧虑加重：“吟风，你最近好像心事重重的……有什么麻烦不能告诉我么？”

叶吟风勉强笑笑，并不看她：“告诉你也没用，都是烦心事。”

文萱仔细审视他，确定他不想跟自己聊，只得叹一口气，放弃追问。

“别太累着自己，钱是赚不完的。”她把手轻轻搭在叶吟风肩上，又捏了一捏，这是叶吟风所熟悉的暗示。

“早点休息吧。”她温柔的嗓音里别有意味。

叶吟风却置若罔闻，他一心惦记着照片的事，拉下文萱搁在自己肩头的手：“你先睡吧，我还有事没处理完。”

然后，他不理会文萱失望的神色，转身就进了书房。

关上书房的门后，叶吟风才轻舒了一口气，但此刻他无暇回味刚才跟文萱尴尬的相处，确定门已经反锁好以后，他快步走到写字桌前，迅速给电脑解了锁，又很快进入提供给勒索者的免费邮箱。

对方果然已经把照片发了过来，是一串数字代码的文件名，缩小的图标看不出实际内容，叶吟风深吸了一口气后才有点开文件的勇气。

两张照片，一张是文萱和傅澄宇在饭桌上碰杯，彼此脸上都洋溢着笑，傅澄宇显得色眯眯的，文萱的笑容却含有一种从未在叶吟风面前展示过的情调，他的脑海中一下子浮起“风尘”二字，尽管这个联想让他很不舒服；另一张是傅澄宇搂着文萱，文萱在他怀里低着头，不过还是能隐约看到她脸上带着暧昧的笑。

叶吟风不欲多瞧，很快就关闭了图片，眯起双眼，整个人都沉浸在愤怒之中。

文萱曾信誓旦旦地向他保证过，她和傅澄宇之间没做过什么逾越常理的事，他们是清白的。

此刻，他真想冲出去问问文萱，她对所谓的“清白”究竟是怎么定义的。

然而，片刻之后，他捏紧的双拳还是缓缓松开。

这些照片是否真实？如果属实，照片究竟是谁拍的？意图是什么？很多谜团尚未解开，他不能打草惊蛇，更不能自乱阵脚。

看看时间，匿名敲诈者随时可能打电话来。

叶吟风起身，小心地打开书房门向外张望，文萱不在客厅，应该是回卧室睡觉去了。他重新阖上门，保险起见，再次给门上了锁。

手机刚一振动，他就抓起来接听。

“叶老板，照片看过了吧？”

“嗯。”

“觉得怎么样？”对方似乎对叶吟风的反应充满兴趣。

“很假。”

“呵呵，你如果不相信它是真的，完全可以去做鉴定。”对方的口吻充满信心。

“你是怎么弄到这些东西的？”

“叶老板，我早说过了，你不付钱我什么都不会告诉你的。”

叶吟风明白自己是撞上了敲诈的老行家，与其打嘴仗，不如跟他谈点实际的，他叹了口气，妥协：“好吧，钱我可以付，但一百万太多了。”

对方用欢快的口吻回应他：“价格还是可以商量的嘛！要不你开个价吧！”由此可见，他也清楚自己开一百万是漫天要价。

叶吟风何曾想到过有朝一日得把生意场上的那套搬到此种场合来用，但此时他已顾不上自嘲，很快就跟对方谈妥价位，又补充道：“我也有个要求，必须见面交易。”

对方明显迟疑，叶吟风不等他反对，抢先道：“我可以先打五万到你账户，剩下的十五万，我给你现金，但你必须亲自来取。”

“这个……”对方动心了，又恐叶吟风有诈，“如果你报警怎么办？”

叶吟风笑笑：“你手上不是有我的把柄么？你会来找我做交易，一定也知道我是要面子的人。”

“我们什么时候见面？”

“明天下午吧。”

叶吟风与他约了个茶室，对方反复确认了名称和地址后才结束通话。

室内重又恢复了宁静，叶吟风则青着脸埋坐在椅子里。

见面时间由他来定说明敲诈者没有正当职业，时间方面也很宽裕。叶吟风把见面地点约在三江市区的一家工薪阶层茶馆，而对方还要再三跟自己确认，可见他对三江一点都不熟悉。

这是个地道的外地人，且应该来三江没多久。

问题是，敲诈者是仅仅代表他自己，还是背后有个利益集团在操控着他？

叶吟风一宿未眠，清晨时分才迷糊过去片刻，很快又被闹钟催醒。

文萱在餐厅摆弄早点，她穿着一件宽松的白色连衣裙，长发简单地绾在脑后，宁静飘逸，晨曦从窗外照射进来，一切有如在画中。

叶吟风望着这样清丽脱俗的文萱，初见她时的震撼再次浮上心头，但仅仅是一股熟悉的意识而已，他的心已无法再为之悸动。

文萱感觉到叶吟风在注视自己，对他温柔地一笑："今晚你能不能早点回来？"

叶吟风收回目光，坐下："有事吗？"

"今天是我生日。我想咱们三个在家好好吃顿饭。"

"你生日？"叶吟风意外，"对不起，我把这事给忘了。"

文萱毫不在意，体贴地笑着："生日其实没什么大不了的，不过是借这个由头让自己开心一下罢了。你记得准时回来，我做几样好菜给你吃。"

面对文萱柔情似水的目光和那一脸期待的表情，拒绝的话依然不忍从叶吟风口中说出，女人的微笑和泪水始终是他的软肋。

最后他说："……好。"

尽管内心抑郁，叶吟风还是找了个时间出去给文萱挑礼物。之后又随便找地方解决了午饭，看时间差不多了，才慢悠悠晃去约定的茶馆。

他不想提早去，因为厌恶被人暗中观察的感觉。

进了包房，那人却没在里面。叶吟风坐等了片刻，正欲起身离开，门口忽然传来响动，有人推门进来："叶老板，你很守时，也很守信。"

叶吟风抬头看，敲诈者相貌平平，年纪比自己想象的要大，皮肤黝黑，看上去有几分苍老，短平发型，左脸颊处有道淡淡的疤痕，不近距离看不会注意到。

叶吟风不露声色，看着他在自己对面坐下后才问："怎么称呼？"

"我姓陈，你可以叫我老三。"言毕，老三目露期待似的盯着叶吟风。

叶吟风无动于衷："东西带来了？"

老三从裤兜里拽出一只皱巴巴的信封，搁在桌上："全在这里了——钱呢？"

叶吟风也把一只装了现金的旅行包推到他面前，老三扫了他一眼，拽过包，打开来飞快察看了一遍，露出满意的笑容。

他一边重新把包的拉链拉好，一边又瞄了眼叶吟风，后者正在审视其余的十张照片，都是打印出来的彩照，尺寸虽小，但张张清晰。

尽管内心已有准备，但看到那些令他震惊的场景时，叶吟风仍然有种想呕吐的冲动。

“这些……”叶吟风怎么也拔高不了自己的嗓音，“你是怎么弄到的？”

“针管摄像机，不新鲜！现代技术很容易就搞定。”

“我的意思是，你怎么会知道他们……”

交易完成得很顺利，老三满意地点了根烟，美美地抽上一口：“我跟踪了邱文萱半个月，那婊子跟江润的老总前后干过三次，都在那家宾馆——你不介意我这么叫她吧？”

叶吟风脸色泛白，但竭力控制着自己的情绪：“谁让你这么做的？”

“没人，都是我自己的主意。”

“那些传言也是你散播的？”

老三不点头，只是笑：“想要扳倒傅澄宇的人可不是一个两个，不过你放心，只要这些照片不流出去，跟你有关的闲话过一阵就没踪影了。”

“也许你过不了几天又会把照片卖给别人。”

“哈哈！那没办法，你只能选择相信我。不过，我的目的很明确，只求财，我还不想把邱文萱置于死地，毕竟……”他意识到自己多嘴了，吸一口烟，没再说下去。

叶吟风听出弦外之音，盯牢他追问：“你究竟是什么人？”

“我？”老三咳嗽了两声，“呵呵，一个无用的废人。不过不想下半辈子就这么毁了。”

“你认识邱文萱？”

“岂止认识，”老三神色沧桑，还自嘲地笑了笑，“我大半辈子都毁在她手里了。”

“你跟她……”

老三摆摆手：“我跟她的事都过去了，你要想知道，可以直接去问邱文萱，如果她肯说的话。”

“你有没有找过她？”

“没有！”老三回答得很干脆，“她不会愿意看见我，我觉得找你更合适。”

两人一时都陷入沉默。

老三又用力抽一口烟，目含复杂的深意望向叶吟风：“你会跟她离婚吗？”

“这是我的事。”

“也对，我管不着。”老三眼神捉摸不定，“真没想到像你这么有前途的男人也会跟邱文萱搅和在一起。我看你人不错，给你句忠告，那女人不是什么好东西。”

“我是不是该谢谢你提醒我？”叶吟风沉着脸反问。

老三再次笑起来：“那倒不必。如果你舍不得她我也能理解，毕竟没有几个男人能逃得过漂亮女人的诱惑。”

他们的会面前后不超过十分钟，老三拿走了一笔钱，给叶吟风留下的却是一堆让他无法消受的信息。

他不记得自己是怎么走出那间包房的，经过洗手间时，他冲进去，着实狂吐了一阵。

不管老三怎么评价邱文萱，也不管邱文萱的过去有多么不可告人，在傅澄宇的事情上，叶吟风最为痛恨的人却是自己。

他痛悔自己之前跟文萱讲了太多关于抱负和理想的大话，还有他对江润项目志在必得的决心，以至于她竟然用这种方式去帮他换取胜利。

而最终，她让他成为一个可怜又可笑的傀儡。

晚上，叶吟风没能回去为文萱庆祝生日，他现在连坦然地看她一眼都难以做到，更何况是面对面坐着谈笑风生。甚至，当她打来电话，当他听着电话那头她轻柔婉转的嗓音时，一股窒闷的感觉刹那间充斥胸膛。

他随便找了个借口搪塞她，而文萱，一如他预料的那样，相信或者说假装相信了他——在对待他的社交问题上，她从来都表现大度且从不干涉。

接完文萱的电话后，叶吟风索性关了机，此时，他谁的声音都不想听。

一整个晚上，他空着肚子，开着车把三江的角角落落逛了个遍。直到累得逛不动了，才就近找了家酒店住下。

他知道自己在逃避，但眼下除了躲开所有熟悉的人群，他不知道自己还能干什么。

在酒店的卫生间里，叶吟风把那些丑陋的相片烧了个精光，把碎屑都冲进了马桶。之后，他四仰八叉躺在床上。

他觉得很累，想好好睡一觉，可思绪不肯放过他，拽着他濒于崩溃的神经在过去和未来中游走。

他像一只陷入蛛网的昆虫，无论怎么挣扎，无论怎样树立信心，依然逃不过被猎杀的命运。

他能怎么办呢？

去找傅澄宇拼命？那不是等于昭告天下？

或者和文萱离婚，让他们高调、短暂的婚姻沦为一个笑柄？

与把丑恶吞下去相比，叶吟风发现后者更让自己难以承受。

“嘲笑我吧！”他在心里发出惨烈的笑声，“我就是一个懦弱的可怜虫！”

叶吟风借口出差，在酒店一连住了三天，公司的事务也都通过电话沟通解决。他觉得自己像一具行尸走肉，只有在跟崔友新等下属聊具体业务时才能稍稍恢复一点人味儿。

通过崔友新方面的消息，他了解到江润项目的进展大致还算顺利，傅澄宇也重新在江润露面了，依旧风光无限，原来此前担心的种种都只是虚惊一场。

而只有叶吟风清楚自己所遭受的屈辱，那将是他心上永远无法弥合的伤疤。

“叶总，您那边的事大概什么时候能完成？江润的设备测试通过后咱们还要举行一个庆祝仪式，没您不成局啊！”面对即将成功的局面，崔友新的声音显得无比欢快。

叶吟风想了想，勉为其难地问：“你预计哪天需要我到场？”

“也就这个礼拜的事儿，最迟能推到下周一吧。”

叶吟风深吸一口气：“……行，我这个星期五就回去。”

时间确实是医治一切创伤的良药。虽然对于叶吟风而言，可供他用来“治疗”的时间实在太短，但在最初的疼痛过去后，理智还是占了上风。曾经是完美主义的他，在现实面前也不得不低头，作出改变。

事实上，叶吟风星期四就重新回到他既定的轨道上去了。

公司运营如旧，下属们的脸上洋溢着与过去毫无二致的恭敬；家里，母亲照样唠叨，文萱对他的突然“失踪”也没有多加埋怨。

在繁华的表面之下，叶吟风不免又生出奢望，如果他能够甩开那段肮脏的记忆重新开始，那么现在仍不失为一个幸福美丽的世界。

但他知道这是不可能的。

于是，他白天依旧过得神经紧张，而到了夜晚，又迟迟无法入眠。

他开始迷上喝酒，好让自己陷入浑沌状态，借此暂别痛苦的记忆。

就这样一天天地熬到周一。

江润项目的庆功宴上，叶吟风的言谈举止无不大方得体，赢得掌声阵阵。他甚至还跟傅澄宇热情地握手言欢。

光看他脸上那盛情风光的笑意，谁能猜到他深埋心底的恨与痛。如果现在给他一面镜子，叶吟风相信，连他自己都会唾弃镜中那个虚伪的自己。

可不这么做，他又能怎么样呢?

他面带完美无缺的笑容，在心里苦涩地自嘲："人生如戏，你我皆是戏子。"

夜，再度悄悄拉开帷幕，把世间的一切都纳入它庞大的麾下。

第三杯威士忌灌下去后，叶吟风的神经才彻底舒缓下来。

白天在外头戴了一天的面具，回到家里，如果没有酒精的帮助，他恐怕很难继续伪装下去。

文萱轻叩书房门，随即推门进来，看到叶吟风手中握着的酒杯，眼里闪过担忧："你怎么又喝酒?"

酒精在体内持续发酵，叶吟风浑身都热热的，神经也紧绷不起来，此时听到文萱的声音，他不再像清醒时那样觉得刺耳，还能扭头对她报以一笑。

文萱走近，哄小孩似的拿掉他的酒杯，仰面对他微笑："江润的项目大功告成，你总算可以好好放松一阵了。"

叶吟风只是笑，不让自己多想，脑子保持适度的晕眩，感觉还不错。

他微红的面庞和难以捉摸的笑意充满慵懒的魅力，文萱审视了片刻，情不自禁踮起脚，主动凑上去吻他。

叶吟风的鼻息间飘过一股柚子般清新的香气，仿佛夏日清晨拂过耳畔的凉爽微风，他的心里顿时泛起一阵涟漪，很快变被动为主动，反手搂住文萱，用力回吻她。

两人热烈缠绵，从书房辗转到卧室。

叶吟风的意识时而清晰时而飘远，他希冀自己搂着的是他最爱的女孩，可感觉又不太像，他想看清她但又怕看清后失望。

他浑身像被点着，终于放弃追究，手粗鲁地在文萱身上拉扯，她那件半透明的黑色蕾丝睡衣很快就被褪掉。

文萱搂住他的脖子，轻声说："吟风，我们要个孩子吧。"

那带点悸动的嗓音让叶吟风感到一阵陌生，他于狂野中赫然清醒过来，猛地认出文萱的脸。

这张脸有多美，它时而迷惘时而淡笑，谜一样的神情曾令他深深着迷。

这张脸也曾经在相片上妖冶地笑过，后来熔化于火中。

他体内的火焰全部转化为愤怒，她怎么能，怎么能那样对自己！

他伸出手去，想把这张脸毁掉，就像它曾经毁过自己那样……

他眼睁睁看着文萱美丽的面庞由痴迷转为诧异，继而是惊恐，白皙的面色被紫涨替代，原来她也有这样难看的一面。

“放……开……我，叶吟风，你……你是不是疯了？”

叶吟风终于听到她的呼救，又是一阵恍惚，随即发现自己的手正掐着文萱的脖子，他悚然一惊，松开手，文萱立刻狼狈地跃身起来，伸手扶着脖子，咳得死去活来。

叶吟风颓然躺倒在床上，什么话也说不出来，神色迷茫，分不清此刻究竟是身处现实还是梦境。

待到能够喘息了，文萱急忙又溜下床，回身站在床边，难以置信地盯着叶吟风，眼神依然惊恐。

叶吟风似乎根本看不见她，两眼呆呆地望着天花板，一语不发，更没有要解释道歉的意思。

文萱渐渐地恢复了平静，她的嗅觉一贯敏感，此刻望着丈夫近乎呆滞的神情，似有所悟。

她迟疑了片刻，最终还是又爬回床上，手掌小心翼翼地抚摸叶吟风的脸：“你为什么要喝那么多酒？”

叶吟风依然沉默着，呆望天花板，像死了一样。

文萱鼻子一酸，眼泪滴落下来，一颗颗坠落至叶吟风的面颊，又顺着面颊滑入脖子，温软的感觉，像醒酒液，迫得他醒了。

可他仍然缄默。不是没话可说，而是根本不能说出口。他明白，一旦向文萱捅破那层窗户纸，他们无疑就走到了尽头，好不容易恢复的宁静将再次被打破，之后，他需要应对来自四面八方的诘问，那是他目前还无法面对的。

文萱的泪水还在滴落下来，他一动不动承受着。

眼泪是咸涩的吧，他想。他没有用舌去尝，却已能体会到。他闭起眼睛，任那苦涩的滋味在皮肤上流淌，然后慢慢渗进心底。

第十三章 迷雾重重

叶吟风忽然变得很沉默。

以往，他也不多话，但眉宇间总蕴含着一股自信和善意，他时常鼓励员工积极进取，来自他的关怀总能让人倍感亲切温暖。

而现在，这些他独有的魅力已无人能领略到。阴郁和不耐在他脸上时隐时现，开会时，如有人发言不利索或回答不上来他的提问，他也不再像从前那样宽容，会冷不丁发脾气，甚至拂袖而去。

职员们见了他都缩头缩脑，避之不及，生怕哪里惹他不爽。

他工作起来却是更拼命了，常常加班到深夜，几个亲信诸如冯远哲、崔友新等见他还在，都不好意思提早离开，只能守在各自的办公室里与总经理遥相呼应，内心却均苦不堪言。

在家也是一样，叶吟风因为琐事闹过几次脾气后，父母和文萱都不敢再随意向他问这问那。

叶母不明所以，把气都转嫁到文萱头上，认为是媳妇让儿子变成了现在这个样子。文萱再能忍也有到头的时候，如此几次之后便不再去叶家应酬了，连小冬也重新接回来由她自己照看。

叶吟风的周围渐渐凝结成一块块的冰，人人都跟他保持距离，而这正是他希望的。

夜里，他独自开车回去，街灯蜿蜒向前，在黑暗中为他护航，而他加足了马力向夜色深处飞驰，希望能融进那一片广袤无垠的墨色中。

每当这时，手机铃声就成了他最讨厌听到的声音，通常他都不理会，继续享受飙飞的愉悦，除非有特别执着的人，不惮于他喜怒无常的脾气，非要在这时候与他通话，比如此时。

叶吟风被那该死的铃声搅得心烦意乱，猛踩刹车在路边停住，皱紧双眉抓起手机，屏幕上显示出一串陌生号码，却又似曾相识。

他定了定神，想到一个人，双眉不觉皱得更紧："喂？"

"叶老板！"果然不出叶吟风所料，是那个声音，像他的一场噩梦，"最近过得不错？"

"怎么又是你？"他抑制住不耐，冷冷地问。

"呵呵，看来你不太想听到我的声音。不过这次我是想告诉你个好消息——我要离开三江了。"

叶吟风没什么反应地听着。

"叶老板是个讲信用的人。所以，"老三故意顿了一顿，"临走前，我还想跟你做笔买卖，不知道你有没有兴趣？"

"没兴趣！"叶吟风答得斩钉截铁。

老三的笑声里含着宽容的味道："你别这么快就回绝嘛！难道连听一听的兴趣都没有？"

叶吟风真想立刻挂断，可手不听使唤，迟迟没能动弹。

老三收敛了笑，沙哑的嗓音低沉了许多："这次的买卖不比那几张照片，搞不好是要出人命的。我考虑了几天才决定给你打这个电话……"

叶吟风听得心浮气躁，忍不住打断他："你能不能有话直说，别卖关子？"

"你想知道你堂兄叶孝祥是怎么死的吗？"

老三的这句话像出其不意的一拳打在叶吟风的胸膛上，他懵怔之下连对老三的敌意都忘却："你什么意思？"

老三嘿嘿冷笑两声："你以为他真是自杀？"

"难道不是？"叶吟风的心一下子缩紧，有凉飕飕的风从背后吹来。

"如果是自杀，我这笔买卖就没法跟你做了。"

叶吟风闭了闭眼睛："你的意思是……有人杀了他？"

"叶老板，我很想现在就告诉你，但你不至于让我空着手走吧？"

"你这次想要多少？"

"五十万！"

"五十万太……"

老三干脆地打断他道："叶老板，你别跟我砍价了，这个价一分不能减！我拿了这笔钱就走人，这辈子都不会再来烦你。至于你买了那个秘密后要怎么处理也跟我没关系。"

“我能跟你见面谈吗？就现在。”

“除非你带着钱来。”

“我现在拿不出这么多钱，”叶吟风解释，“银行早就关门了，再快也得等明天早上。”

“那咱们明天再约。总之没见到钱之前我是不会说的。”

叶吟风渐渐冷静下来：“五十万不是个小数目，你怎么证明你的秘密确实值这个价？”

老三再度发出笑声：“叶老板，我虽然不是什么好人，但道上的规矩多少懂一点，坑蒙拐骗的事我是不干的。没有十足的把握和证据，我不会来跟你开这个口。至于值不值，等明天见了面你自己判断。”

叶吟风思忖，论敲诈勒索、倒卖消息老三应该是个中老手，自己绕不过他，况且眼下两人的优劣势一目了然，主动权都掌握在老三手里，自己再多纠缠也盘问不出什么来，只得道：“那好，明天上午十点，我在老地方等你。”

老三很高兴：“叶老板就是爽快！那就这么说定了，明天上午咱们老地方见！”

接完老三的电话，叶吟风发现自己的手在不自觉地颤抖，虽然轻微，但还是被他察觉了，那是来自心底深处的某种战栗，他害怕一个长久的猜想会得到证实。

在老三骚扰他以前他都不想回家，在和老三通完电话后，他更加缺乏回家的勇气。

他不顾父母反对组建起来的这个家并未给他带来多少温暖，反而逐渐走向支离破碎。冥冥中，似乎还有一股来自黑暗中的更为强大的力量，决意要将它彻底捣烂。

手机再度响起，把他从无边的深渊又拖回现实，电话来自文萱。

他盯着那个名字看了足足有十秒之久，其实也没在想什么，只是忽然间觉得这个名字对自己来说很陌生。

最后，他调整情绪，接起电话，尽量保持语气平和：“文萱？”

听到他的声音，文萱似乎松了口气：“我打了你好几次电话都不通——你不是说今天回来吃晚饭么？”

“临时碰上点麻烦，一时半会儿回不去了。”

文萱担忧起来："会到很晚？"

"嗯，也许……你不用等我，和小冬早点休息，我……可能要通宵。"

文萱顿了一下后问："你还在公司？"

"对。"

文萱静默了片刻，也许只是几秒，但叶吟风忽然意识到她一定猜透了自己不想回家的心思，忍不住想，如果她现在质问自己，他一定会把憋在心里的痛苦和愤怒都说出来——痛痛快快地倒给她听，哪怕他们的家在顷刻间就会倒下。

然而，文萱仅仅选择短暂的沉默，之后，一如既往地，又用柔和的语气叮嘱他："尽量早点回来，别太累了。"

叶吟风深深吸了口气，又轻轻地呼出去，而后听到自己温柔的回答："好的。"仿佛和文萱说话的那个人并非他本人。

他没有回公司，而是像上次那样找了家旅馆住了一晚，反正也睡不着，在哪儿待着都一样。

翌日一早，叶吟风就赶回公司先把钱准备好，之后也无心处理公事，早早离开公司去茶馆等着。根据上次的经验，他相信老三早就到了，看见自己应该会立刻现身。

一路上他有过很多猜想，大部分猜想中的嫌疑人都和文萱脱不开关系。越想就越觉得自己浑蛋，他对文萱的过去太不了解，却居然为她的美貌所迷惑，以至于让自己如今深陷泥淖。

但后悔已然无用，能够令他振作起来的动力，还是要搞清孝祥的死因。

然而，他从九点半枯坐至十点，老三都未曾出现。叶吟风不时看表，告诫自己要耐心，但当时针走至十一点时，他的忍耐也跟着到了极限。

他意识到自己被耍了。

他掏出手机，照老三的号码回拨过去，语音提示，对方的手机处于关机状态。

他仔细回忆昨晚和老三的对话，那个人渣轻松的态度，调侃的笑声，越想越相信对方是在跟自己恶作剧。

"浑蛋！"他低声咒骂了一句。

离开茶馆时，除了有被捉弄的耻辱感外，他心里迷雾一样的疑虑并未就此消散，但他显然已得不到答案。

这是否意味着眼下貌似风平浪静的局面还能接着维持下去？一念及此，在失望过后，他居然有那么点儿如释重负的感觉。

人有时候真跟鸵鸟没什么两样，遇到麻烦的第一反应是把脑袋往沙子里扎，等抬起头来发现危机已经过去时，就会不问缘由地继续原来的日子。至于麻烦是否还会再来，且等以后再说吧。

又是阴云密布的一天，傍晚还下了场暴雨。这一天似乎格外漫长——从早晨提了钱去茶馆守株待兔开始。

叶吟风觉得很累，有撑不住的感觉，他决定不再和自己对着干，五点半一过，他推掉所有需要他参与的事务，打算提早回家，结果却被堵在路上。

傍晚六点，正是这个城市的下班高峰期。

他的车排在长龙里缓缓前行，雨刮器一下一下在眼前晃，单调无聊。

雨下得人心里烦躁，叶吟风点开CD，想给自己换换心情，然而，他听了半支歌都不到就把CD给关了，歌声并不能愉悦他的身心。他随即又扭开广播。

此时正在播报即时新闻，无非是米菜价格又涨了、哪国跟哪国又掐上架了，联合国首脑忙碌地飞来飞去调停却无济于事。

他听得意兴阑珊，正要把广播也关了还自己耳根清净时，一条本地交通事故的播报突然传入耳内。

“今天早上六点半左右，在华清路和云庆街交界处发生一起交通事故，一辆渣土车在行驶过程中不慎撞倒一位过马路的行人，导致行人当场死亡。经调查，死者姓陈，一个月前刚来三江。具体情况警方还在进一步调查之中……”

叶吟风握方向盘的手陡然间用力，一股寒凉之气从脚底蹿上来，他开始明白今天为什么等不来老三的电话了。

车后方传来刺耳的喇叭声，把他从震惊中拽出来，他这才发现自己和前面的车子落下了一大截。

等终于通过繁忙的十字路口后，他不假思索地拐弯驶离主干道，将车停靠在路边，随即拿出手机来拨了几个电话，辗转找到他想找的人。

通完电话，他把手机甩在仪表盘上，重新发动了车子，向位于城西的公安分局急速驶去。

赵警官在接到叶吟风抵达的电话后很快至门口与他会合，开门见山地吩咐：“走吧！医院就在前面那条街上。”

叶吟风点头，跟在赵警官身后步行往医院方向走。赵警官边走边问他：“你跟陈志平什么关系？”

“他曾去我们公司应聘过。”叶吟风沉着地撒着谎。

“哦。”赵警官扭头扫他一眼，眼锋犀利，“应聘什么岗位啊？”

“钳工。”

赵警官笑道：“一个钳工还需要总经理亲自面试？”

“只是刚巧撞上，就跟部门主管一起问了他几句，这个岗位老招不到合适的人，大家都挺着急。”叶吟风口气依然镇定，“他看上去有点特别，给我留下了比较深刻的印象，虽然后来没用他。我听了广播，觉得很有可能是他，所以想来看看……”

“为什么觉得他特别？”

“这个……他和我们车间的一帮工人不太一样，感觉像是出过什么事，这也是我们没把他留下来的主要原因。”

赵警官目光中流露出一丝赞许：“你猜得没错。他曾经在梅岭坐过牢，我想他肯定没把这事告诉你们吧？”

叶吟风作出恍然大悟的表情，继而摇头。

赵警官又问：“他到你们公司去面试是什么时候的事？”

“也就一周前。”叶吟风露出歉意的笑，“面试时听说他是一个人来三江找活儿干的，我们却没能用他，现在又出了这种事，心里总觉得有点……希望不是他。”

赵警官再度瞧了瞧他，但眼里的锐利抹去不少：“你倒是个挺有善心的老板，旁人听说这种事都避之犹恐不及。”

叶吟风干笑笑，没作声。

陈志平的尸体就摆在医院太平间内，已经经过处理。

赵警官掀开遮住尸体面庞的白布，问叶吟风：“是你认识的那个人吗？”

叶吟风低头扫了一眼，的的确确是老三，即使死了，眉头还锁得很紧，仿佛心不甘情不愿。他沉重地点了点头，半天没能言语。

赵警官重新把老三的面庞遮好，叶吟风才又开了口：“有什么需要我做的？也许我能……”

赵警官耸耸肩："肇事司机所属的建筑公司会承担所有费用，主要是丧葬和家属抚恤，不过我们查过了，这人是个光棍，户口登记上就他一人，现在又这么死了。"

"他……留下什么，嗯，什么遗嘱没有？"

"当场死亡，什么口讯都没有。不过也有意思，他两天前就把房屋租金给清了，看样子是想离开三江……"

临分手前，赵警官又告诉叶吟风："这是起普通的交通事故，事后肇事司机也主动报案了，态度很配合。我们会再花几天核实一下具体细节，没什么疑点的话就这么结案了。"

叶吟风心事重重地回家，一路上，脑子里被各种胡思乱想所充斥。

到了家门口，他心不在焉地取出钥匙开门，钥匙还没插入锁孔内，门突然被拉开。

他一哆嗦，钥匙掉在地上，等捡了钥匙直起腰来，视野里是文萱略带讶异的脸："这么早就回来了？你不是说今晚有应酬么？"

"我……"叶吟风完全不记得自己什么时候给过这个借口了，他无心细想，敷衍地道，"哦，临时取消了。"

"那你晚饭还没吃吧？"文萱在他身后关上门，"我给你煮水饺好不好？今晚上我没做饭，和小冬一起在你妈那儿吃过了。"

"你去见我妈了？"叶吟风回身过于用力，身体差点失去重心。

"是啊！"文萱笑着，同时有点意外他受到惊吓的神色，"我想了想，还是不能太任性，毕竟那是你妈妈，我得主动跟她处好关系。正巧今天去幼儿园接小冬时碰到她了，她说她想小冬了，顺路过来看看。然后就……你那么看着我干什么？"

"没，没什么。"叶吟风收回异样的目光，掩饰着问，"小冬呢？"

"在房间里玩呢！你饿不饿？水饺我给你煮二十只够吗？"

"够了。"

文萱脚步轻快地迈入厨房，叶吟风忽然觉得迷惑，她安详的神态和举止，看上去显然是对老三的事故完全不知情，莫非是自己想错了？

小房间内，小冬一如既往地和她众多的毛绒玩具们玩着过家家的游戏，表情与文萱的一样，安详宁静。

叶吟风站在小冬的房间门口看了一会儿，一整天紧绷绷的情绪总算渐趋缓和。

也许是他想错了，老三的事确实就是个意外，而他对孝祥死因的猜测也不过是异想天开而已。

他试着说服自己重新走向文萱，但很快就悲哀地发现，他已经骗不了自己。

夜深人静，叶吟风忽然醒转，他在静谧中停顿片刻，房间里有点不同寻常的感觉，他抬手拧开台灯。

文萱不见了。

他发了会儿怔，悄然下床，开门走出卧室。

客厅里亦是黑乎乎的一片，但这个家并非如表面上显现的那般平静。只需侧耳静听，即能捕捉到来自小冬房间的窸窣动静。

叶吟风朝着那个方向悄无声息地走去。

手轻轻搭在门把上，犹豫了几秒后，他猛地按下去，并迅速推开小冬的房门，里面果然亮着微弱的灯光，文萱正坐在小冬床前，听见响动，随即转身，一脸诧异，反倒显得叶吟风很鬼祟。

他有些讪讪，略带木讷地低声问："你怎么在这儿？"

"睡不着，过来看看她。"

文萱说着，蹑手蹑脚走出来，待她走得近了，叶吟风依稀看到她红扑扑的脸色。她背手关门，顺便问他："你也睡不着？"

"我……想上洗手间。"

文萱莞尔："那你去上吧，我这会儿倒觉得犯困，回去睡了。"

一早的管理层会议，叶吟风几乎无心聆听，他不停地看表，心神不定，当时钟指向十点时，他终于开口打断正滔滔不绝的冯远哲："要不今天我们先到这儿吧。"

冯远哲跟着生产、技术以及销售部的经理们一起走出叶吟风的办公室，随口嘀咕了一句："叶总最近是怎么了？"

这句话立刻引来其他几人异口同声的感慨，纷纷对叶吟风最近的动向进行猜测，但谁也猜不出个所以然来，最后还是崔友新说了句："各自干好各自的活儿就成了，叶总也不能老当咱们的保姆，时时处处给出主意呀！"

崔友新嘴上虽替叶吟风说话，心里也蛮不是滋味，总觉得这个昔日里对工作热情似火的老板不知怎么会变得如此心不在焉。

办公室里，叶吟风可无心体察下属们的怨气，他接连给家里拨了三通电话，均无人接听，这才拿上车钥匙火速出门。

他一口气奔到家中，文萱果然已经去了店里，家里空空荡荡。

他从两人的卧室开始搜起，每一处都仔细作了察看，包括每一个角落。

属于文萱的东西不多，除了她的衣物外，为显示对叶吟风的信任，她的存折、首饰及其他资产都跟叶吟风的放在了一起，锁在他们卧室唯一的保险箱里。

书房是叶吟风的领地，他相信文萱不会傻到在那儿藏什么秘密。除了卧室和书房，就剩下小冬的房间了。

小冬房间的门跟其他房间一样，也是锁着的，但叶吟风有这栋公寓的全套钥匙，他找出来，打开，慢慢走进去。

小冬的床紧挨着墙，床边摆着一张彩色小凳，两排小书架，还有各种色彩鲜艳的小桌子、小沙发，浅粉色的墙壁上挂满了各种可爱的毛绒玩具。文萱把女儿的房间营造成了一个童话世界。

叶吟风小心翼翼地拉开各个抽屉，检点里面有无可疑物品，尽管他自己也不确定要找什么。

视野里除了小冬的涂鸦外，几乎没有可供他关注的东西。

最后，他的视线落在靠墙的衣柜上。

衣柜高约两米，分上下两层，叶吟风记得文萱最常打开的是下面那层，小冬的衣服都收在里面。

他打开柜子上层的门，里面整齐地塞满了被褥。他想起文萱昨晚红扑扑的双颊——人的脸上只有在运动过后才会出现那样的色彩。

他把被子一条条抽出来，等柜子里所有的棉褥都被清理干净，剩下的东西便可一览无遗。

在层层叠叠的被子下面还铺着一张席子，叶吟风揭开席子，两只灰色皮箱立刻裸露在眼前。

靠近叶吟风的那只箱子样式很老，还上了把铁锁，他端起来掂掂分量，很沉。猜不出来里面放了什么东西，而另一只看上去无论款式和陈色都要新得多，也有密码锁锁着。

他试了几个号都没成功，只得泄气地拨回原来的号码，放回去时手无意中带了一下，箱盖居然脱开，这才恍悟文萱根本没设密码。

他打开箱盖，里面放着几件衣服，他从未见文萱穿过，不明白文萱收拾一箱旧衣服用意何在。

盖上盖子前，他完全是出于本能，把手伸进衣服下面摸了摸，而这一摸让他瞬间愣住，随即掀开衣服察看——一摞摞码得很整齐的百元大钞就这样出现在自己的视野内，震惊过后，他数了数，刚好二十万。

他瞪着这箱钱看了许久，才“啪”的一声把盖子阖上，再难镇定。

如果他没猜错，这些钱应该是老三第一次敲诈自己时他用来换取那些不雅照片的费用。

现在，它们又回来了，但没有回到他手上，而是落在文萱手里。

他的一颗心像在冰水里浸过似的，瞬间凉透。猜想得到证实——老三的死和文萱有关。

叶吟风失魂落魄地在办公室坐了一下午，一向干干净净的烟缸里，此刻烟蒂堆积如山。

他嗓子眼里干得直冒火，也懒得叫秘书，就着早就凉透的茶水喝了一大口，放下茶杯时，他终于拿定了主意。

他拉开抽屉，在最深处翻出一本名片簿，找到其中一张，照着上面的联络方式，拿出手机，拨通了那个号码。

很快就有人应答，声音是他所熟悉的那个，语气里透着意外：“叶先生？”

“你好，李冉，我是叶吟风，有点事想找你帮忙……不，不是，这一次可能会比较麻烦，我需要你帮我查一个人……”

夏夏在超市水果架前遇到叶吟风时着实吓了一跳，失口就问：“叶总，你怎么，怎么瘦成这样？”

其实不光是瘦，叶吟风的精神都仿佛萎靡了许多。

夏夏想起小双不久前在电话里对自己吐槽：“你还没看见叶总呢，最近跟中了邪似的……”

她望着眼前的叶吟风不禁暗叹，小双形容得一点都不夸张。

叶吟风只是对她笑笑，并不解释什么，盯着她手上的水果问：“你喜欢吃橙子？”

想起上一回在茶馆时自己对他的决绝，夏夏有点不好意思：“不是，我打算去看看田宁的妈妈，她病了，在住院呢！”

“哦，什么病？”

“急性胃炎，再住个几天应该就能出院了。”

叶吟风点点头，目光并未离开她的脸庞：“夏夏，田宁他……对你好吗？”

夏夏有点赧然，但还是笑着回答：“挺好的。”

过了好一会儿，叶吟风才跟着笑了笑：“那么，我祝你幸福。”

“谢谢！”

夏夏觉得叶吟风的表情颇为古怪，那笑容里像是掺着几分凄怆，尽管夏夏想不出他有什么事好忧伤的。

她来不及细细琢磨，田宁的电话就来了，他告诉夏夏自己刚开车到超市，在门口等他。夏夏忙跟叶吟风打过招呼，推着车子急匆匆去结账。

叶吟风久久望着她的背影，眼里的凄凉迟迟不退。

田宁给夏夏打完电话没多久就看见她拎着大包小包从超市里跑出来，一边跑还一边东张西望，一头短发乱蓬蓬的，又可爱又好玩。

田宁忙下车去接应她。

“你太夸张了吧，去看我妈用不着买这么多东西的，她现在看见什么都没胃口！”

夏夏老实道：“我就给你妈妈买了点儿水果，其他那些都是下个礼拜的晚饭。”

田宁打开来扫了一眼，嘻嘻一笑：“那我可有口福喽！”

“美得你！想吃自己做！”

“我做就我做！哎，你说句实话，我最近的厨艺是不是有进步了？”

“有进步？我米缸里的米消耗量比从前大了三倍！”

“你什么意思，骂我饭桶？”

“这可是你自己说的啊！”

两人有说有笑地到了医院。田妈妈正在病房跟邻床的病友聊天，一见田宁和夏夏进来，立刻容光焕发：“哎哟！夏夏来啦！你看你，来就来吧，每次还买东西来干什么！快坐快坐！”

夏夏被田妈妈拉着在床边坐下，田妈妈一个劲儿地跟人夸她，让她颇不好意思，只能一味憨笑。

田宁问母亲："我爸呢？"

"被范主任叫去看化验单了。"

田妈妈扭头敷衍完儿子继续拉着夏夏的手嘘寒问暖，偏偏田宁长了个心眼，蹙眉问："妈你又化验什么了？"

"抽了个血，说是常规检查。"田妈妈并未放在心上。

"验血了啊？那我也找范主任问问去。"田宁走到门口，回眸见夏夏被两个病友调侃得脸红彤彤的，忍不住叮嘱他母亲，"妈你别老开夏夏玩笑，她脸皮薄！"

"啧啧，还没结婚呢就这么心疼女朋友了，田大姐你就等着抱孙子吧！"

田妈妈闻言，笑得眼睛都眯成了一条缝。

田宁在范主任的办公室找到父亲，后者脸色凝重，都没留意儿子在叫自己。还是范主任提醒了他。

田宁走进去在空椅子上坐下，一边端详对面两人的神色，有点不安："我妈没事吧？"

父亲没吭声，范主任语调缓慢地对他说："昨天下午我们给你母亲做了例行检查，发现她的胃部靠近十二指肠处有一小团肿瘤状异物，需要做进一步检查来确定是良性还是恶性。"

"什么？"田宁如闻霹雳，"有这么严重么？"

"你母亲这次发病很可能是由这小团肿瘤引起，但究竟是不是癌细胞要做完切片才知道，我提前告诉你们是想让你们有个心理准备。"

"癌？！"田宁顿时急了，"这怎么可能呢？我妈身体一直很好，一定是搞错了吧？"

他求助似的望向父亲，孰料他父亲比他还紧张，只管闷着不吭声。

范主任推推鼻梁上的镜架："你们都先别着急，情况到底到什么程度在检测结果出来前都不好说。"

"那……什么时候做切片？"

"得等你母亲的身体恢复得差不多了才行。"

田宁心急如焚："那做完切片什么时候能知道结果？"

"一周左右吧。"

"能快点儿吗？"

“这个……”

“小宁！”父亲阻止他，儿子的急切让他找回了几分长辈的责任感，他叹了口气，“你别逼主任，这事既然摊上了，只能一步步来……当务之急，先别让你妈知道。”

“对，暂时没必要让病人知道，你们家属尽量让她放松心情吧。”

父子俩心情沉重地走出主任办公室，但没有马上回病房，而是走到医院外头，父亲掏出烟盒，抽了根烟递给儿子。

田宁忙掏出打火机帮父亲把烟给点上。

父亲抽了一口，又是一声叹息：“没想到你妈刚过六十就，唉……”

田宁不舒服：“爸，这不是还没下定论嘛！又不见得一定就是……医生不是说要看检测结果才能判断？”

“但愿吧！”父亲仰头看看天，苦笑，“什么都是命啊！”

田宁抽着烟，想到父母大半辈子的坎坷，差点儿落下泪来，赶忙垂下头，呼吸粗重，被烟连呛了几口。

两人不便在外久待，生怕惹田妈妈怀疑，一根烟抽完就往楼内走。

临进病房前，父亲又叮嘱田宁：“一会儿进去见了你妈，别愁眉苦脸的，你妈虽然大大咧咧的，心眼可细着呢！”

田宁点头：“爸，我知道。”

重回病房，田妈妈依旧欢声笑语，整个房间里坐着五六个人，就数她嗓门最大，时不时就逗得旁人哈哈大笑。田宁怎么也想不明白，看起来这样健康的母亲居然会跟癌症扯上关系。

姜还是老的辣，父亲一进门就像换了个频道似的，所有阴郁均一扫而光，还跟母亲开了几句玩笑。可田宁做不到一丝破绽都不露，局促地在床边坐了会儿就找借口要走。

父亲见他状态不佳，就主动送他和夏夏出来。

到了电梯口，田宁劝父亲回去，又道：“爸，我明天早上再来。”

“没关系，你有事忙你的，这里有我。”父亲抬手拍拍田宁的肩膀，田宁望着他，欲言又止，父亲已经转身走了。

夏夏在一旁看着奇怪，陪田宁去停车场的路上，见他始终耷拉着脑袋不吭声，不觉也跟着忐忑起来：“是不是发生什么事了？”

田宁这才把医生的话都告诉给了她，夏夏听完也惊呆了：“怎么会这样？”

田宁摇摇头，心底一片酸楚。

两人上了车，田宁没立刻发动，趴在方向盘上，闷声说："我知道撞上这种事纯属概率问题，可还是一万个想不通，怎么会让我妈给遇上了。"

夏夏也很难过，安慰道："也不见得就是真的，你看阿姨脸色那么红润，如果，如果得了那种病，不是都得面黄肌瘦的吗？十有八九是医生搞错了呢！"

田宁忽然转身抱住她，夏夏一下子忘掉自己要说什么，只能沉默，任他抱着。

以往他搂着夏夏时总不老实，可这次不一样，夏夏从他的举止中品出了悲伤，心里也暗暗心疼。

晚饭是在夏夏的出租房里吃的，也是夏夏做的，田宁一直闷坐在沙发里发呆。

吃过晚饭，田宁毫无回家的意思，夏夏也不忍心赶他走，但大热的天窝在四十多平方米的小屋子里总是气闷。

"不如去散散步。"夏夏提议。

田宁很顺从地答应了。

两人手牵手从青石路的这头走到那头，然后又走回去，如此反复，直到都觉得累了，才找了个没什么人经过的小道，在花圃的水泥沿上坐下来。

这一路上基本都是田宁在诉说，夏夏则认真地倾听，说的都是田妈妈的事。此时，田宁已经从母亲的病情聊到母亲年轻时候的轶事上去了。

"我妈十八岁时我外公就过世了，她是家里的老大，底下还有两个弟弟，她大伯告诉她要照顾家里，要替我外婆分忧，我妈都答应了，她因此没远嫁，就近跟我爸结了婚。"

"你爸和你妈是邻居？"

"算是吧。反正我小时候从奶奶家走到外婆家，前后花不了十分钟。"田宁把夏夏的手握在掌心里轻轻摆弄着，"我爸脾气好，从来不跟人计较什么，我妈总说他懦弱，所以我小时候在外面打架，我妈从来不骂我，她只关心我赢了没有。如果我打赢了，她就拎上鸡蛋去给别人赔罪。如果我输了，回去还找她哭鼻子的话，她会抽了笤帚再把我揍一顿。"

夏夏不觉笑："难怪你这么蛮横，原来都是阿姨调教出来的。"

"我妈说我爸老被人欺负，我不能再那样了。其实她看起来横行霸道的，心比我爸还软呢！”

“我也感觉出来了。”

田宁转头望着夏夏笑：“真高兴我带你去见了我妈，她是真的很喜欢你。平时总问我，什么时候把你娶回家。”

夏夏脸红了。

“你放心，将来就是嫁我们家来，你也用不着怕我妈，她曾经跟我说，她会把媳妇当女儿那么养，就不会像很多婆媳那样把关系搞得很僵。问题是，这个媳妇她得看得顺眼。”

田宁说着，手上忽然加重力道，把夏夏的手握得紧紧的：“夏夏，我们结婚好不好？”

夏夏心头猛一抽紧，感觉有些空茫，一时不知如何作答，讷讷地道：“可我……我还没准备好。”

他们从认识到相恋，连一年都不到，且大部分时间还都耗费在了唇枪舌剑上。

田宁其实也明白自己有点操之过急了，伸臂轻轻拥住她：“我不逼你，什么时候你准备好了，告诉我……我会一直等着你。”

夏夏把脑袋靠在他胸前，虽然思绪仍然纷繁杂乱，可在内心深处，她觉得自己和田宁又走近了一步。

翌日，田宁正开车赶往客户公司，路上忽然接到父亲的电话，立刻一阵紧张。

父亲在电话里只简短地说了一句话：“你妈知道了。”

田宁一听，二话不说，调转车头就往医院赶。

他一口气奔至五楼，母亲的病房门关着，他急切地推门进去，里面只有父母俩人在。

母亲坐在床上，双眼红肿，显然已经哭过了，父亲则垂头坐在床边的木凳上一言不发。

“妈！”田宁又急又忧地走过去，“你这是干吗呢！”

看见儿子赶来，田妈妈刚刚收势的眼泪又淌了出来：“小宁你说，妈是不是活不长了？”

“你听谁说的？全是胡说八道！你什么事都没有！”

“连你也骗我！”母亲哭着抬高嗓门，“我跟你爸过了三十多年了，他皱一皱眉头我就知道他心里在想什么！你也是！昨天你们两个神头鬼脑的别以为我没看见！我刚问你爸，他全都告诉我了！”

田宁在母亲面前蹲下：“既然你都听说了，那也应该知道现在下结论为时过早，要等检查完才……”

田妈妈摇头止住他：“你不用安慰我，如果不是八九不离十，医生干吗通知你们呢！我刚才跟你爸也说了，这是命，是命就逃不了！”

“妈……”

“宁宁，妈走到这份上，其实也挺知足，唯一放不下的就是你。小夏是个好姑娘，你要是能跟她早点儿把婚给结了，我就是死也闭得上眼睛了。”

“妈！”

“真的，妈没跟你开玩笑！妈想看着你结婚，至于能不能抱上孙子就得看老天爷给不给我这个福分了。”

田宁听得心酸，止不住落下泪来：“妈，你别说了！你肯定会没事的。”

田妈妈不语，一阵阵地啜泣着，哭起来像个受了委屈的孩子，听得田宁心碎欲裂。

这一天，田宁哪儿都没去，把手机关了，在病房里陪了母亲一天。

直到黄昏时分，田妈妈觉得累，躺在床上打了个盹儿，田宁才溜出病房，打开了手机，与此同时，他就接到夏夏打来的电话，问他在哪儿，她已经给他拨过无数次电话了。

“我在医院。” 田宁站在走廊尽头的窗边接她的电话。

夏夏其实早就猜到了，仍忍不住埋怨：“那你该告诉我一声，今天很多人找你呢！”

“我妈知道她的病了。”

“啊？那，那她会不会受不了？”

“我安慰了她一天，看上去还行。”田宁望着窗外缓慢下坠的夕阳，有点艰难地说，“可她坚持想看我们……我们结婚。”

电话那头半天没动静。

“夏夏，我不是拿这事逼你，可我看着我妈那样儿，我真的……”

“你别说了。”夏夏的口气忽然变得坚硬起来。

田宁心一凉，同时有种钝钝的痛在胸腔里泛滥开来，原来他对她的感情已经在不知不觉中到了牢不可拔的地步。

他不知道，如果夏夏再次拒绝自己，他还会不会像昨夜那样保持风度，尽管他明白夏夏这样的女孩是不可以用武力去征服的。

他第一次感到自己的软弱无力。

“夏夏，如果你不想，我……”田宁深深地吸着气，要把那股越来越厉害的疼痛感压下去。

“我不是那个意思。”

田宁闭上双眼，仿佛等待某个审判。

“我……答应你。”夏夏的声音带着腼腆越来越低。

这幸福来得有点出人意料，田宁愣着，保持着握手机的姿势半天没动。

夏夏等了片刻，迟疑起来：“你，你还在不在？”

“在。”田宁如梦初醒，巨大的喜悦把两天来笼罩在心头的忧愁冲淡了，他不动，只是为了细细回味她刚才那句羞涩的回答。

“夏夏，”他嗓音沙哑且深情，“我爱你。”

夏夏在这头听了，羞涩地低下头，淡淡的甜蜜在心头慢慢泛滥开来。

第十四章 图穷匕现

夏末的工作日下午，这间久违的咖啡馆内人迹稀疏，凯利金的萨克斯风一如既往弥漫在空气里，婉转低柔。

叶吟风抬起头，刺目的阳光透过窗帘的缝隙射进幽暗的室内，让一切都显得是那么的不真实。

有脚步声由远及近。叶吟风转过脸去，果然是他等的那个人。

李冉衣着随便，正在服务生的带领下朝自己走来，叶吟风目视他走到面前。

“叶先生，好久不见！”李冉向他伸出手。

叶吟风没有迎上去与他相握，指指对面的位子：“请坐。”

李冉耸耸肩，毫不介意地坐下：“我们上一次见面是什么时候？两年，三年……三年半以前，我没算错吧？”

叶吟风不欲与他叙旧，开门见山道：“你约我来这里，想必我要你查的东西有眉目了？”

李冉还是一副吊儿郎当的神色，不过闻言立刻点了点头。

叶吟风不喜欢和嬉皮笑脸的人打交道，李冉是个例外，他算是在灰色地带靠买卖信息讨生活的一族，平时隐没在芸芸众生之中，玩世不恭只是个表象，就像很多动物的保护色。

三年前，叶吟风因为生意上的缘故找李冉做过调查，后者给出的逻辑缜密的调查结果曾给他留下深刻印象。

“叶老板以后有什么吩咐尽管来找我，公事私事我都接。”

叶吟风没有料到他当年随口一句结束语会为今天的见面做下铺垫。

一转入正题，李冉痞子似的笑容就消失得一干二净，在幽暗光线的衬托下，他显得格外专业、神秘。

叶吟风默不作声地听他讲述调查的结果，这对他而言是个备受煎熬的过程，他不得不用喝咖啡来掩饰自己躁动的内心。

“叶孝祥先生出事那天晚上他是独自在家喝酒，邱文萱带着孩子逛商场去了。等邱文萱回到家里，他已人事不省，邱文萱第一时间打了120送他去医院急救，但显然没什么用了。事后警方在叶孝祥喝过的酒瓶中检验出某种灭鼠药的成分，经过调查，灭鼠药是他临死前一周亲自在杂货店买的。”

叶吟风无法从李冉这段陈述中得到什么惊悚的信息，孝祥仍有可能是自杀。

果然，李冉接着道：“叶孝祥死前债务缠身，又有饮酒史，现场也无任何搏斗痕迹，兰溪公安局很自然地就以自杀为由结案。”

“他债务缠身，”叶吟风缓缓咀嚼李冉的用词，“可作为妻子的邱文萱还带着孩子出去逛街？”

“这个嘛！”李冉挑眉，“邱文萱的笔录资料里说她并不知道丈夫欠债的事。”

“你觉得可信么？”

李冉耸肩：“反正案子是这么结了，从案卷内容看没什么破绽。”

叶吟风沉默片刻，方道：“这么说，你的调查结果就是一切正常？”

李冉笑起来：“如果我拿着这个结果来找你，你会付我钱么？不，我当然不可能到此为止。”

“有什么新发现，说来听听。”

李冉收了笑：“叶先生，有个问题我想先跟你确认清楚，你替叶孝祥还债时，是直接把钱打给债主方的还是……”

“不是，”叶吟风摇头，“我先转给邱文萱，再由她负责处理那些债务。”

“这就对了！”李冉双眸闪亮，“我发现的问题，就出在这三笔债务上。”

叶吟风若有所悟地望着他，后者从文件夹里取出几份资料，一一作说明。

“叶孝祥的债务一共有三笔，他在朋友赵的游说下拿出三十万去炒基金，以为稳赚，便在和天成公司合资做开发项目时承诺拿出七十万并跟对方有书面协约，结果基金亏得只剩零头。这两笔投资虽然做得失败，至少还是真实的，而第三笔——”

李冉把一份协约推至叶吟风面前：“这份协约语言组织缜密，项目描述也很吸引人，根据协议，叶孝祥需要为此项投资投入九十万，但实际上，它是一份虚构出来的合同。”

叶吟风蹙眉拾起文件来细看。

“我查过这份合同上的乙方，是个背景极为复杂的混混，有个皮包公司，美其名曰做贸易，实际上根本不干什么具体业务，专门给人做皮条生意。”

叶吟风抖抖手上的协议：“你怎么确定这个项目只是一纸空文？”

李冉笑：“这还不简单，我花了点儿钱让签约的人给我交底，他一五一十都告诉我了。合同也是别人花钱向他买的，买主是谁他不清楚，不过中间人是他二哥的一个铁哥们儿。如果这家伙知道买主靠这份合同拿到了上面的九十万，非妒忌死不可。”

叶吟风低垂眼帘，声音低沉：“买主是……邱文萱？”

“这个结论不难得出。”

“她为什么要伪造这样一份东西？”

“也许她觉得一百万的欠债还不足以让一个人寻死，所以再加点儿砝码。另一种可能，”李冉看看他，“她早就了解你的为人，趁这时候敲上一笔，好为将来作个打算。”

叶吟风低喃：“假协议是在孝祥出事前就准备好的还是……”

“据我的调查，是事前就准备好的。”

“那么……”叶吟风忽然不寒而栗，“她早就希望孝祥死了。”

李冉努了下嘴没吭声。

“既然如此，当初警方为什么不查？”

“警方只关心叶孝祥的死因，只要自杀没有疑点就可以结案。至于这份协议上的内容真实与否，除非邱文萱报案或者警方发现叶孝祥的死另有原因，否则是不会立案调查的。很显然，邱文萱不可能报案。”

叶吟风的耳畔仿佛响起文萱初次打来电话时的声音，那样无助，楚楚可怜。

她在电话里也提到过孝祥的债务，那时他是有疑虑的，因为对她不熟悉，况且公司经济情况也不好，但他还是答应会想办法，并随即打了三十万过去。

他第二次接到文萱的电话是在那之后的一个月，但不是文萱本人，而是她雇用的律师，律师条理清晰的剖析让叶吟风意识到迈信不再属于自己，文萱才是它的新主人，心灰意懒之际，他对文萱的要求照单全做了。

再后来，文萱亲自来了，为了她的公司和她的钱。

由始至终，文萱都是冲着那份资产来的，包括俘虏自己，而他是那样傻，以为遇上真爱，飞蛾扑火般迎上去。

真相就这样豁然开朗，叶吟风头疼欲裂，不得不垂下头，双手使劲地揉着自己的太阳穴。

“有必要提一下帮邱文萱牵线做假合同的那位中间人。”李冉的声音从对面传来，听上去十分遥远，“他叫陈志平，曾跟邱文萱同居数年，还生过一个女儿。”

叶吟风顿住手，倏地抬起头来：“你是说，陈志平就是邱雪冬的父亲？”

“没错，三年前陈志平因故意伤人罪入狱坐牢，邱文萱乘机带了女儿离开梅岭到兰溪发展，不过她和陈志平一直是藕断丝连，定期会去探监，毕竟两人有个孩子。一个半月前，陈志平出狱，他几乎没有多耽搁就来到三江，不过很不幸，不久前，他出车祸死了。”

叶吟风尚未从震愕中缓过气来，隔了片刻才问：“你怎么看他的死？”

“看上去是桩很普通的交通意外。不过，据我调查所知，陈志平在出事前曾在酒吧里用手机打过一通很长的电话，但出事后，他的手机不见了。”

他把一份长长的话费明细打印单推给叶吟风：“这是邱文萱本月的通话记录，189开头的那个号码频繁出现，且和事发前一晚陈志平通话的时间吻合。我查过这个号码，是个黑号，追索不出使用者身份。即使丢了也没人知道。”

单子上，陈志平使用的那个号码都被荧光笔划出来，触目惊心，尤其是陈志平跟他谈新交易的那个晚上，记录显示他是先打给文萱聊了很长时间后才又打给自己的。叶吟风有种被预谋的恐怖感。

然而，如果真的是文萱和陈志平要合谋算计自己，为什么他会被车撞死？

“陈志平的死究竟是不是意外还不好说，不过即便是意外，也还是有人及时参与了进来，把他身边的痕迹抹得一干二净。”李冉顿了一顿，解释下去，“他死时，无论从哪方面看，都像一个可怜的外来务工人员。”

李冉说完，把手头的资料整理好，仍然放回文件夹内递给叶吟风。

“我的调查大致就是这些，希望能对你有用，至于这位邱文萱女士……”他看看叶吟风，按理不该多嘴，但终是没忍住，“她是您现在的夫人吧？”

叶吟风明白瞒不过他，况且这也不算什么秘密，他只能发出类似苦笑的哼声。

李冉便不再多问，他的工作到此结束了，不论叶吟风接下来会怎么做都不再跟自己有关。

叶吟风把一个装了钱的信封交给他，李冉看都没看就塞进裤子口袋里："以后有什么需要的话……"

说到一半，叶吟风痛楚的表情让他不得不住嘴，用力抿了下唇后方道："我想，你一定不希望再来找我。"

夜晚，文萱靠在小冬的床前给她读童话故事，小冬眼皮沉重，昏昏欲睡，但只要文萱稍微动一下她就立刻惊醒过来，拉着母亲的手不放。

"妈妈，你别走。"

"乖，我不走。"文萱安慰着女儿，内心有些酸楚。

她继续给小冬诵读，小冬终于撑不住，睡了过去。等她呼吸平稳后，文萱才把故事书搁在女儿床头，悄悄起身。

今晚又是她和小冬相依为命的一夜，近来叶吟风不归家的次数越来越多。这似乎是某种信号，向她预示着理想中的那个美梦离破灭已经不远。

时间尚早，她睡不着，想去客厅倒杯水喝，经过靠墙的衣柜时，脚步略顿了顿，回身审视女儿，确定她早已睡熟。

文萱小心地搬过来一张凳子垫脚，打开衣柜上方的门，尽量不发出太大的动静。

她总是不放心，差不多每天都会找机会开柜子查看一下，尤其不放心锁已经坏掉的那只箱子。她本该尽早买只新的来把它替换掉，但那只皮箱跟随她们母女好几年了，又一直是小冬的"资产"，她怕箱子丢了小冬想起来后会跟自己闹，况且跑路时新皮箱会比较扎眼。

开了柜门，她把手伸进棉被底下摸一模，只要能摸到皮箱盖子就表明东西还在。

手掌底下没有平时触摸到的褶皱感，而是一片光滑的木板。

她心一沉，用力把棉被往上顶，脑袋探进去细看，借着幽暗的光线，她看清了被子下面平滑的底板。

两只箱子都不翼而飞。

她觉得有轰隆隆的声响在脑子里炸开，但尚且能控制住自己，或许早就料到会有这一天。

出了小冬的房间，文萱在客厅里四下搜罗，但几乎不抱什么希望。

很快，她放弃了追索。家里整洁宁静，不可能有贼来过，很显然，是叶吟风拿走了那两只皮箱。

文萱走到他的书房门前，这里是独属于叶吟风的一块小天地，她除了偶尔给他端茶送水外，甚少进去，因为他在书房时总是有正事要忙。

她掏出钥匙，没有迟疑地插进锁孔，转动两下后把门推开。

书房里漆黑一片，文萱拧开墙上的吊灯开关，又走过去把窗帘拉上。当她回身，目光检索到书桌时，立刻发现了那两只被摞在一起的箱子。

尽管有思想准备，她的心还是跳得异常剧烈，几步奔过去，打开上面那只有密码锁的箱子，里面的钞票纹丝未动。

她有些茫然地阖上盖子，不知道叶吟风想干什么，视线一低，就扫到压在镇纸下面的一个浅蓝色文件夹子。

整张桌子都被收拾得干干净净，夹子的存在便显出几分突兀。她移开镇纸，拿起文件夹，打开，呼吸忽然变急促，像被人扼住了脖子。

她翻动纸张的速度越来越快，视线飞速滑动，同时感到阵阵晕眩。

就在这时，叶吟风悄无声息地推开房门，默默注视着如入瓮中的妻子。

她是他的妻子。

这个认知让他想笑，更想哭。

手上的夹子赫然滑落，文萱半张着嘴瞪视突然出现的叶吟风，那张曾经让他着迷的脸蛋上此刻写满惊慌和警觉。

他走进房间，顺带把门关上，然后一步一步靠近她。

“你既然拿到了钱，为什么还不走？”他平静的语调仿佛在跟她商量家常琐事。

“你……”

叶吟风俯身捡起掉在地上的那些“证据”，重新拍齐了放回夹子里：“你的两任前夫都死了，下一个，是不是该轮到我了？”

文萱下意识地退后，与他保持距离：“我不懂你在说什么。”

叶吟风淡淡一笑：“都到这份上了，你觉得我们还有必要捉迷藏么？”

文萱迅速镇定下来，紧抿嘴唇，依然警惕地盯着他，那副表情，一如她初来三江时的模样。

叶吟风把手搭在皮箱上：“那么，你能给我解释一下这些钱是从哪儿来的？又打算怎么用吗？”

“这是我自己的事！”文萱挺直了腰身，眼神也在瞬间变得凌厉起来。

叶吟风迎着她的目光，一瞬不转盯牢她，眼眸中，昔日所有的情意都被涤荡干净，那冷峻的目光让文萱心上阵阵发冷。

“这两天，我一直在想一个问题，”他用寒气逼人的目光继续凝视着她，“你是怎么克服孝祥的阴影接受我的？你跟我在一起，究竟是为了什么？”

文萱强硬的神色忽然萎靡下来，她低眸，脸上有了一丝软弱的表情。

“为了钱，是不是？”

“不，不是。”文萱开始剧烈地摇头，眼圈也瞬间发红，“我是真的想跟你生活在一起，一辈子……”

叶吟风咬牙：“难道你从没想过孝祥？你从来不觉得内疚？他……他在天上看着你。”

“我为什么要内疚？”文萱猛然抬起头，眼中居然充满了恨意，“他不断地酗酒，喝醉了就打我，有时候还打小冬，我实在是受不了了才……”她蓦然住口，但已经来不及了。

“你受不了可以离开他。为什么要用这种极端的方式来解决问题？”

文萱缓缓摇头：“他不肯放我们走。我都求他了，他还是不肯。”

她觉得累，在唯一的椅子上坐下，一直以来强撑着的意志力也在这一刻塌陷，自暴自弃的同时，她也感到再也不用伪装的轻松。

“他不光是醉酒后对我动粗，有时我碰到以前认识的客人多说了几句话，一旦被他发现，他也要揍我。我想跟他离婚，说一次他揍我一次，我也是人，脾气再好忍耐也有到头的时候。”文萱说着，悄然落下泪来。

叶吟风转头不去看她悲戚的神色：“你是怎么对他动手的？”

文萱静默了几秒，想想抵赖已没什么意义，还是说了：“他那几天正为投资失利的事不开心，这对我来说是个机会，之前我打听到有个卖杂货的老头有自制的灭鼠药，毒性很强，我借口家里老鼠猖獗让叶孝祥去杂货铺购买，他没起任何疑心。药到手后没几天，我找了个傍晚，趁他喝得醉醺醺时把灭鼠药掺入酒中……等我带着小冬回来时，他已经把酒喝得见底了。再加上那三张债条，他就顺理成章成了自杀。”

“为什么要伪造第三笔债务，为了拿到更多的钱？”

文萱摇了摇头："只是想让他的自杀更具说服力。不过，我没想到你会真的打钱过来。"她把目光转向叶吟风："吟风，你是好人。叶孝祥早就料到如果我跟你见面，我……一定会爱上你，所以我们结婚两年，他从不肯带我到三江来。"

她笑了笑："还有，你知道你堂兄对你是什么样的感情吗？"顿了一会儿，她轻轻地道，"他恨你。"

叶吟风身子震颤了一下。

"你什么都比他强，就连他丢掉不要的公司都能被你做得蒸蒸日上。他清醒时虽然会夸你几句，可喝醉之后说出来的话让你无法体会他有多恶毒。知道他为什么不停地搞投资吗？他希望能超过你，可惜，他越是急于成功，就越是输得一塌糊涂。"

叶吟风一时茫然，多年的兄弟情谊犹在心底，那是他最为珍视的感情之一，却在文萱的描述中被贬得一文不值。他该相信什么？

文萱打开了话匣子，很多以往无法表述的情感也借此倾泻而出。

"当初你打钱过来，我本该见好就收，我对经营公司没兴趣。可我忍不住好奇，我……想见见你。"她凄楚地一笑，"事后证明这是个错误，如果我带着小冬直接离开，你永远不会知道真相……可我不后悔，我不后悔认识你，和你有过这样一段时光。"

叶吟风不想听她煽情的演讲，时至今日，他已分不清她的哪部分是真哪部分是假，他打断她问："那陈志平呢？你为什么对他也要下毒手，他可是小冬的父亲！"

文萱抹掉脸颊上的泪水，冷笑："父亲？他也配！他一次次来找我只有一个目的，要钱。"

"可你们依然是合伙人的关系，不是吗？"叶吟风略带讥讽地笑笑，"否则，你不会找他去商量伪造合同的事。"

文萱低下头："那是他的主意。我们讲好拿到钱后一人一半，他出狱后这么急着找我，就是为了分钱。"

叶吟风听得恶心："但你不想给他钱，索性要了他的命？"

"我没有！"凌厉的表情重又出现在文萱脸上，"他是自己喝醉了撞死的，跟我没有任何关系！可我依然恨他，他见不得我过得好，他要我跟他……我不肯，他就威胁我要去找你……"

“你跟傅澄宇的事，难道也是他逼的？”

文萱的脸倏地变白：“那是……是为了……”

叶吟风闭了闭眼睛，又睁开：“为了我，对吗？”

他转过身，走至文萱面前：“我从来没想过你会用身体去交换。难道你认为项目比你的清白更重要？”

泪水再次滑落，文萱抽泣着：“吟风，我只是想帮你，傅澄宇说只要……我一时糊涂就……”

叶吟风后退，在她对面的书桌上坐下，居高临下俯视她：“陈志平出事前给我打过电话，说要跟我做一笔交易。我们讲好第二天见面详谈。但第二天我等到的却是他的死讯。你说他的死和你无关。那么他的钱为什么都到了你手里？”

他手指轻叩皮箱：“这些钱我让财务做过登记，都有记录可查。”

文萱一下子止住啜泣。

“我仔细想过，那天晚上我不在家，你可以有充分的时间去陈志平租住的小屋里取走这些从我这儿敲诈到的钱。问题是，你是怎么安排那起车祸的，它看起来自然极了，连警方都没起任何疑心。”

他看看文萱倔犟的表情，哼笑一声：“我不是警察，你用不着担心说错话，但既然我们已经走到这份上了，让我了解一下真相不为过吧？”

文萱收起楚楚可怜的神色，下巴高高昂起，那份自主和坚强的神色又回到她脸上。

“你猜得没错。”文萱的声音一下子冷静了许多，“陈志平的车祸是我安排的。我跟他说好我带小冬离开兰溪后就不再跟他有瓜葛，他也答应了。可他出狱不久就把钱全输光了，他来找我要钱，我当然不会给他。他就拿我跟傅澄宇的事威胁我，我给了他两次钱后让他看在小冬的分上，别再来骚扰我们，他答应了，可我没想到他转头就去找了你。”

文萱望向叶吟风：“虽然是我安排了陈志平的车祸，但真正把他推向死亡的人是你。”她亮晃晃的眼眸里似乎闪动某种流光，让叶吟风一阵窒息。

“还记得有天晚上你对我动粗么？”文萱的嘴角竟含了一丝笑意，“你当时的样子，跟叶孝祥真是像极了。”

叶吟风蓦地想起那晚的事，心中并非没有惭愧，那实在不像他的为人。

“我当时就猜到陈志平可能去找过你了。我打电话跟他确认，他也承认了，这让我很气愤，我指责他言而无信，把我往死路上逼。也就在那天，他答应为了女儿离开三江。”

说到这儿，文萱的胸膛有略微的起伏：“可他毕竟是个浑蛋，临走还不忘向我敲一笔，被我拒绝后他就说要去找你爆料。我随即给你打过去，你的手机占线，我预料到你是在接他的电话。”

她的眼眸中闪烁出一丝阴冷的光：“他的出尔反尔让我愤怒，我几乎可以肯定，只要他还活着，我和小冬就不会有好日子过，我们逃不开他没完没了的纠缠……除非他死了。”

“所以你起了杀心？”

“我还能有别的办法吗？”文萱说着，冷冷一笑，仿佛破罐子破摔，“他准备带着跑路的那些钱也是我拿走的，至于车祸，是我找傅澄宇帮忙安排的，他如果不答应，我就会把我跟他的事公布出来。”

叶吟风拿看毒蝎的眼神看着她，文萱只当没看见。她盯着前方的某处，神思却完全不在那里，过了片刻，才低声问：“在你眼里，我现在一定变成了一个非常恶毒的女人，是么？”

叶吟风转开眼眸，没吭声。

文萱捕捉到他疏远的神色，目光中最后一丝期待也化作失望，她突兀地笑了一下：“好了，你问我的我都告诉你了，接下来，你打算怎么办？”

她语气轻松，仿佛在谈论别人的事。

叶吟风垂着头沉默了会儿，低声道：“你去自首。”

这个结果完全在文萱意料之内，她朗声笑起来：“自首？我为什么要去自首？你以为我向你坦白是为了赎罪？”

她靠近他，眼里重又堆积起爱意，却是如此恍惚，或许因为意识到他已变得遥不可及。

“吟风，你知道吗？遇到你之后，我一直希望自己是个和你一样干净纯洁的好人。我是真的想和你过一辈子，我甚至想过要永远对你诚实。可惜，”眸中的热意慢慢褪却，她自嘲地耸耸肩，“人的命运无法改变，我不得不一次次违心地隐瞒你。好在今天，你给了我这个机会把一切都说出来……我希望你明白，我从来都不愿意对你撒谎。”

她的手轻轻搭在叶吟风肩上，他轻颤了一下，但没有避开。

“我知道我们不可能再在一起了。”她的口吻充满惋惜，“我也知道，你从来就没爱过我。”

叶吟风怔住，脸色瞬间变得僵硬。

“你心里一直爱着的那个人，其实是夏夏。”文萱的笑中含着讥讽，更多的却是凄凉，“你以为我不知道你常去对面的小区外面走来走去？不，我很早就知道你喜欢她。可笑的是你自己居然没发现。”

叶吟风咬紧牙关，却无法控制来自心间的战栗：“既然你早知道，为什么还要……”

“因为……我想得到你。”文萱轻轻叹息，“我活了近三十年，碰来碰去都是丑陋的男人，只有你，那么好，好到让我……不想错过。”

叶吟风不知道该怎么形容自己此刻的心情，懊恼、痛恨之中还夹杂着一丝无法抹杀的怜惜，也许正因为他血液中流淌的那难以根除的优柔寡断，才会给自己带来如此不堪的恶果。

但错误已然铸就，他无法说服自己把责任都归咎到文萱身上。

文萱深情地凝视了他片刻，柔色渐渐从面庞上褪去，再开口时，她又恢复了原有的镇静。

“我不会去自首。但我会跟你离婚，这些钱我也都还给你。至于公司，我从来没想过要染指，没什么可说的，它依然是你的。等处理完这些，我会带小冬离开三江，你也还来得及去把夏夏追回来，就当我……从来没出现过。你觉得这个主意怎么样？”

叶吟风缓缓仰面：“你以为，发生这么多事后，我还可以若无其事当一切都正常？”

“不然该怎么办？”文萱略昂起下巴。

“你去自首。”

“我说过了，这不可能！”文萱斩钉截铁，“如果我坐牢，小冬怎么办？”

“这是两码事！”叶吟风站起来，“你现在想到小冬了？你杀人的时候有没有考虑过她？”

文萱面色铁青：“我只能告诉你，我所做的一切都是为了她。”

“如果你真是为了小冬，为了让她健康成长，你就应该去面对自己犯下的罪孽！”

文萱一脸无可商量的表情：“不管你怎么说，我是不会去的！”

叶吟风的眼神阴冷下来：“你别逼我。”

文萱笑笑，把他搜集的资料拿在手上抖抖：“你以为就凭这些东西就能告倒我？就算你能证明那笔债务是假的，还有陈志平跟我有过关系，但你有我杀人的铁证吗？你根本没有具备说服力的证据，我还可以反过来告你诬陷！”

叶吟风用陌生的眼神盯视她神经质的笑容，很难相信自己曾经对这样一个女人动过心。

他把手伸进裤兜，慢慢掏出手机，屏幕朝向文萱，点开按钮。

手机的录音功能一直开着，红色的圆点正在一闪一闪。

他低声道：“就凭你刚才亲口告诉我的那些话。”

文萱面色大变，扑上去欲抢，但叶吟风早有准备，往边上一闪就躲开了文萱的攻势，她整个人扑倒在书桌上，面前是一只黑色铁丝笔筒，里面插着若干支笔，还有一把剪刀。

她几乎是本能地拔出剪刀，爬起身再度向叶吟风刺过去。

叶吟风及时抓住她手腕，用力往左边一拽，文萱身子失去平衡，向后一顿，跌坐在地上，剪刀也滚到一旁。

叶吟风把剪刀踢开，蹲下身，手指狠狠钳住文萱的脸，再无半分怜惜：“你果然连我也想杀！”

文萱蓦地崩溃，泪珠成串从眼眶中滚落，她拼命摇头，却哽咽着说不出话来。

叶吟风松开她，拖了把椅子在她脚边坐下。

“你不该杀孝祥，更不该骗我。孝祥从来就没揍过你对不对？他的脾气我太了解了，即使再难受也不会对女人动粗，可你却为了钱将他……”

“他是没对我动过手，可他照样该死！”文萱娟秀的脸庞忽然变得狰狞起来，“你知道……知道他对小冬干过什么吗？”

她通红的眼眸里荡漾着疯狂和痛苦：“小冬才四岁……他简直是个畜生！”

叶吟风错愕地瞪起眼睛，半天才明白文萱的意思，顿时语无伦次：“这怎么可能，孝祥他，怎么会……”

文萱冷笑，口气恶毒：“那是因为你太不了解你的堂兄，他懦弱、自私、无能又变态……”

叶吟风听不下去，猛然喝断她：“别再说了！”

室内一下子很安静，只有两人喘息的声响，像决斗的兽。

过了片刻，叶吟风才有重新开口的勇气：“你跟他谈过吗？关于——这件事？”

“没有。”文萱冷冷地道，“我从来不跟畜生谈条件。”

“我不是这个意思。”叶吟风摇头，“也许你误会了孝祥，他很喜欢小孩，我一直知道，他可能只是在逗小冬……”

“误会？”文萱眼里似乎要喷出火来，“难道你认为一个正常的父亲会把手伸进……”她说不下去了。

叶吟风无言以对。

“我亲自抓到过一次，跟他吵了一架，之后就很提防他，可他改不了，小冬几次告诉我叔叔喜欢摸她。”文萱忽然打了个寒战，“我每次看到他跟小冬单独在一起就紧张，再这样下去，我会疯掉的！”

叶吟风胆寒：“就因为这个，你宣判了孝祥死刑？”

“他该为此付出代价！”文萱毫不愧悔，“更何况，我不能等铸下大错再弥补！”

“那你也没权利要他的命！”叶吟风心痛，“孝祥罪不至死。你不觉得你所谓的弥补太残忍了？”

文萱望向他的目光冰冷似铁：“那你想过小冬的感受吗？想过她受到的伤害吗？你知道她为什么会变成现在这样吗？？”

叶吟风哑然。

“如果不是你逼我，我是不会说出来的。”泪意再次朦胧了文萱的眼眶，“我一直在努力，想让小冬从阴影里走出来，想把她和那个丑恶的世界隔开。我以为我快要成功了，可是……我是个没用的母亲。”

叶吟风忽然心乱，震惊和羞耻感始终充斥心田，原本一直坚硬的神色也倏地柔软下来，目光逡巡在文萱周围，她的话带给他太多震撼，可他不能确定自己是否应该信她。

文萱一直密切地关注着他的神色，此刻见他犹豫，立刻爬到他脚边，抱着他的双腿苦苦哀求：“吟风，你放了我们吧。我会带小冬去国外生活，再也不回来，永远永远离开你。我只求你……放我们母女一条生路！”

她的双眸中满含期待和恳求，令叶吟风不忍睹视，有那么一瞬，他几乎要放弃追究，转而答应她，可堂兄，还有陈志平两条人命血淋淋地悬在他头顶，让他无法作出妥协。

“文萱，如果你跟小冬就这么走了，你觉得你真的可以解脱了？”叶吟风长吁一口气，“还记不记得你做过的那些噩梦？你想摆脱掉它们，想让小冬在阳光里成长，就只有一条路可走……去赎回你的罪过。”

文萱抽泣着听他说完，眼里的热望渐次冷却，直至彻底熄灭，她明白求他无望，而自己再也没有可打出的底牌，一阵绝望过后，她跌坐在地上，毫无风度地掩面恸哭起来。

叶吟风迟疑地伸出手，在她黑滑的长发上轻轻抚了两下：“文萱，你醒醒吧，不要一错再错。”

哭声渐止，文萱也冷静下来，接过叶吟风递来的面纸，一边擦拭面庞一边艰难地点了点头：“……好，我去自首，但你也要答应我一件事。”

“你说。”

“替我照顾好小冬。”言毕，文萱的眼圈再度泛红。

“我会的。”

叶吟风心头的一块石头总算落地，他无声地叹了口气，把文萱拉入怀里，轻轻搂着，给她一个纯粹安慰的拥抱，内心也溢满酸楚，或许，这是最后一次了。

两人讲好，明天一早由叶吟风陪文萱一起去投案。

深夜，文萱睡不着，叶吟风便陪她在客厅里坐了会儿，后来她说要去陪女儿，叶吟风担心她情绪不稳定，坚持和她一起待在小冬的房间里，文萱明白他其实还是不太信任自己，也不拦他，兀自伴着小冬躺在床上。

叶吟风心情沉重，可不管他心头有多少疑问，也没法在此时跟文萱探讨了，一切都太敏感，而且也无法追回什么。

他靠在窗边的一张椅子里，他竭力让自己保持清醒，但疲倦很快袭来，不知不觉中，他还是睡了过去。

夜，在静默中飞速过去。

清晨，叶吟风从凌乱的梦中醒来时，天已大亮。

房间里一切如初，但文萱母女却不知去向。

叶吟风浑身打了个激灵，完全醒了，飞速扑向门口，用力拉门，门却怎么也开不了——被文萱从外面锁死了。

他低声咒骂着，四处找手机，不在身边。想找工具撬门，房间里除了毛绒玩具，没有一样东西能使得上劲。

他跑回窗边，伸脑袋向外望了望，立刻打消了走窗户逃出去的念头。身处八层高的楼层，又没有可供攀爬的扶手，跌下去肯定粉身碎骨。

真是叫天天不应，叫地地不灵。

他已来不及懊恼被文萱算计，脑子飞速转动，下一步，文萱会干什么？

是携了小冬即刻逃命还是……

第十五章 脱缰之马

夏夏一早就赶到医院和田宁父母一起等待检验结果。田宁临时接了个出差任务，他本想推掉，却被母亲拦住："你该干吗干吗去！在这儿待着也干不了什么。我只要有夏夏陪着就行了。反正都是命，老天都派定好了，急也没用！"

自从得知田宁要跟夏夏结婚后，田妈妈的精神状态好了很多，声称许多事都看开了。

不过她话讲得洒脱，临到关键时刻还是紧张，夏夏给她倒了杯水，指尖触到她手掌时感觉到一片冰凉。病房里其他人也都得知了她的情况，安慰的话语此起彼伏。

等待是最熬人的事情，幸亏她们并未等多久，去主任办公室谈话的田爸爸就从外面走进来，一瞬间，病房里所有人都屏住呼吸，夏夏的手不由自主握住了田妈妈的，只觉得她整个人都在微微颤抖。

田爸爸脸色平静，缓缓走到老伴跟前，才忽然咧嘴一笑："良性。"

一阵欢呼和随之而来的笑声差点没把病房的天花板给掀掉。

"我说什么来着，田大姐你气色这么好，肯定不会有事的嘛！"

"对哦，搞了半天，虚惊一场！"

"哈哈，这就叫大难不死必有后福，田大姐你就等着活到九十九吧！"

田妈妈喜极而泣，拉着夏夏的手直抹泪："这下好了，我什么都有盼头了！"

夏夏喜悦地安慰了她片刻，忽然回过味儿来田妈妈指的盼头里包含了什么，一张脸止不住悄悄红了起来。

"哟，忘了告诉小宁了！"田爸爸欢欣过后想起了儿子，立刻掏出手机要给田宁打电话。

田妈妈连忙一把将他拦住，收泪嗔道：“我要夏夏打。”

田爸爸又是开心又是无奈地拿手指点点老伴：“你真是越老越会作啊！”

夏夏红着脸在众目睽睽中拨通了田宁的电话：“……嗯，是我……刚拿到结果，阿姨没事。”

田宁的声音里也含着抑制不住的喜悦：“我已经知道了。”

“嗯？”

“范主任刚跟我通完电话，这两天我可没少烦他。”

夏夏笑问：“现在一定很高兴吧？”

“那当然了，不过……”

“又怎么了？”

“有件事……”田宁的口吻忽然有点虚，“你会不会反悔啊……我是说，咳，咱俩结婚的事。”

夏夏脸顿时发烫，低垂着头，轻声道：“怎么可能，你真神经！”

田宁一听，悬着的心总算彻底放下来，发出和往常一样爽朗舒心的笑声：“那我就放心了……哎呀，虽然才出来一天，可总感觉时间过得太慢，真想现在就回去，咱俩……”

夏夏怕他再说出什么让自己脸热心跳的话来，一屋子的人都看着呢，赶忙打断他：“那你忙你的吧，我先挂了啊！”

“哎哎，等等！正事还没说呢！”田宁慌忙叫住她，“你现在还在医院？”

“是啊！”

“赶紧回公司！我这发展大客户呢，不少资料要准备。”

“哦，好。”

“我把要求都发你邮箱了，你准备好以后给我来个电话。”

“知道了！”

收了线，夏夏对田妈妈道：“阿姨，公司里有事，我得先回去了。等下了班再来看您。”

田妈妈忙说：“你忙你的去！晚上也别过来了，这么大热的天还跑来跑去的，等田宁回来，我也该出院了，到时候你过来，我给你做好吃的！”

夏夏走出病房大楼，沐浴在夏末的晨光之中，她眯起眼睛，看到一串串明亮美丽的光晕在眼前闪烁，如精灵的笑脸。她也禁不住笑起来，心里胀鼓鼓的，体会到一种前所未有的满足。

她在街边拦车，却听到身后有人在叫唤自己："郭夏夏？"

声音很熟悉，她还没来得及细想，就已本能地回眸，视野中出现的是文萱惊喜的笑脸。

"啊，你……怎么会在这儿？"夏夏十分意外。

文萱笑着走近她解释："我带小冬来看牙齿，正要回去。你呢？"

"哦，那个，有位长辈住院，我来看看。"

"是吗？"文萱笑吟吟的目光盯得夏夏有点不好意思，像被对方看穿了似的。

"那你现在打算去哪儿？"

"我回公司。"

文萱一听，立刻建议："那咱俩顺路，要不你坐我的车，我送你吧。"她回身指指路边停靠的一辆车。

夏夏不想跟她一起走，忙拒绝："不用了，谢谢你，我……"

话音未落，见文萱不安地朝四下望望："咱们得赶紧走，门口不让停车，小冬还在车上呢！"

"那个，我不……"

文萱仿佛完全没听见夏夏的拒绝，拽着她的胳膊就朝车子走去，夏夏挣脱不开，半推半就地跟她到了车边，还想找借口拒绝，小冬忽然从车内钻出个头来："夏夏阿姨！"

夏夏立刻也笑着回："小冬，好久没见你了，居然还认得阿姨！"

文萱不由分说推她上车："赶紧的，我看见有人过来了。"

眼见小冬期盼的眼神，夏夏便不再犹豫，一头钻进车内，和小冬并肩坐着。

小冬不断打量夏夏，眼里有惊喜，也有好奇。夏夏则在拎包里使劲掏，结果只掏出来一包餐巾纸，她懊恼没随身备一点零食。

此时，文萱已经驱车驶离医院附近，并随口跟夏夏攀谈："你去看的那位长辈是不是田宁的父母？"

"嗯，是他妈妈。"夏夏如实道，"原来以为得了胃癌，我们都吓得要命，今天一早刚拿到结果，说是良性，大家总算松了口气。"

"这种事是挺吓人的，没事就好。"

夏夏抿了抿唇，犹豫了片刻，还是决定说出来："那个，我……快要结婚了。”

“和田宁？”文萱意外，飞速扭头瞥了她一眼，“那恭喜你啦！不过你们这速度……真够快的。”

夏夏低头，不好意思地笑笑。

婚礼定在九月中旬，比晓春还早了小半年，晓春一听说就立刻打趣她：“你这应该算典型的后来居上了吧？可惜你们赶时间，不然咱们索性把婚礼办在一块儿，那才叫热闹呢！”

不过现在用不着赶什么时间了，夏夏开始琢磨晓春的建议，考虑办集体婚礼的可能性，她自己当然愿意，就是不知道田宁的意思……

“小冬，你渴不渴？把袋子里的牛奶拿出来喝了。”文萱的说话声把夏夏越飘越远的思绪拉了回来。

“我来帮你拿吧。”夏夏从一个马甲袋里掏出一盒牛奶递给小冬。

文萱又问：“夏夏你渴不渴？我还买了瓶果汁。”

“我不渴，谢谢。”

文萱却坚持：“小冬，你把那瓶橙汁拿给阿姨。”然后又劝夏夏：“还是喝点儿吧，这两天气温又升上去了，得及时补充水分。说实话，你老跟我这么见外，我心里总觉得过意不去。”

夏夏最听不得旁人说软话，况且自己也即将结婚，心头那个结无论如何也该解开了。

她从小冬手上接过果汁，笑着道：“以前的事，我也有任性的地方，就别再去提它了。”

她拧开瓶盖，咕嘟咕嘟连喝了几大口，文萱从后视镜里目不转睛盯着她，夏夏察觉到了，两人在镜子里相对一笑。

“夏夏，田宁对你好不好？”

“唔……还不错。”夏夏笑容渐趋甜蜜，“他脾气比较大，不过每次发完火都会主动来哄我。”

“呵呵，看不出那么个大男人也有服软的时候。”文萱笑吟吟地说，“不过我最初看见你们在一起时就觉得特别般配。”

“是吗，为什么？”夏夏揉揉眼睛，不知怎么回事，她忽然很犯困，眼皮越来越沉重。

文萱还在说话，声音却越来越遥远：“田宁人高马大，很有气势，你呢，又是小鸟依人的。而且……”

“妈妈，”小冬惊讶的呼唤打断了文萱，“夏夏阿姨睡着了。”

文萱迅速扭头扫了一眼，果然见夏夏歪着脑袋，一动不动。她放缓车速，靠边暂停，回身仔细查看，确定夏夏已经昏睡过去了。

小冬有些不安，两只小手不停地绞来绞去。文萱摸摸她的手背，安慰道：“阿姨累了，让她睡吧，你别去打扰她。”

车窗外，车流渐稀，她们已经驶离市区，正向偏远的郊区方向行进。

文萱定定神，把路线又在脑海中规划了一遍，重新启动车子。

约过了四十分钟后，视野变得开阔起来，大片田地出现在眼前。

文萱在某个岔道口右转，拐入一条泥土路。泥土路两边均是绿油油的瓜田，碧绿的瓜藤在田间蔓延，覆盖住成片的土地。

车子驶至一座农家小院的前方停下。

屋子是两间并排的平房，带一个宽大的院子，装饰简陋，连墙粉都没刷，露出红色的砖块。文萱先扭头检视了一下还在沉睡的夏夏，随即推门下车，取出钥匙打开院子的门。

半个月前，她未雨绸缪地从一对老夫妇手里租下这间看瓜田的屋子，那是在她打算解决掉陈志平之前。

潜意识里，她早就料到会有这么一天。

之所以看中这里，主要是因为房屋独门独户，四周均是茫茫一片的瓜田，邻居都在几里地之外，大热的天，谁也不会来关注这块地方。

老夫妇膝下无子，靠几亩薄田度日，对文萱的租赁要求不明所以，文萱也不便多加解释，用高额租金堵住了两人的嘴。夫妇二人利索地搬离了瓜棚，反正他们在村落另有房子可住。

开了院门，文萱重新上车，将车子倒进去，之后就将小院的大门锁上。

她先把小冬抱下车，让她帮着自己把后备厢里的食物和水运送进屋内，两间房都照文萱的要求收拾成相似的格局：有床、桌子和几张凳子，其余用不着的东西都被堆在角落。

文萱把小冬安置在左边的房间里，这里没有空调，房东按着文萱的要求买了两架风扇。她给小冬调好风扇，又留了两本漫画书和一些零食给她：“你好好在这儿玩着。”

小冬抬头问：“夏夏阿姨跟不跟我一起玩？”

“她还没醒呢！”

“那等她醒了能不能和我玩？”

文萱摸摸她的脑袋，叹了口气：“等她醒了再说吧。”

她走出房间，但没关上门，八月底的天气格外炎热。

灰色的帕萨特静静停泊在院子中央，四周极为安静，能够听到阳光炙烤大地的吱吱声，此外，就只剩树上的知了在没完没了地鸣唱了。

文萱把夏夏半拖半抱地拽进右边的房间，途中夏夏似有感知，哼唧了两声，但并未醒来。

在“制造”那瓶特殊的果汁时，文萱考虑到夏夏可能只会喝上几口，特意在果汁里掺入了足量的药粉，没想到夏夏实诚，一口气便灌下去半瓶，这会儿即使意志想醒过来，肉体恐怕也敌不过药性的力量。

文萱好容易把夏夏放倒在床上，自己也折腾出了一身汗。她开了风扇对准自己使劲吹。

有时她难免会想，自己或许天生就是个罪犯——她料到了陈志平的意图，料到了叶吟风的反应，还料到了夏夏会如此容易入彀。

只是，如果有得选择，她还是宁愿这一切从未发生。

等稍微舒适了一点，她便打开随车装来的一只皮箱，里面有锤子、老虎钳等工具，她取出一副两边带扣的锁链，一头锁在铁床的栏杆上，另一头，她朝夏夏的手和脚来回扫，最终选择锁住她的左手，而钥匙，则被她丢入自己的随身拎包内。

做完这一切，她看了眼手表，已经快上午十点了。她再次给叶吟风打电话，但迟迟没人接，莫非他还被困在小冬的房间里？

为了保证安全，她给叶吟风打电话用的是早就准备好的黑号，且在对方话机上无法显示号码，所以只能是她打出去，别人没法打给她。

文萱转身，刚好看见小冬站在门外，一动不动注视着自己，眼神里仿佛还带着谴责——她亲眼目睹了母亲对夏夏的所作所为，而她这般年纪虽然对很多事似懂非懂，却也能大致判断好坏。

“小冬……”文萱勉强笑着解释，“我在跟夏夏阿姨玩个游戏，你先别出声好不好？”

小冬的眼眸忽闪忽闪的，看看母亲，再看看被锁住的夏夏，眼睛里逐渐流露出困惑，但出于对母亲的信任，她还是微微点了点头。

文萱牵着她的小手走出去："你想不想吃西瓜？这里什么都没有，但遍地都是西瓜呢！"

小冬再次点头，水果对小孩子通常都有致命的吸引力。

尽管方圆几里都看不见人，出于谨慎，文萱还是没有多在瓜田里逗留，她挑了两只瓜皮呈暗青色的大熟瓜，一手一只捧了进来，而后又将门锁死。

西瓜又红又甜，但被阳光曝晒过，吃上去热乎乎的，仿佛烧熟了似的。

小冬吃得津津有味，文萱则有些心不在焉，拿出手机无聊地拨弄着，尝试性地一再拨叶吟风的号码，当嘟嘟的音忽然变成一声"喂"时，她浑身都震了一下，几乎想松一口气，但实际上她只是迅速起身，往门外走去。

叶吟风终于和她通上了电话。

"邱文萱，你在哪儿？"电话中，他的声音听不出愤怒，多少有点疲倦。

文萱不理他，反问道："你报警没有？"

"你把我手机里的录音删得一干二净，我报警有什么用？"

文萱笑起来，转而道："你是怎么从房间里出来的？"

叶吟风无心与她探讨这个，重复刚才的问题："你到底在哪儿？你想干什么？"

"我在哪儿是不会告诉你的。"文萱顿一顿，"叶吟风，我要走了。我们以后大概也不会再见面了。你会有一点点想我吗？"

"你为什么出尔反尔？"叶吟风忍着愠怒，"你这么做，只能害了自己，难道你打算带着小冬一辈子过逃亡的日子？"

"只要你不说，没人会知道。"

"你有没有听过一句话：天网恢恢，疏而不漏。我手上那些证据，虽然没法立刻证明是你干的，但只要顺着这条思路走下去，总有真相大白的一天。"

"这么说，你还是要去告发我了？"文萱连笑几声，"我猜得果然没错，你是怎么样也不会放过我的，所以，为了我跟小冬的安全，我特别找了个护身符在身边。"

叶吟风警觉起来："你什么意思？"

"我虽然不能告诉你我在哪儿，但我可以告诉你我跟谁在一起。"

文萱走到夏夏待着的那间屋子外，透过门缝朝里望了一眼，夏夏安然躺在床上，还未醒来。

“叶吟风，我跟你最喜欢的人在一起呢！”

叶吟风胸口一窒，冲口便问：“你，你……绑架了夏夏？”

文萱想赞他聪明，心里却掠过一丝疼痛，冷冷一笑：“没错，她就是我的护身符。”

叶吟风脑子里嗡嗡作响：“邱文萱，你不要乱来。夏夏跟这件事一点关系都没有！”

“你放心，只要你不乱来，我不会拿她怎么样的，只是得让她陪我几天，等我们平安离开三江后，我当然会放她回去。”

叶吟风的心瞬间被懊恼吞噬，他后悔昨晚不该轻信文萱，更不该被她该死的眼泪打动，以至于落到今天这样被动的地步，更让他无法承受的是，自己还把夏夏给拖了进来。

他绝望地闭了闭眼睛：“请你不要伤害夏夏……你要我做什么只管说。”

“你什么都不必做，只需要安安分分地等着。”

“要等几天？”

“暂时没法告诉你，不过我会尽快。在这段时间里，如果你报警或者耍什么花样，”文萱匀了匀气，“我会跟夏夏同归于尽。”

叶吟风感到一阵森森的寒意正朝自己袭来，为了夏夏的安全，他不得不作出承诺：“放心，我什么也不会做。你……能不能让我跟夏夏说两句？”

“对不起，她正在睡觉，没法跟你讲话。”

“你对她做了什么？”

“不用紧张，只是给她喂了点儿药而已。等她醒了，我会给你打电话。”

文萱忽又想到什么：“对了，夏夏刚刚告诉我，她跟田宁快要结婚了。叶吟风，你会不会觉得遗憾？”

叶吟风一时之间不知该说什么，而文萱却看好戏似的，颇有耐心地等着他。

最后他慢慢地说：“不，我只要她好好活着就够了。”

“除了这样，你也没别的选择了，不是吗？”文萱轻笑着收了线。

叶吟风坐在狼藉一片的客厅里，失魂落魄，自责不已，他怎么会天真到相信文萱会跟自己去自首？而且，他早就应该想到文萱会打夏夏的主意，昨晚她的话语里已有明显的暗示，自己实在是愚不可及。

他忍不住用力捶自己的脑袋，但很快又被另一个念头惊醒。

夏夏失踪了，田宁会怎么想？如果他报警惊动了警方，夏夏岂不是更危险？

他慌忙拨田宁的号码，当务之急，他必须跟田宁通个气。不管他们曾经多么看彼此不顺眼，至少在这件事上，他俩必须成为同盟。

电话很快就通了。

田宁对接到他的来电大感意外："叶吟风？什么风吹得你头脑发热给我打起电话来了？"

叶吟风顾不上理会他的揶揄："田宁，有件事你最好有个心理准备，是关于夏夏的。"

田宁一听就紧张起来："夏夏怎么了？你别吞吞吐吐的，赶紧说！"

"她……她被人绑架了！"

"绑架？！"田宁目瞪口呆，半天没反应过来，"叶吟风，你，你开什么玩笑！我跟夏夏早上刚通过电话！"

"我没开玩笑，你现在可以试试拨夏夏的号码，看她还会不会接？"

话音刚落，听筒里便传来嘟嘟的忙音，田宁把线挂了。

等了五六分钟，叶吟风的手机响起，这一回，田宁不再淡定，气急败坏地追问："这究竟是怎么回事？？她不在公司！前台说早上有个女人打电话来找过她！你知道那女人是谁？"

叶吟风沉重地道："是邱文萱找过她，也是她绑架了夏夏。"

"我操！"田宁气得简直要把手机摔碎，"叶吟风，你们到底在搞什么？为什么要把夏夏卷进去！！"

"一句两句说不清楚，你方便的话，我们约个地方见面谈。"

"我在外地出差！"田宁朝他暴吼，"这都什么乱七八糟的破事儿！"

"既然这样，那就我来应付好了。"叶吟风苦笑笑，"本来也该是我的事。但我有个请求，你暂时别报警，否则夏夏会有危险。"

田宁在电话那头已然暴躁如困兽："叶吟风我告诉你，郭夏夏哪怕只丢了一根毫毛我也不会放过你！"

"这个随你。我说的话你听进去没有，先别报警。"

"我不是聋子！"田宁又一次怒吼，啪地挂了电话。

叶吟风把手机丢进沙发，俯下身去，双手猛力揉搓面颊，试图让自己保持清醒，然后，他将手指深深插进头发，一动不动。

等待，是最为煎熬的一件事。

夏夏听到一种奇怪的声音，像海风掀起海浪的哗哗声，又像开足马力的电锯，且离自己越来越近，她本能地向后躲闪，身子一动就醒了。

睁开眼睛，只觉得光线暧昧，让人分不清是白天还是黑夜，她想揉揉眼睛，手一动，连在床上的锁链发出哐啷的撞击声，把她吓得魂飞魄散，原本的迷惑全都转为恐惧。

“夏夏，你醒了？”角落里传来文萱平和的问候声。

夏夏瞪眼望过去，文萱就坐在椅子里，手上什么都没有，专心致志盯着自己，让她顿觉毛骨悚然。

“文萱姐，这是哪里呀？我，我怎么会在这儿？”她有点想哭，不祥的感觉如此强烈。

“别怕，我们在一个安全的地方。”

“那你为什么要锁着我？”

锁链再次发出稀里哗啦相互撞击的声音，在昏暗的室内形成强烈的听觉刺激。

“安静一点！”文萱不觉抬高了嗓门。虽然不用担心被人听见，但寂静中任何声音都像是从扩音器里发出的，格外刺耳。

“夏夏，只要你乖乖的，我不会伤害你。锁住你也是没办法的事，免得你乱跑。”文萱解释完，站起来，“你饿了吧？我去给你拿点吃的。”

“我想上厕所。”这是夏夏一醒来就感到迫切需要解决的问题。

文萱指指靠床的一只痰盂：“就在那儿上吧。”

她走出去，顺便把门关上。

夏夏哭丧着脸爬下床，痰盂在她够得着的范围之内，但手上的束缚令她极不习惯，这也罢了，心里的恐惧也正在扩大，她不明白自己究竟遭遇了什么。

刚才那一觉她睡得很死，没有做梦。越过那段空白的记忆，她想起自己在医院门口邂逅文萱的情形，慢慢地，真相浮出水面，原来邱文萱早有预谋。

夏夏感到一阵寒意。

等文萱拿着干粮和水重新进门，夏夏已将所有思绪都整理清楚，她把恐惧暂搁一边，目前她最想弄明白的是邱文萱这样干的目的。

文萱有些意外地看到夏夏不再像刚才那样神色惊恐，相反，她还颇为镇定地坐在床沿上，目不转睛盯着自己："文萱姐，你能告诉我你这么做是为什么吗？"

"这事和你没关系。"文萱把食物放在床尾，"有人不让我走，我只能借你来用用，等事情结束了，你照样可以回去。"

"谁不让你走？是不是发生了什么事？"

文萱笑笑："有些事你还是不要知道比较好。"

夏夏愣了片刻："……那你什么时候能放我走？"

"应该很快。"

夏夏稍稍松了口气，虽然整件事感觉怪怪的，但文萱平静的表情让她相信情况还不是太糟。她大着胆子猜测："是不是田宁……得罪了你？"

文萱盯着她笑，这一回笑得比较轻松："你别乱猜了，跟田宁也没关系，等你回去，你跟他照样可以结婚。"

"但是……"

"夏夏，"文萱打断她，"如果你想顺顺利利回去，就照我说的去做。"

"……好吧。"夏夏无奈地叹口气，低头瞧一眼腕上的铁链，不过一小会儿，自己柔嫩的肌肤已经被摩擦得泛红了。

"文萱姐，你能把这个给我解开吗？我保证听你的话，不乱跑。"

文萱保持着笑意："不能。夏夏，别和我讨价还价，这里我说了算——你还是乖乖地吃点东西吧。"

夏夏觉察出自己和文萱之间的鸿沟，她们这时候既非情敌，更不是朋友，而是——完全敌对的双方。

这种尴尬的关系是夏夏有生以来从未遇到过的，她呆愣了几秒，喃喃地问："那……小冬呢？"

"她跟我住在隔壁。"文萱站起身来，不想再跟她聊下去，聊得越多，往后的事就越难办。

文萱出去后，夏夏食不知味地就着矿泉水啃面包，对这突如其来的遭遇仍然难以接受，像置身梦中，可心底的恐惧如此真实，牢牢揪着她，让她坐立不安。

她想到田宁，忽然很希望听听他的声音，随即精神一振，但，她的手机呢？

她四处翻寻，锁链不时撞击床栏，叮叮当当地响。

文萱的声音冷不丁从窗外传进来：“夏夏，你在找什么？”

夏夏唬得一哆嗦，赶忙重新坐好，文萱已经推门进来。

“我，我的包不见了。”

“我替你收着呢！还有你的手机也被我关了，反正也没什么用。”文萱说着，向夏夏伸出手，夏夏本能地想往后躲，却听文萱解释：“你接下电话，有人想听听你的声音。”

夏夏这才发现她掌心里握着只手机。

“是谁？”她有点害怕。

文萱似笑非笑：“你接了不就知道了。”

夏夏哆哆嗦嗦接过话机，仿佛那是个炸雷，嗓音也变得虚虚的：“……喂？”

“夏夏吗？我是叶吟风。”

夏夏的心骤然一松，紧接着又是一紧：“叶总……”

叶吟风听到这声熟悉的呼唤，心放了一大半，至少证明夏夏此刻还安好：“夏夏，你还好吧？”

他的语气如往常般平和温柔，听得夏夏想哭：“我……我不知道发生了什么事。叶总，文，文萱姐她为什么要这样对我？”

她真的哭了出来，而且越哭越觉得伤心委屈。

叶吟风觉得自己的心都快被她的哭声扯碎了：“对不起，夏夏，是我的错。文萱她……她只是想跟你开个玩笑，她其实是在生我的气，我没想到会把你也牵连进来……”

夏夏哭得肩膀一耸一耸，她相信这绝不是什么玩笑。

“你不会有事的，夏夏，我向你保证。”叶吟风心里难受极了，“我不会让你有事……”

他还想再说些什么，手机已经被文萱夺了过去。

“吟风，你现在可以放心了？”

“不要伤害她。”叶吟风低声恳求。

文萱哼笑："只要你守约，我当然会好好对她。"

她利索地收线，低首扫一眼还在啜泣的夏夏，对眼前的情形感到满意。

叶吟风握着手机在沙发上闷坐，心里像塞了一团乱麻似的无法理清。他和文萱就像各自在拉同一根皮筋的两端，互相较劲又互相钳制。只要哪一头的人稍微失控，皮筋就会绷断或反弹出去。

他的耳边反复回响着夏夏的哭声，可他帮不了她，他什么也不能做，这让他痛苦不堪。

手机有动静，他翻转过来看，是家里的号码，一接，果然是母亲："吟风啊，小冬今天怎么没上幼儿园？"

"她……文萱带她出门玩几天。"他信口扯着谎言。

"啊？"母亲又不满起来，"文萱怎么这样，去哪儿都不跟我说一声，害我还颠颠地往幼儿园跑！"

"妈，这几天她们都不在家，我也忙得要命，暂时不回家去看你们了，你自己注意身体。"

"哦，那你也要小心，别太累了！晚饭吃过没有？"

"吃了……"

哄完母亲，叶吟风看看窗外，夜幕早已把整座城市遮掩得密不透风。

他不觉得饿，但时针已指向晚间八点，不管怎么样，得弄点东西填一下肚子。

正烧着煮面的水，手机又响了，叶吟风紧步跑出来，神经像上了发条。

打电话来的不是文萱，而是田宁。

"叶吟风，你在哪儿？"田宁仍是怒气冲冲的口吻。

"家里。"

"你家在哪儿？"

"怎么了？"

"我他妈刚坐特快赶回来，我要跟你见面！"

叶吟风把家里的地址报给他。

田宁恶狠狠地丢下一句："你哪儿都别去，等着我！"

叶吟风也无处可去，他连煮面的心思都没有了，守在客厅的落地窗前静候田宁的到来。

半小时后，门被砸响，叶吟风起身去开门，还没等看清对方的脸，就觉一股凌厉的劲风朝自己袭来，紧接着，他的下颚挨了重重一拳，他毫无防备地向后连退了几步。

田宁仍不解气，追上来接着挥拳："王八蛋！看你干的好事！你们一次次欺负夏夏还不够！现在还来玩这套！我揍不死你丫的！"

叶吟风起初只是避让，并不还手，后来见田宁打红了眼，拳头出得一次比一次狠，便也被逼急，两人开始扭打，让本就凌乱的客厅雪上加霜，各种物品被渐次卷入这场战争，随着战事的升级，客厅被碾成一座垃圾场。

打累了，两人一个靠在沙发旁，一个靠在桌脚边，喘着粗气对望。

叶吟风率先发出苦笑："田宁，你的臭脾气倒是几十年如一日，半点不走样。你连究竟怎么回事都没搞清楚就跟我动手！"

一通乱打过后，田宁的精力发泄得不剩什么了，朝他翻了个白眼："不会是你的主意吧？"

"我是那样的人吗？"

田宁想了想，公平来讲，叶吟风虽然故作风雅让他厌恶，不过这家伙确实从没动过坏心眼。

"那就是你那个恶毒的老婆发神经了？"

叶吟风把事情经过一五一十都告诉了田宁。

"果然是个狠毒的女人啊！"田宁听得震惊，"两个人都是她干掉的？！那夏夏，夏夏不是……"

他心惊胆战，怒气再次上升："可这事跟夏夏半毛钱的关系都没有，她为什么要绑架夏夏？"

叶吟风目光闪烁地避开他的逼问，表情陷入尴尬的状态。

田宁也是聪明人，猛地明白过来，连身上的痛都忘了，扑过去揪住叶吟风的衣襟："你，你对夏夏……"

叶吟风难堪地将他推开。

田宁被推至一旁，眼睛还瞪着他："你真的……"

叶吟风明白自己被识破，只得自嘲地笑了笑："你应该高兴才对，我是个十足的大傻瓜！"

他这句话无异于承认了田宁的猜测。

"……我操！"田宁一时分不清该哭还是该笑，"你还真……你什么时候发现的？肯定是结婚后发现跟老婆不和才……”

“我们能不能别谈这个？”叶吟风轻咳一声。

田宁也明白现在不是调侃他的时候，重新转入现实：“夏夏现在怎么样？”

“我刚跟她通过电话，她……挺好的。”叶吟风没告诉田宁夏夏哭的事，免得他干着急，“邱文萱的目的是不让我报警，所以夏夏暂时是安全的。”

“那她如果走脱了呢？”田宁急得双目炯亮，“我们对她的计划和位置完全没法控制，你认为她会在离开前好心地放了夏夏？”

这其实也是叶吟风最担心的地方，他一时陷入沉默。

“不行！”田宁越想越觉得玄，“还是报警吧！”

叶吟风坚决反对：“我们不知道她们究竟在哪儿，报了警顶多是把邱文萱出去的路给拦死，万一让她知道，夏夏会很危险！”

两人左思右想，最终还是不敢轻举妄动，田宁又急又怒：“妈的我们这样太被动了，全由邱文萱说了算！我们怎么才能确定夏夏是安全的……你给那娘们拨电话，告诉她必须每隔一小时就让我们跟夏夏通次电话！”

叶吟风觉得有道理，等文萱打电话来时赶紧说明要求。

文萱笑道：“这样很公平。不过一小时太频繁了，改成两小时吧，而且通话时间不能超过一分钟，我也要确保你没耍什么花样。”

叶吟风刚答应完，田宁一把就将手机夺过去：“邱文萱！你要敢动夏夏一指头你试试！我非……”

叶吟风一听他的吼声就明白不对，扑上去抢下手机来听，文萱早就挂了，他气愤地狠推田宁一把：“你有没有脑子？现在夏夏在她手上，你把她惹怒了对夏夏有什么好处？”

田宁也懊恼自己冲动了，悻悻道：“有朝一日她别落我手里！”

“你省省吧。还当自己二十岁的毛头小伙子？狠话谁不会说，得有用才行！”

田宁眼睛朝他一瞪：“还不是因为你，好歹不分，引狼入室！”

“对对，都是我的错！”

两人争执了一番，忽然觉得无聊又无趣，不约而同都把嘴闭上。

叶吟风从小茶几的抽屉里取出一盒烟，抽了两根出来，向田宁抛过去一根：“接着！”

“你也抽烟？”

“偶尔。”

田宁把烟叼嘴上，凑过去接了火，用力吸上一口，又将烟雾徐徐喷出，心情较之刚才舒缓了不少：“叶吟风，你有什么想法？”

“什么意思？”

“对夏夏啊！”

叶吟风哼了一声，不理他。

田宁夹烟的手朝他指指：“我可警告你，甭管你现在有什么想法，都已经晚了，夏夏是我女朋友，你别想打她主意！”

叶吟风只有苦笑，叹了口气说：“我现在什么想法也没有，只希望她能全胳膊全腿地回来，还跟从前那样，能没心没肺地冲我笑我就心满意足了。”

“废话！”田宁再次瞪他，“夏夏肯定不会有事！”

叶吟风把双肘搁在膝盖上，蓝色烟雾从右手指间袅袅弥漫开来，屋子里只开了餐厅的一盏吊灯，灯光朦胧幽暗。他垂着头，心情忧伤。

他的情绪也感染了田宁，他一边对着那团柔和的灯光吞云吐雾，一边摇头数落叶吟风。

“夏夏在你身上可是吃够了苦头。我从来没见哪个女孩子哭得那么伤心过！”他想起自己戳穿夏夏后她哭得如桃子般红肿的双眼，“说实话，要有哪个女孩肯因为我哭成那样，我早就不顾一切追上去了。”

叶吟风默默地听着，纹丝不动。

“哎！”田宁拿脚踢踢他，“你现在后不后悔？错过那么好一个姑娘，偏偏去挑了只毒蝎子！”

叶吟风抬头，淡漠地朝他笑笑：“你别得了便宜在我跟前卖乖，夏夏如果不离开迈信，你能有机会跟她走到今天？”

田宁点着头乐了：“咱们较劲了这么多年，到头来还是你输了吧！”

“输赢都无所谓，只要她能平安回来就好。”

一句话给刚恢复一点轻松的气氛添注了浓重的愁绪。

“你说，邱文萱会躲哪儿呢？”

“难说。”

“她是开车走的吧？”田宁眼前忽然一亮，“我们能不能想办法定位一下她的车？”

“我查过了，她的车在库里停着呢！”

田宁皱眉："那她也不可能徒步吧？更不可能雇人。买车手续又繁琐，或许……她去租车公司租了辆车！如果是那样，我们可以找租车公司问问。"

叶吟风受到启发，也振作起来："嗯，这是个办法。只要找到租车公司，租车公司可以用定位系统搜索车子的位置。"

"还有，"田宁的思路开阔起来，"我们也应该去查查近期出发的国际航班的客户信息，你不是说她有可能出境吗？当然了，也可以查查宾馆入住客人里有没有她……"

被动坐等实在太折磨人了，不如主动找点事来做做。不过光靠他们俩来查证各种信息几乎不可能，找人帮忙又会泄露内情。叶吟风很快想到有个人可以解决他的难题。

他拨通了李冉的手机。

李冉在电话中答应给叶吟风去查实他想要的信息，不过也告诉他不要抱太大希望。

"我想她不太可能去租一辆随时随地可以查出方位的车子。跑路的人一般都不希望留下任何可供人追索的痕迹，因此宾馆、航班等需要登记个人信息的场所，不到万不得已她肯定不会去涉足。据我所知，三江有一种二手车黑市，只要你付现金，可以当场把车开走，牌号手续都给你办妥了。不过就算我帮你查到她车子的交易明细，对找到她这个人也没什么帮助，她不可能告诉买家自己要去哪儿。"

叶吟风听得泄气："那你有什么主意，可以帮我找到她？"

李冉沉吟几秒后道："既然她不想让人知道行踪，又很明确要出境，很可能会走偷渡这条路。我倒是有些路子，可以帮着去打听一下，看看最近的偷渡客中有没有身份符合你要找的这对母女的。"

叶吟风喜出望外。

"不过费用可能会很高……你得知道，蛇头们对客人资料都是有严格的保密规定的。"

叶吟风忙道："钱的方面你不用顾虑，我会照付。但一定要快！"

通完电话，他站起来，伸一只手给田宁："起来吧，别老在地上坐着了。"

田宁不情不愿地把右手伸过去，由着叶吟风将自己拽起，忍不住嘀咕："真没想到，有朝一日我还得跟你做盟友！"

夏夜的农田里蚊子多得出奇，文萱在一个橱柜里找到仅有的一套蚊帐，给小冬拿去用了。

夏夏浑身暴露在蚊子的利嘴下，很快就被攻击得体无完肤。不过她白天睡了差不多一整天，此刻倦意全无，正好坐在床上一门心思对付蚊子。

门吱呀一声被推开，文萱走进来。夏夏见了她，立刻脸绷起，面壁不动，放弃了和蚊子的对歼战。

一小时前，文萱跟叶吟风以及田宁的通话彻底摧毁了夏夏本就薄弱的心理防线，尤其听到田宁在电话里愤怒的吼声，仿佛是印证了她对自身处境最可怖的猜测，她哭得涕泪交流，拼命央求文萱放了自己，哭声震天，文萱怎么劝都没用，最后索性甩了她一巴掌。

那火辣辣的感觉至今还在脸上燃烧，夏夏因此恨极了文萱。

“蚊子多不多？”文萱手上拿着盘蚊香，“我在那屋找到这个。”

夏夏不理她。

文萱把蚊香盘放在床脚下，直起腰来时打量了夏夏一眼，笑着摇了摇头：“你真是小姑娘脾气，一来就不高兴，一来就哭。”

她没立刻离开，就手坐在墙边的竹椅里。

“我生小冬那年天很冷，梅岭下了有史以来最大的一场雪。”文萱似乎并不在意夏夏有没有在听，兀自慢悠悠地讲起来。

“那天我一个人在家，忽然感到肚子里有动静，和往常不一样。我算了算，离预产期还有十天呢，应该还不会生，就没打算去医院。下午，我照样午睡，中间上了趟厕所，发现内裤上有一摊鲜红的血。我吓坏了，赶紧拨急救电话。可是雪下得太大，道路都给堵了，等120到家时，我的羊水已经破了。”

夏夏的注意力被她的讲述吸引过去，脸略略侧过来一点。

“医生说路不好走，如果我非得上医院，小孩会有窒息的危险，实在没办法，只能在家里把小冬生了下来。”她忍不住笑了笑，“在家里还好，如果是在路上，要什么没什么，小冬可就真的惨了。”

或许是因为话题涉及小冬，而夏夏也没把小冬当敌人来看待，她到底没忍住，闷闷地问：“那她爸爸在哪儿？”

“我不知道。”文萱口气缥缈，“他很久没回家了。有了小冬之后，也一直是我带着孩子……从来就只有我们俩。”

夏夏心头的恨意减少了一些，对文萱起了一丝同情。

“你是不是觉得我很不可理喻？”

夏夏抿抿唇没搭话。

文萱笑了笑：“夏夏，其实我很羡慕你。”

“你……羡慕我？”夏夏有点呆愣。

文萱点头：“对，你单纯的性格，你一帆风顺的经历，还有你现在的……简单的生活。你这样的女孩，不会有很大的出息，但生活也不会差到哪儿去，因为你容易知足。”

夏夏没想到文萱这么了解自己。

“很久以前，我的生活和你一样。”文萱轻声叹息，“我也喜欢细水长流一样的日子，希望能安静地长大，有份足以谋生的工作，当然，还得有个靠得住的男人。”

夏夏听出她口吻中的遗憾：“那你后来……发生了什么事？”

文萱不出声地笑：“发生了什么，你真的想知道？”

她的笑容包含了太多复杂的内容，仿佛还隐藏着阴谋，夏夏不敢追问了。

那个久藏在文萱心底的秘密虽然早已腐烂、发臭，却始终未曾消失过，它固执地盘桓在她心灵的一侧，不论时间相隔多久，也不论她走了多么远。

而今晚，她忽然不想再孤身携带那沉甸甸的分量上路，她希望有人跟她分担——人的决定总是这样突兀，有时连自己都琢磨不透。

只是，夜还那么长，谁能知道等在前面的会是什么，何不就此放纵一下自己？

“我十四岁那年的暑假受一个姑妈的邀请，去她家住一阵子。”她缓缓地诉说，重又打开记忆的闸门。

“我家那地方属于县级市，而我姑妈的家在市区，虽然属于同一座城市，但当时没有公交车，也没人有时间送我，所以我只能坐火车去，我还挺高兴的——那是我第一次坐火车。到了亲戚家里，长辈还有表兄妹们对我也很热情。这本该是一段愉快的记忆，直到我即将回家的前一天下午。”

夏夏注意到文萱的表情在不知不觉中变得阴郁起来，她也忍不住紧张地屏住呼吸。

“那天下午，姑妈不在家，表兄妹们也都有事出去了，家里只剩下我和姑父。他中午喝了点酒，一直在房间里午睡，我呢，就在客厅看电视，看着看着也开始犯困……我记得当时我还做了个噩梦，梦见自己被装进一只瓦罐里，我闷得透不过气来，然后就醒了，我发现，我那个在午睡的姑父居然趴在我身上……”

尽管是很久以前的事了，但讲述这段不堪的往事还是让文萱痛苦，她的嗓音有些走调，让夏夏觉得又害怕又恶心。

“我拼命想推开他，可他力气太大，我根本不是对手。没多久，我姑妈就回来了，当场撞了个正着。她不分青红皂白地打我，然后又扑上去跟她丈夫撕扯，我当时害怕极了，衣服都没穿齐整就跑了出去。我一直跑一直跑，直到有人追上来，把我按住……”

文萱的手抚摸着自己的脖子，似乎还能回忆起那种撕心裂肺的癫狂来。

“后来的事我都记不得了。反正我回了自己的家，我爸听说了这件事后大发雷霆，扬言要去告他。我妈就对着姑妈哭，没完没了的，好像哭能解决问题似的。”

“至于我那个姑妈，”文萱笑得有些诡异，“她忽然变得非常能干，劝了这个劝那个，她说，出了这样的事她也很冒火，可她能怎么办？总不能跟丈夫离婚吧！她跟那禽兽还有两个孩子呢！她代表他丈夫说可以赔偿我们，让我父母开个价。”

夏夏闻所未闻，惊诧地瞪起眼睛：“那你父母……”

文萱缓缓抬眸，微笑望着她：“对，他们开价了，而且双方协商得很顺利，我的父母不仅要到了一笔可观的补偿费，我那能干的姑妈还答应会想办法把我父亲在铸造厂的临时编制转正，这样以后他就能拿跟城市工人一样的退休待遇了。”

“这简直……”夏夏用手捂住嘴，不知道该怎么形容自己的震惊。

“这简直就是最划算的买卖了，对不对？”文萱发出略带神经质的笑声，“反正女儿将来也是要像水一样泼出去的，能在滚蛋以前给家里交换这么好的条件实在是意想不到的惊喜——从那以后，我就不回家了。”

夏夏觉得面颊上凉凉的，用手一摸，居然滚下两行泪来。

“文萱姐，你……是不是很恨你的父母？”

“恨过。”文萱轻轻地笑，“不过那是很久以前，等我自己经历了许多事情之后，我不再恨他们，他们只是被生活折磨得没了尊严的可怜虫，可以被人随意摆布。我最恨的……还是那个禽兽不如的姑父，以及我那位恶心的姑妈。”

她的目光忽然变得虚空，越过夏夏头顶，转向记忆深处，声音也一下子变得很低：“有时候我会觉得后悔……后悔当初，我为什么没把他们……”她没说完，用一声冷哼代替了后面那半句话。

她的目光重又回到夏夏脸上：“夏夏，所以我说我羡慕你。你还有机会找你的幸福，至于我……”

“你也可以的。”尽管自己已经成为她的阶下囚，夏夏却依然忍不住安慰她，“你不是跟叶总结婚了吗？他那么喜欢你，你别跟他怄气，好好地把日子过下去不就……”

“不，我没机会了。”文萱心灰意懒地摇头，“我早就变得不再是从前那个自己了。现在的我，唯一的指望就是小冬，我不希望她变得和我一样。”

她眼眸里浮起痛楚，蓦地低下头。

夏夏已经完全将刚才的恩怨抛诸脑后，急切地宽慰起文萱来，“文萱姐，虽然我不知道你究竟发生了什么事，可为了小冬你都不该放弃。真的，如果，”她的手因为激动而晃来晃去，惹得铁链喧哗个不停，“如果你胁迫我是为了你和小冬的将来，我，我不会埋怨你。”

文萱怔怔地看了她一会儿：“你可真是个好女孩。”

但她很快就发出极冷的笑声：“但是，如果我告诉你，我曾经杀过人，你是不是还愿意帮我呢？”

“这怎么可能呢！”夏夏刚说完，目光便触及文萱阴森冷漠的表情，她心里咯噔了一下，仿佛有股凉飕飕的风从体内对穿而过。她半张着嘴，一下子说不出话来。

她忽然意识到，文萱不是在开玩笑。

夏夏顿觉毛骨悚然。

第十六章 繁花落尽

叶吟风猛然间醒来，左腿酸麻，动弹不得，他四下张望，田宁正歪在沙发里睡得七荤八素。地板上的烟缸里堆满烟蒂，昨晚他们至少抽掉了一包半香烟。

一夜的空调开下来，室内空气早已浑浊不堪。

他关掉嘶嘶作响的冷气，打开门窗，让新鲜空气渗透进来。回身时不小心碰倒一张椅子，把田宁吵醒了。

田宁咳嗽了几声，只觉得嗓子眼快要冒出烟来，从没一下子抽那么多烟。

“几点了？”

“七点半。”叶吟风俯身给腿做按摩。

“李冉那儿还没消息？”

“嗯。”叶吟风看看时间，“邱文萱应该快打电话来了。”

“我来接吧。”田宁对自己此刻在夏夏的生命中扮演旁观者的身份很不舒服。

叶吟风把手机递给他，不忘嘱咐一声：“你不想夏夏有事就别对邱文萱吼。”

“靠！我保证对她说话比对我老妈还温柔，这总可以了吧？”

手机准时响起。

“邱小姐，我是田宁，能不能请夏夏听电话？”田宁果然斯文了很多。

“她还没醒。”文萱说着又补充，“天快亮的时候才刚刚睡着。等她醒了我给你拨过去。”

田宁犹疑：“我得确认她好好的才行。”

“既然这样，我去叫醒她。”

“哎——算了！”田宁沮丧，“让她睡着吧，等她醒了再说。”

话虽这样讲，田宁心里始终不安心，挂了电话转头就问叶吟风：“你说，邱文萱会不会骗我？”

叶吟风瞅他一眼，摇摇头：“你什么时候也变得这么婆婆妈妈了。不放心的话，刚才就该让她把夏夏叫醒。”

“可她不是才睡着嘛！”田宁悻悻，“这一晚上，夏夏不定怎么担惊受怕呢！好容易才睡着……”

叶吟风不理他的唠叨，独自去厨房弄早点，折腾了一夜，总算有了饥饿感。

田宁失魂落魄的症状直到一小时后和夏夏通上电话才治愈。

“夏夏，你没事吧？”

“我还好。”听到田宁的声音，夏夏眼圈又红了起来，可文萱就在跟前盯着她，有些话她也没法说，只能扯些没用的，“你呢，你也还好吧？”

“我挺好的。”田宁心里难受，还得强颜欢笑，“你看你，老是迷迷糊糊的，我以前就担心你被坏人抓走，真是怕什么来什么。”

夏夏嘴巴一瘪，话音里也带了哭腔：“田宁，我，我怕我再也见不着你了！”

“不会不会！”田宁最听不得她的哭声，五脏六腑都快被撕碎，强笑着道，“我刚才跟你开玩笑呢，你很快就会回来的！我还等着你回来，咱俩一起筹备婚礼呢！”

他的劝慰非但没能让夏夏的哭泣平息，她反而哭得更厉害了。

因为直到这一刻，她才发现自己有多爱田宁，以前那些两人互相争斗的日子，如今想来也都成了最甜蜜的回忆。

田宁还在絮絮叨叨地安慰她，但一分钟很快就到了，手机重回文萱手中的同时，线也被掐断。

田宁的甜言蜜语像失去轨道的火车，直愣愣地往悬崖下俯冲，听筒里已经没有声音了，他还呆呆地将手机靠在耳朵边，嘴巴半张着，只是再也说不出一个字。

“你们……打算什么时候结婚？”叶吟风幽然问他。

“计划是九月中旬。”田宁的手颓然垂下来，满心被沮丧湮没。

叶吟风无声地看着他，他明白，苍白的安慰对田宁起不了作用，不如什么都别说。

小屋里，文萱慢条斯理地检查了下手机，随后收起。她对夏夏的泪水已经有免疫力了，不过淡漠地瞥一眼哭得痛不欲生的夏夏，随即反身，正欲翩然出门，夏夏忽然朝她喊了一声："文萱姐……"

文萱顿住脚，回眸用眼神发出疑问。

夏夏单手撑在床上，被铁链缚住的左手手腕已经磨出水泡，她努力控制住抽泣，问出了一个困扰她大半夜的问题："你……你会不会杀了我？"

文萱认真地想了想，视线重回夏夏脸上，她笑得也有些迷茫："我也不知道……到目前为止，应该不会。"

夏夏愣愣地看着她出门，又把门锁牢，绝望汹涌奔来，泪水也再次决堤而出。

下午三点，李冉的电话终于被等来，叶吟风把手机设为免提，以便田宁也能听到谈话内容。

"刚收到的消息，今晚十一点有艘船从培海的多伦港口出发去T国，除了一对母女外，其余偷渡者都是打算去T国打黑工的女孩。"

叶吟风控制住心跳："那对母女是……"

"蛇头说那女的没给真实身份，但付了足够多的钱，而且她还让蛇头通过关系在T国给她和孩子都准备好了新的身份证件，当然也是假的。这个蛇头主要负责三江一带的生意，我根据他的描述猜测这母女俩可能就是你要找的人。"

叶吟风急切地追问："蛇头知道她们现在在哪儿吗？"

"他不知道。原来说好今晚六点所有偷渡者集中坐车从三江出发去培海，但蛇头说那女的很谨慎，她要求自己驾车去多伦港口。蛇头也不确定她现在到底是在三江还是已经到了培海。"

叶吟风与田宁面面相觑，培海紧邻三江，驾车过去行程也就两个小时。

李冉分析道："如果那女人真是邱文萱，从这些迹象上看，她是准备通过偷渡来一个人间蒸发，因为她要提防你中途变卦。等她们到了T国，就是新的身份了，但我估计她们在T国待不长，那里应该只是个跳板，之后她无论想去哪儿，你都追踪不到她的下落了。"

田宁握拳猛击桌面，叶吟风宽慰他："别急，好歹有了条线索！"

李冉又道：“如果你们想找到邱文萱，可以立刻动身去培海，晚上十点应该能在多伦港口堵到她。”

叶吟风思索着道：“问题是我们先要找到夏夏。”

田宁插嘴问李冉：“跟邱文萱一起上船的除了她女儿，还有没有别人？”

“我没听说邱文萱还要带其他人，不过我可以跟对方再确认一遍。”

乘着李冉打电话，田宁点了根烟，并向叶吟风解释：“邱文萱在进T国前肯定不会放夏夏，她得提防我们一见到夏夏就报警，那样她还是跑不了。”

“所以，”叶吟风沉吟着，“你的意思是她会带夏夏一起走以确保成功登船？”

田宁点头：“我觉得是这样，因为我们还需要定时跟夏夏通话，如果她失信，我们还是会报警。”

李冉很快证实夏夏没在偷渡的名单里面，田宁和叶吟风闻听都紧蹙眉头。

叶吟风思索着道：“也有可能，她临走把夏夏藏在什么地方，等到了她认为安全的地方再通知我们。”

“那邱文萱怎么向我们证明夏夏是安全的？”田宁反问，“只要我们无法确定夏夏安全，就随时会报警。”

李冉插话进来：“如果邱文萱现在就在离培海不远的地方，她完全可以在临走前先让你们跟郭小姐通一次电话，然后逃之夭夭，两个小时足够她办妥登船前的所有事了。”

“要不，我们把通话时间缩短至一小时，或者半小时？”田宁焦急起来。

“不行！”叶吟风否定，“那样容易打草惊蛇，邱文萱如果知道我们在查她的行踪肯定会惊慌，那样对夏夏不利。”

李冉表示同意：“所以，我觉得最好的办法还是去港口拦截她，逼她说出郭小姐的下落。”

田宁狠抽了一口烟：“如果她不那么做呢？”

“什么？”叶吟风不解。

“我是说，如果邱文萱在走之前把夏夏……”田宁表情阴郁，“别忘了，她已经干掉过两个了，不在乎再多一个。”

这其实也是叶吟风担忧的地方，但他还是冷静地反问：“她有什么理由这么做？”

田宁瞥他一眼，冷哼：“理由可以有很多。看夏夏不顺眼，妒忌你对夏夏……或者干脆什么理由都不用，她就是想那么干！”

一阵沉默。

田宁越想越害怕，用力掐灭烟蒂：“不行！我绝不能冒这个险！我们不能把宝押在一个神经病身上！”他炯亮的双目盯住叶吟风：“我必须在邱文萱上船之前找到夏夏——活的夏夏！”

叶吟风起身在室内来回踱步，飞快地思索，最后停在田宁面前：“那么，只有一个办法了。”

“什么？”田宁紧盯住他。

叶吟风却没有进一步解释，抓过手机，对还在线上的李冉吩咐：“我需要你再帮我一个忙：让蛇头通知邱文萱，今晚不能渡海，我们需要拖住她，为找到夏夏赢得更多时间。”

“这个……”

叶吟风不管李冉为难，迅速说下去：“你不是说邱文萱的车很可能是从黑市上买的么？只要查到车牌号，再找交警队查看监控录像定位车子行踪，总能找出她的下落。当然，我们还会想别的办法，看能不能更快一点。”

“查号牌还好说。”李冉总算有了说话的机会，“但是让蛇头假报消息恐怕做不到。邱文萱是他的客户，而且花了大价钱，他怎么可能……”

“没有钱办不到的事。”叶吟风打断他道，“否则，你刚才的消息又是从哪里弄来的。”

“……好吧，我去试试。”

临近傍晚，天色忽然阴沉下来，云层堆积，空气愈显闷热，让人的心情也跟着烦躁不堪。

夏夏灰头土脸地缩在床上，那条半旧的席子早已变得黏湿肮脏，床底下，面包屑洒得到处都是，惹来成群蚂蚁。她已经观察了它们半天，蚂蚁们忙碌欢快地搬运粮食的情形，让她暂时忘记了自身处境的困窘。

肚子里隔一阵就咕噜咕噜响一回，但夏夏估计离晚饭供应至少还得有一个小时，她也懒得主动向文萱讨食物。文萱的脾气时好时坏，夏夏有时口渴唤她，她只当没听见。

忽然，院子里传来跑步声和小孩哭泣的声音，紧接着，夏夏听到文萱的叫声：“小冬别乱跑！赶紧回来！”

夏夏像只山猫一样迅速直起腰，凝神细听。

“妈妈我不想吃饼干了，饼干难吃死了。”这是小冬呜呜的哭诉声。

夏夏身子又缩回去，原来只是母女俩为食物而起的一点争执。

院子里，文萱抱起女儿耐心地哄：“小冬乖，等过了今晚，妈妈保证带你去吃面条好不好？”

瓜屋里没有冰箱，文萱带来的面包全馊了，午饭只能用饼干将就，看着女儿可怜兮兮的小脸，文萱也很难受，好在这样的煎熬即将到头了。

夏夏虽然缩着脖子，文萱那句哄小冬的话还是听得一清二楚，不觉心神一动，这么说，她的囚禁生涯今晚就会结束，她很快就能回家了？

她振奋起来，终于有了个看得见的盼头。

门锁响动，文萱铁板着脸走进来，把一瓶水放到床上，低首看见成群的蚂蚁，一阵恶心，脚来回划拉了几下，许多蚂蚁立刻葬身鞋底。

夏夏露出惋惜的神色，文萱见了，忍不住冷笑：“你倒是好兴致，在这种地方还有心情玩蚂蚁。”

夏夏没敢搭讪，她饿得实在不行了，见文萱只拿进来一瓶水，有点失望，舔舔嘴唇问：“文萱姐，我能不能要点儿吃的？”

“没吃的了，除了馊掉的面包。”

夏夏鼓起勇气：“那你……什么时候能放了我呀？”

文萱用警觉且异样的眼神盯着她，看得她心里直犯怵。

“什么时候放你……我还没想好。”

文萱的笑容妖媚诡谲，夏夏的心顿时凉了一半：“可你刚才不是……”话说到一半又赶忙收住，偷听来的消息最好不要轻易出口，否则文萱以后肯定会对自己防范得更紧。

“刚才什么？”

“没什么。”

文萱狐疑地盯着她，这时，她用于跟蛇头联络的那只手机忽然响起来，她立刻匆匆走出夏夏的房间。

夏夏双臂抱膝，苦苦思索有什么是自己可以做的，正万般无奈之际，门吱呀一声又开了，她悚然仰头，看见小冬站在门口，眼里闪着好奇的光芒。

“小冬！”夏夏惊喜地低呼，这是她到了这破地方以后第一次和小冬见上面，此前文萱一直有意隔离她们。

小冬回头望一眼母亲——文萱正在院子角落里背对屋子讲电话——她放心地从门缝里钻了进来，一直走到夏夏跟前。

“小冬。”夏夏心酸地看着自己的昔日小友。

“夏夏阿姨，你怎么了？”小冬对她的样子迷惑不解。

“你妈妈……把我锁起来了。”夏夏苦着脸指指自己左手上的铁链。

小冬看看她被锁住的手，抿紧嘴巴不说话，神色却变得严肃了。

夏夏朝虚掩的门口飞速扫了一眼，文萱还在打电话，她的心跳骤然加快，这或许是个机会。

“小冬，”夏夏压低声音，“你能帮阿姨一个忙吗？阿姨的手很痛，锁住阿姨的是这个铁铐，钥匙在你妈妈的拎包里，是一串银白色的。”

文萱某次翻包找手机时钥匙曾经掉出来过，被夏夏留意到，钥匙的尺寸大小和锁扣很吻合。

夏夏小心翼翼地请求：“你能不能帮阿姨把钥匙拿来？不过不能让你妈妈知道，否则她会惩罚阿姨的。”

“她为什么要惩罚你？”

夏夏苦笑：“阿姨也不知道。小冬，阿姨向你保证，阿姨是你的好朋友，你能帮好朋友一个忙吗？”

小冬不说话，只是继续用困惑的眼神盯着她。

夏夏唯恐自己说得不太清楚，又强调了一遍钥匙的形状和颜色，小冬静静地听着，眼睛一眨不眨，但听完了既不表态也不说话。

夏夏忽然气馁：“算了吧，你大概听不懂我在说什么。”她叹息一声，放弃，“小冬，你饿不饿？我都快饿死了。”

门呼拉一声被推开，文萱一阵风似的卷进来：“小冬！你进来干什么？！”她一面厉声喝斥，一面已经把小冬抢抱了过去。

夏夏不觉苦笑：“文萱姐，我不会伤害小冬的。”

文萱抱紧小冬，阴着脸冷冷道：“人心隔肚皮，我不能不防着。”她扭头问女儿：“阿姨刚才跟你说什么了？”

夏夏的脸一下子煞白，心都差点从嗓子眼里跳出来，目光牢牢盯住小冬。

小冬一脸茫然的表情，看看夏夏，又回看母亲：“阿姨说她饿。”

夏夏松了口气，对小冬简直感激涕零。

文萱厌烦地扫了夏夏一眼，不再说什么，抱着女儿出去，重新把门锁上，屋内又是死一般的寂静。

文萱的心情糟糕透了。

负责帮她偷渡的蛇头刚刚打来电话告诉她，出海时间要延后一天。她怀疑其中有什么变故，但不管怎么旁敲侧击，那狡猾的胖子就是一口咬死T国海关方面今晚要大整治，他们不敢冒险强渡。

“那明天晚上肯定能走？”

“哎呀汪小姐，干我们这一行的今天不知明日事，哪能给你打包票，只能走一步看一步啦！”

“你可是拿了我钱的。还有另一半……”

“我明白我明白，谁能跟钱过不去呢，我还希望你们现在一个个都已经到T国了呢！可是不行啊！做生意安全是头等重要的事情嘛……”

文萱不想再跟他扯下去：“那就说好了，明天晚上，明天晚上我必须走！”

“我尽量安排。汪小姐如果有什么需要尽管跟我说啦！”

“我只想尽快离开这里，我不想再等了！”

蛇头再三向她保证会全力帮她，但文萱的心情并未因此好起来。

天渐渐黑下来，文萱回到屋里，拆开一袋饼干要喂给小冬，女儿却对饼干产生了抗拒，脑袋一转，拒吃。

文萱也不勉强，转而把饼干塞进自己嘴里，干巴巴的滋味让她也难以下咽。她迅速作了个决定——带小冬出去吃饭，她也乘便散散心，继续在这破地方待下去，别说小冬，她自己也快疯掉了。

“小冬，妈妈现在就带你去吃面，好不好？”

小冬脸上总算有了笑意。

窗外响起轰隆隆的雷声，看样子有场暴雨正蓄势待发。文萱觉得雨是最好的掩盖，下得越大越好，雨雾滂沱才会没人注意到她们。

她收拾了东西准备要走，目光扫到那袋饼干，想起囚禁在隔壁的夏夏，心肠还是不自觉地软了软，撂下包，抓起饼干去找夏夏。

“这个给你吃吧。”文萱把饼干撂在床上。

夏夏立刻扑上去拿：“谢谢文萱姐！”

文萱不睬她，兀自取出手机打给叶吟风：“通话时间到了。”

叶吟风扫一眼表：“你早了十分钟。”

“早一点不好？”文萱说毕，不再跟他啰唆，把手机贴到夏夏耳朵边，但两人才说了几句，手机就被文萱抽走。

叶吟风听到文萱的声音再度在耳边响起：“你可以放心了，她还活着！”

等田宁从客厅冲进书房时，文萱已经收线，他气得砸桌子：“这娘儿们太不是东西了！”

叶吟风只能安慰他：“夏夏还好好的。”顿一顿，又说，“听邱文萱的口气很不耐烦，我估计她已经接到蛇头的电话了，今晚她走不了。”

田宁忍着气问：“她的车牌照有眉目了吗？”

叶吟风在一堆信息中作着筛查：“再给我半小时。”

田宁看看表：“能不能再快一点儿？交警大队那边我可是人都找好了，就等你这头的结果了。”

叶吟风把一张小字条交给他：“你如果实在着急，先去查查这几辆号牌车的行踪，不过别抱太大希望。”

田宁猛拍他肩：“早说嘛！”

文萱收线后，不想跟夏夏多聊，转身欲走，却见小冬悄没声地站在门内，她立刻蹙眉：“你怎么又进来了？”

小冬不理母亲，眼神直勾勾盯着夏夏，直到文萱过去搀了她的手出去，她还不忘扭过头来朝夏夏望上两眼。

夏夏眼巴巴看着她们母女离去，不久，她忽然听到车子发动并远离院子的声音，联想到文萱早些时候对小冬说的话，她意识到文萱可能是带着小冬永远离开这里了。

她几乎是立刻从床上跃下，朝窗户的方向骇然大喊：“文萱姐！别丢下我，文萱姐——”

没人理她，车子很快开出院门，大门也随即被关上。

夏夏呆呆地站在地上，身心被巨大的恐慌包裹住。

文萱把她留在这荒无人烟的瓜棚里，难道是要活活饿死自己？

夏夏瞅了瞅那一小包饼干和还剩半瓶的矿泉水，即使自己能靠这点东西撑上几天又能怎样，之后呢？

天依然闷热得不可理喻，夏夏的体内却溢满无边的荒凉，她仿佛看到自己的人生即将画上句号，一时伤心欲绝，眼眶再次被泪水湮没。

但她并未浪费太多时间来提早为自己哀悼，求生的本能很快就占了上风。

换个角度看，眼下似乎还不是最坏的时刻。

至少文萱没有在走之前把她给杀了，而她目前虽然忍饥挨饿，体力却依然称得上充沛——尤其是跟即将到来的往后的日子比较。

她得赶快离开这里，越快越好！

这个想法一旦在脑海里成形就变得十分紧迫，不仅因为食物的匮乏，还在于夏夏对文萱的惧怕，一想到她那张阴郁发青的脸，夏夏真担心她半道变卦又赶回来杀了自己。

她用力晃动铁链，但除了发出稀里哗啦的响声外，没有丝毫摆脱的可能。

目光在室内四处搜索，想要找件可以砸碎铁链的工具，但文萱把她活动范围内所有不需要的物品都挪干净了。此外，房间四壁也没多余的东西，光秃秃的一览无遗。

求生的急切愿望很快就被无望的现实打倒。

不行！她不能这么快就放弃希望。

夏夏重新振作精神，一边给自己打气，一边坐在床沿上想办法。

房间里只有一门一窗，采光不够，头顶的灯泡日夜亮着，发出陈旧昏暗的光芒。

窗外，暴雨终于倾泻下来，伴随着闪电和雷鸣，而夏夏根本没时间害怕，她抹了抹脑门上的汗，继续殚精竭虑地思考自己的出路。

到底要怎么做，才能逃离这该死的地方？

当她的视线再次扫过前方地面时，视野里忽然有一道金属的亮光一闪而过。

她把目光转回去重新搜索，终于看清楚，在靠近门边的泥地上有个钥匙圈，上面稀稀落落大约挂着两三枚崭新的钥匙，正是夏夏梦寐以求的开锁链的钥匙。

她惊喜万分，想到小冬刚才那深深的眼神，泪水差点夺眶而出，这孩子其实什么都懂。

她激动地走过去想把钥匙捡起来，可没走几步身子就被铁链拽住，还是老问题，她的活动范围实在有限，根本够不着门边。

她不死心，在地上仰面躺平，并尽力用脚尖去钩钥匙，可还是差着十来公分的距离，这下可把夏夏急坏了，第一次恨爹娘把自己的腿生得这么短。

正无可奈何之际，夏夏忽然瞄到困住自己的那张床。

如果能从床上拆点什么下来帮忙的话……

她手脚并用地爬起来，呼拉一下把床上的席子掀开，床架果然是由条状木板拼凑而成的，这个发现让她精神大振。

她逐一撼动每根板条，终于在床尾处拽下来一根钉得比较马虎的。

接下来的一段时间里，她在肮脏的地上摆出各种姿势，像条蛇一样扭来扭去，经过无数次实践后，总算把钥匙成功地钩到身边。

她来不及高兴，慌忙取钥匙开锁，没想到头两个试下来都不行。

莫非是她搞错了？这串钥匙并非是开锁链的？

说不定文萱就没打算放自己，锁链的钥匙早就被她扔了！

夏夏心惊胆战之余，拼命安慰自己，把最后一枚钥匙捂在掌心，默默祈祷后才哆哆嗦嗦把它插进锁孔，如果这枚钥匙也没法救她，她估计自己会彻底崩溃。

随着轻微的一声“咔嗒”，锁扣松动了，夏夏手一掰，那个套在她手腕上长达三十个小时的束缚终于被摆脱。

左手手腕又青又肿，夏夏小心地转动了两下手腕，只觉得木。但她不敢把时间浪费在按摩手腕这种小事上，一个箭步冲到门口转动把手，使劲拉门——门没开，文萱把她反锁在里面了。

夏夏用手晃，又拿脚踢，但力量都不足以撞破那扇看起来并不牢固的木门。

不得已，她放弃了走门的想法，转而打起窗的主意。

窗户是老式的玻璃木窗，加了几根铁条做防护，铁条经过风吹雨淋，早已锈迹斑斑，但尽管制作粗糙，夏夏不论怎么用力掰，铁条也是纹丝不动。

只能试试砸的效果了。

夏夏倒提起房间里唯一一张小桌的两脚，铆足了劲把小桌往窗户上砸去，心里默念着：“我不想死在这里，我不想死在这里……”

不知砸了多少下，夏夏累得精疲力尽瘫倒在地上，仰头看，玻璃早已粉碎，几根铁条也狼狈地向外弯曲。

她打起精神重又爬起来，手抓住弯曲的铁条来回旋转，不多会儿，两根铁条就没什么脾气地被卸了下来。

夏夏打量被砸豁出来的窟窿，预计应该能容得下自己瘦削的身子，她摘掉木框里残余的玻璃碎片，脚用力抬起，钩住窗台，以最笨拙的姿势通过窗户钻了出去。

屋外没有任何东西可以缓冲，夏夏刚从窗户里钻出去就一屁股跌坐在地上，好在窗户不高，除了屁股和腿比较疼之外，没伤到筋骨。

不过衣服和裸露的胳膊还是被窗框上残存的玻璃碎屑刮到，衣服破了好几处，几条血印子凄惨地挂在白皙的肌肤上。

夏夏的精神却陡然间好了很多，她已经成功跨越第二道障碍，院门近在咫尺，走出去，她将重获自由。

大雨渐缓，雷电也开始收势，凉凉的雨水打在身上让夏夏觉得畅快，尽管浑身血淋淋的，她的嘴角却不觉带了一丝喜悦的笑，朝着最后一道束缚走过去。

幸运的是，文萱走时没有反锁院门，夏夏一转那把老式锁的机关，门就被打开了，她怀着喜悦跨出去，很快就吃了一惊。

迷蒙的雨雾下，展现在她眼前的是黑茫茫一片的田地，分不清东南西北。

她在原地迷惘了几秒，最终决定，不管方向对错，首先是要逃离这里。她选定了一个方向，冒雨跑了过去……

琪华镇的一家面馆里，文萱看着女儿美美地喝下最后一口面汤，不觉微笑起来。连日来，她的神经也紧绷到了极致，简直随时都有断裂的可能。带女儿出来散心确实是个不错的主意，不仅小冬吃得开心，她紧张的精神状态也得到些许缓解。

尽管如此，文萱还是意识到不能在外久待，意外总是发生在疏于防范的时刻。

即将结账之际，小冬看见邻座有人吃生煎包子，忍不住又犯了馋劲儿，文萱便也点了两客，准备打包回去留着给她当夜宵。

面馆老板娘是个中年女子，脸上常带笑容，衣着也给人清爽整洁的印象。她把打包好的生煎拿过来，并向文萱称赞小冬乖巧可爱。

“小妹妹，你多大啦？是不是上幼儿园了？”

小冬眨巴着眼睛不说话，文萱含笑替她回答了，并给钱结账。等零钱的空当，文萱把手伸进拎包里拿车钥匙。

老板娘似乎零钱找不开，在收银台那里跟人嘀嘀咕咕的，文萱忽然感觉哪里不对劲，手在拎包里摸索了一会儿，顿住，紧接着又是一阵神经质的划拉，心蓦地一沉。

她索性把包里的东西都翻了出来：钱包、手机、纸巾、化妆镜、唇膏都在，独独不见了那串铁链锁扣上的钥匙。

也许落在车上了，或是在瓜屋她跟小冬的房间里。文萱一边安慰自己，一边把东西重新放回包里。

对面的小冬忽然开口："妈妈，你是不是在找钥匙？"

文萱心里咯噔了一下："嗯，是一串银白色的小钥匙，一共三枚，小冬你见过没有？"

小冬端详着母亲焦虑的神色，迟疑地点了点头。

文萱一阵没来由的紧张："在哪儿见过的？"

"我把它给夏夏阿姨了。"

"什么？！"文萱只觉得一阵头晕目眩，连嗓音都颤了，"你再说一遍。"

小冬觉察到母亲的异样，不免有几分忐忑，但她还是重复刚才的意思道："夏夏阿姨被锁着很难受……我把钥匙留给她了。"

文萱急怒攻心，一掌挥过去，随着"啪"的一声响，小冬脸上留下五个清晰的手指印。

小冬愣了两三秒后，"哇——"地就哭开了。

老板娘慌慌张张跑过来，手上抓着一把零钞："小妹妹怎么了？"

文萱没理她，拎起女儿就往外狂奔。

"哎，你们的生煎包，还有找零……"老板娘追到门口，文萱已经开着车跑远了。

文萱面色铁青，猛踩油门，车子一路狂飙出去。

夜晚的镇子被雨水冲刷着，路上没多少行人，她畅通无阻地驶过一个又一个路口，而后拐上那条通往瓜屋的国道。

小冬坐在副驾上，刚开始哭得伤心，后来见母亲没有丝毫安慰自己的意思，痛哭就改成了时断时续的抽泣，再后来，连啜泣都变得微不可闻。

这是她第一次挨母亲的巴掌，幼小的心灵实在猜不透大人的心思，只好忍下所有委屈，什么也不关心，包括眼前变得让她陌生的亲人。

到了瓜屋，一看到那敞开的院门，文萱便知大势已去，她踩住刹车，在座椅上足足愣了七八秒，终究不甘心，又跳下车冲进去想看个究竟。

囚禁夏夏的房间门关着，但窗户已被砸得稀烂，透过窗户可以看到屋内的灯还亮着，里面当然一个人都没有。

文萱气愤地狠踢了一下门，又将绊在脚边的一把竹椅踢出去老远。然而，这样的发泄于事无补。

她忽然意识到自己正在浪费时间。

如果夏夏逃出去后报了警，那么不久之后，这里会被警车彻底包围。

文萱打了个冷战，再也顾不上泄愤，匆忙跑出来，锁好院门，重新跳上车，引擎一直发动着，她倒车、转向，朝着来路仓皇奔去。

她计算自己离开瓜屋的时间，懊恼在外逗留的时间太久。两个小时，足够夏夏想尽各种办法离开这个偏僻的藏身之所，运气好的话，她还能拦到一辆过路车把她送回市区。

夏夏会往哪个方向走？她现在到了哪儿？

文萱逐渐冷静下来，瓜屋四周的地理位置像地图一样在脑海中清晰地浮现。瓜田本身面积不小，周边还有不少蔬菜田和庄稼地。黑灯瞎火再加上雨天，在里面很容易抓瞎。

说不定夏夏那丫头现在还在田地里摸索，如果两个小时没转出去，人很可能崩溃。

不过，如果她一上来就朝北走，并且不随意换方向，就能直接走出瓜田来到国道附近。

想到这里，文萱的目光不禁转向车外，朝路两旁的田地里张望，期待有个狼狈的身影会突然跳出来拦车，那样她就不必再大费周章地想法子对付后面的麻烦。

她一边胡思乱想，一边驱车飞速往前赶。

晚八点，田宁兴冲冲地奔进书房，手上持一页密密麻麻的记录。

“你看看这个！”他兴奋地指点给叶吟风看。

叶吟风接过来细瞧，是一辆车牌号为SJXX3的车子行驶记录。

“这辆车昨天上午九点在人民医院门口出现过，之后就一直往南开，走了一段国道后转去小路，最后一次出现在监控录像中时是在三江南郊。我让朋友放大了画面，可以看出来司机是个女的。”

田宁一边解释一边用右手猛击桌子：“一定是邱文萱，错不了！”

叶吟风沉吟着道：“三江南郊临近培海，看样子，她的确是奔着培海去的，但不知道她会躲在哪儿。”

田宁道：“倒是可以想办法再去调看一下培海的监控，但这事恐怕就瞒不住了。”

到底该不该报警，两人为此都很矛盾。

叶吟风思索了片刻，道：“范围越缩越小了，我觉得这时候报警也不是不可以，至少可以多一些人帮着找，就怕……邱文萱到时候拿夏夏做人质威胁我们。”

田宁握紧拳头使劲咬了会儿下唇，手在桌上敲敲：“还是报吧，光靠我们俩很难再往前推进，当务之急，还是得赶紧把夏夏找到！老这么跟邱文萱捉迷藏对我们很不利。”

主意已定，两人火速出门，叶吟风开车，田宁负责跟警方沟通。

雨在三江下得淅淅沥沥，没个痛快。

叶吟风打开雨刮器，雨水和着浓重的夜色一次次扑过来，似乎想要湮没整个世界。

田宁转头望向窗外，雨水也把街灯的光芒放大变形，让所有画面都蒙上了一层忧郁的色彩。

“不知道夏夏现在怎么样了。”他喃喃低语。

叶吟风沉默地开着车，很多话都无从说起。

车行至郊外，城市夜色转换成地广人稀的景象。

叶吟风在一条岔道前停下：“好像走错了。”

田宁落下车窗向外张望，不远处有条高架桥与他们并行，延伸进看不到尽头的某处，而他们走的这条路，路灯逐渐绝迹，越往前越黑，分辨不出前面是什么地方。

叶吟风皱眉查着GPS：“刚才不该下立交。下面这条估计是死路。”

田宁是急脾气，一听这话就不耐烦：“那还啰唆什么，赶紧倒回去啊！”

叶吟风不理他，重新设好目标，启动车子向后慢慢倒车，田宁正想问他打算往哪儿开时，兜里的手机响了。

这会儿无论是谁的手机响，都无异于战斗的号角，两人已是草木皆兵。

田宁飞快地掏出手机来察看，号码是一串莫名其妙的数字。

他和叶吟风对视一眼，叶吟风示意他先接了再说。

田宁按下接听键，小心地把话机放到耳朵边："哪位？"

听筒里赫然传来夏夏破碎的嗓音："是我，田宁！我是夏夏！"

田宁一怔，随即狂喜："夏夏！你，你在哪儿？"

叶吟风一听是夏夏，猛然刹车，田宁没留神，脑门撞在前玻璃上，但他完全没有感觉，对着手机大喊："你别急，慢慢说……好！我知道！你别乱走，我们马上过去！"

通话结束，没等叶吟风问，田宁就大呼小叫地指挥他："赶紧去琪华镇！夏夏逃出来了！现在就在那儿等我们！"

叶吟风来不及高兴，猛踩油门，车子一溜烟沿原路驶了回去。

琪华镇离他们现在的位置不远，加足马力往那儿赶要不了二十分钟就能抵达。

夏夏逃过大片的瓜田后，总算来到一条开阔的路上，她等了十来分钟，拦到一辆过路货车，车子是往U市送货去的，途中会经过琪华镇，司机见夏夏可怜，便答应顺路捎她一段。

路上，司机问她怎么搞得这么狼狈，夏夏顺口撒了个谎，对方大概不想惹事，也没再多问，到了琪华镇的镇中心就让她下车了。夏夏对司机千恩万谢。

站在琪华镇街心，夏夏搜遍浑身上下，只在西装短裤中摸出两枚硬币，她四处找公用电话，终于在银行旁寻到一个，试了试居然还能用，立刻火速给田宁打了电话。

之后，她就一直守在那家银行的ATM机的檐下，一边避雨一边等着。

田宁和叶吟风很快就到了琪华镇，正在寻找夏夏说的那家银行时，雨忽然又大了起来。田宁不顾被淋湿，嘱咐叶吟风放缓车速，他落下车窗，把脑袋探出去，在雨中仔细搜寻夏夏的身影。

银行终于出现在他的视野里，白色灯光的照耀下，很容易看到墙角下缩着的那个熟悉的影子。

田宁等不及喊车子停下就猛然推开车门扑了下去，叶吟风慌忙一脚踩下刹车，幸亏他的车速一直控制得很慢。回眸看时，田宁已经冲入雨中。

"夏夏！夏夏！"田宁边跑边大声叫唤。

听到喊声，夏夏也抬起头来，机警地眯眼望过去，当她认出奔向自己的那个身影是田宁时，一股从未有过的振奋流遍全身。

她爬起来，朝着田宁也冲了过去，两个湿漉漉的身影很快就紧紧拥抱在一起。

“夏夏！”田宁激动得死死搂住她，仿佛找回了一件失而复得的宝贝。

夏夏再次哽咽：“田宁……我以为再也见不到你了！”

叶吟风在车内望着这一幕，一时百感交集。片刻后，他取了把雨伞下车，撑开了走过去，遮挡在这对恋人的头顶上方：“雨又大了，上车再说吧。”

听到叶吟风的声音，两人才恋恋不舍地分开。夏夏的目光转向叶吟风：“谢谢你，叶总！”

叶吟风避开她感激的目光，笑了笑道：“你能平安就好。”

仍然是叶吟风开车，田宁扶夏夏上车，两人并排坐在后面。

田宁在车上给警方打了电话，交谈了没几句就转头问夏夏：“你还记得那间屋子在哪儿吗？他们现在要派车过去。”

虽然具体方位说不清楚，但瓜屋四周的环境夏夏逃出来时记了个大概，还有她在公路旁搭车时曾经留意过车窗外的景物，她把这些都告诉了警方，又补充说：“邱文萱很可能已经带着女儿离开那里了。”

警方还是决定先去现场看一看。

通完电话，田宁才注意到夏夏浑身上下交织着雨水和血迹，又心疼又愤怒：“邱文萱对你动手了？”

夏夏摇头，把自己在瓜屋的遭遇简单复述了一遍，毕竟余悸犹存，话说得断断续续的。田宁听得难受，再次把她搂进怀里紧紧抱着。

叶吟风把车开到三江市区，找了个地方停下，转头对田宁说：“你先送夏夏回去吧，这里到处都可以打到出租。”

田宁讶异：“那你呢？”

“我也想去现场看看。”叶吟风的声音变得低沉，“蛇头已经通知邱文萱船要延迟到明天才能走，所以，我觉得她未必就是带小冬离开那间院子了……也许，她还会回去。”

田宁和夏夏面面相觑。

“甭管她回不回去，都交给警察去处理，你还去干吗呢！”田宁粗声嚷道，“万一碰到她疯疯癫癫的，你怎么办？是杀了她还是被她再弄成一人质rth攥在手里啊？”

叶吟风笑笑：“我没那么蠢，我会跟警察一起进去。”

“嗨！你这人真是！”田宁不耐地挥挥手，“随你吧——夏夏，咱们下车！”

两人下了车，叶吟风又从窗户里递出一把伞：“伞给你们！”

夏夏转身及时接了，又说了声“谢谢”。

叶吟风感到一阵惭愧，隔着车窗对夏夏低语：“对不起，夏夏！”

夏夏被他这一声诚挚的道歉搞得有些局促：“没什么，叶总！这也不是你的错。”

叶吟风的目光深深注视着她，里面有令夏夏迷惘的东西。她还没来得及细想，田宁已经揽过她的肩，把身子横插到两人中间，彻底挡住叶吟风的视线。

“喂，叶吟风！”他故意搡了叶吟风的肩膀一把，“你去归去，一定要注意安全！”

叶吟风盯着他紧张的神色，嘴角一勾笑起来，一边发动车子一边道：“你少替我操心，照顾好夏夏！”

田宁和夏夏站在原地目送叶吟风的车子离去。

夏夏还心存疑惑：“田宁，你说叶总怎么了？刚才他那个表情看上去怪怪的，好像很忧伤。”

“什么怎么了？”田宁朝天翻了个白眼，“自己老婆闯了大祸，他还能高兴得起来？走吧，我赶紧送你回去！对了，你这伤口，要不要先去医院做个全身检查？”

“不用，我自己处理下就可以了，都是皮外伤。”夏夏这才感到累极了，“我现在真想好好洗个澡，美美吃上一顿饱餐，然后倒头睡它三天三夜！”

田宁心疼地亲亲她额角：“你的愿望真渺小。”

“渺小吗？我怎么一点都不觉得？”夏夏靠在他怀里感慨，“田宁，你知道吗？只有当你的自由被剥夺了，你才会发现平时哪怕最无聊的时光都是美好的。我真庆幸，自己还能活着回来。”

田宁听得心酸，紧紧搂住她：“夏夏，我向你保证，以后绝不会让你再陷入这样的麻烦。”

邱文萱的车子直到驶出国道，再次经过琪华镇，也没见到夏夏的踪影。

这是意料中的事，她压下沮丧的同时，也放弃了对夏夏的追踪，转而思索自己的逃亡之路。

令她稍觉安心的是夏夏并不知道她的逃亡计划，那么即使她求助警方，除了去看一眼那个狼藉一片的空屋子，他们什么也得不到。

她去T国的计划仍可以实施，尽管比原定日期延后了一天。到目前为止，她和小冬还是安全的。

她从夏夏逃跑的打击中恢复过来一些，轻轻吁一口气，转眸向女儿望了一眼。

小冬身板挺得直直的，嘴巴紧抿，两眼笔直地盯向前方，眼睛里居然有悲天悯人的味道。

文萱感到一阵歉然："对不起小冬，妈妈刚才不该打你。"

小冬没有哭，也没有说话，只是轻轻摇了摇头。

文萱伸手过去，用力捏了捏女儿的手背算作安慰。

约莫开了一个多小时，文萱注意到马路右侧不知何时出现了一条河流，车子则在绿化带这一边平稳行驶。

小冬忽然开口说："妈妈，我要小便。"

文萱只得减缓车速，靠边停下。

她给小冬松了安全带，又替她把门推开："你赶紧下去撒，撒好就立刻回来，知道吗？"

"知道了，妈妈。"

小冬灵巧地爬下座位，在路边一棵树旁蹲下来撒尿。文萱头靠在椅背上稍事休息。

这里靠近三江和培海的交界处，再开十几分钟，她们就将进入培海的地界。文萱打算找个僻静的地方住一晚，过了今晚，她就能带小冬远走高飞了。

小冬很快又爬回座位。文萱没有立刻开车，她给姓张的蛇头又打了个电话，确认明晚的行程是否妥当。

得到的回答却让她大为恼火。

"汪小姐，我不是跟你说过了嘛！船什么时候开现在还不好说，要看环境是不是好走才能决定嘛！你急什么呢！船总是要开的，大概就在这几天。有消息我会及时通知你的！”

“老张，之前我问你的时候你可是跟我把话都说死了，不然我不会连价都不还就付钱给你，今晚没法走我忍了，但如果明天你还不让我走的话，我……”

“哎呀，汪小姐你看你！船开不了我也很急，可这种生意本身就有不可抗的风险，事先我也都跟你们说过的！那边通知我船不好走，我也不好拿枪去逼人家，大家都是为了生意嘛。再说我还有一半钱没收，事情办不好我有什么好处？”

文萱深知口舌之争解决不了问题，忍气道：“这样老张，如果是钱的问题，你现在可以直接告诉我，还需要我出多少？”

“这个……”

“我说过了，我必须得走，而且要尽快！不管你用什么方法，只要能让我尽早离开，你说什么价就是什么价！我把我有的都给你！”文萱发了狠。

老张支支吾吾起来，显然动了心，又不知为了什么在纠结。

文萱也不敢逼他太急，毕竟他现在是自己唯一的救命稻草，如果连这根稻草都丢了，她真不知道自己该怎么办。

“老张，拜托你了，替我好好想想办法，等弄妥了给我打电话。”文萱尽量让自己的声音变得妩媚，“到时我不会亏待你的。”

挂电话之前，她似乎听到老张吞咽口水的声音。

男人都一个德行！

她这样想着，眼神一下子变得冷漠无比。

继续沿着河边走，七八分钟后，文萱的手机响起，她急忙停车，抓起手机来看，果然是老张来电，暗喜刚才的诱惑奏效。

老张口吻急促：“汪小姐，我刚才和上线又通了下气，他答应今晚开船！不过钱要加倍！”

事到如今，文萱已经顾不上还价，一口答应：“钱不是问题！”

“那好，你现在赶紧去多伦码头，我在那儿等你！”

文萱大喜过望：“我就在去培海的路上，半小时内准到！”

车子在马路上飞速行进，很快就进入培海。又过了二十来分钟，灯火通明的多伦码头已经遥遥在望。

文萱的心飞扬起来，所有的痛苦和烦恼都被抛诸脑后，她和她的小冬，正在飞快驶入她们的新生活。

她扭头看小冬，脸上逐渐有了笑意："小冬，我们马上要自由了。"

小冬不懂母亲的心情，但看到她朝自己笑，便也向母亲回以甜甜的一笑，母女俩之前的恩怨也在这相互一笑中消散殆尽。

而对文萱来说，小冬此时的笑容，只有最纯洁善良的天使才能拥有，让她此生难忘。

车子在风雨街第二个十字路口右转，随后拐入一条上坡道，按照事前的打探，文萱知道这是一条通往多伦码头的偏僻小道。

老张跟她约好在这条路的尽头见面。

上坡道行驶了一段后很快便是下坡，路灯变得稀疏，直至彻底消失，路面年久失修，坑坑洼洼，文萱不得不打开大灯，小心行驶。

老张再次来电，文萱赶紧放慢车速，腾出手来接听："老张，我马上就要到了，你人在那儿吗？"

"汪小姐。"老张的语气忽然变得深沉，"我考虑过了，你人不错，我……不该骗你。"

"你什么意思？"文萱皱眉，此刻的她已如惊弓之鸟，任何一点变故都可能导致她崩溃。

"实话跟你说，船本来就是今天开，但有人要我给你放假消息把你拖住，所以……"

文萱猛地踩下刹车，一颗心跳到了嗓子眼口。

老张继续道："刚才也是有人要我答应你今晚走，目的就是把你引过来……我不在多伦码头，今晚船是不可能开了，因为……码头那边全是警察。"

老张还在说话，但文萱已经听不见了。

她闭起眼睛，当所有希望都落空，她感到的不是愤怒或者惶恐，居然是彻底的放松。

或许，她终于可以解脱了。

然而，死到临头，她还是忍不住要探究真相，尽管这不是个难猜的答案。

老张还在说着什么，文萱打断他："是谁让你这么干的？"

"这个……我真的不清楚，对方也是找了中间人跟我们讲话，大家说定不妨碍到各自生意才……汪小姐，我看你还是先想办法躲一躲，等过了这阵风头再说吧，如果到时你还想出境，你还可以来找我，我不加你钱……"

文萱笑了笑，想不到贪婪如狼的蛇头也有仁慈的时刻。

“谢谢，我想我已经用不上了。”

不等老张再说话，文萱已经收线。她把目光尽量放远，在一片茫茫的黑暗之中，她依稀感觉到确有人影蛰伏其间。

身旁的小冬也觉察到不同寻常的气息，不安地轻唤：“妈妈……”

文萱扭过头去，深情凝视女儿，眸中有歉然和不舍，更多的是无法尽责的酸楚：“小冬，等你长大了，会不会有一天……恨妈妈？”

小冬奋力摇头。

文萱嫣然一笑，松开保险带，推门下车，很快绕过车头转至小冬那一面的门边。她拉开门，把小冬抱下车。

“妈妈……”小冬又是一声忐忑的呼唤，双手牢牢钩紧母亲的脖子不肯松开。

文萱忍着泪，用力回抱女儿，在微弱的光线中摸索着走到路旁的一小片白桦林，这才把小冬放了下来。

“小冬，对不起，妈妈累了，不能再跟你一起走下去了。”眼泪如断线的珠子，无声坠落，“妈妈只能陪你到这儿了。小冬要乖，不管发生了什么，站在这儿不要动……会有人来带你离开的。”

“妈妈，别走，别离开小冬！”小冬眼泪汪汪地向她伸着手。

文萱心碎欲裂，可她无法忍受接下来那一长串孤独冰冷的岁月，不想在希望和失望的交叠中走完她应该承担的时光。

如果她们母女注定要分离，不如就在这儿，在此刻，由她自己做主。

她把还在胸腔里奔涌的悲哀努力吞咽回去，给小冬展示出最后一个动人的微笑：“乖孩子，闭上眼睛，妈妈跟你玩捉迷藏的游戏好不好？”

敏感的小冬已经感到母亲要远离自己的危险，拼命揪着文萱的衣服不放手：“不要，妈妈！你别走！妈妈！”

文萱替女儿抹净脸上的泪痕：“妈妈就走开一小会儿，等做完这个游戏，小冬和妈妈就又能见面了。”

孩子毕竟是孩子，尤其当见到母亲脸上挂着的轻松笑颜时。

“真的吗？”小冬半信半疑。

“嗯！”文萱用力点头。

小冬环顾四周漆黑的一片，怯怯地说：“可是我怕！”

“所以你得把眼睛闭上，还记不记得妈妈教给你的那首歌？你把歌唱完了，妈妈就回来了。”

小冬听话地闭上眼睛，果然细声细气唱起歌来：“月儿弯弯爬上天，我和妈妈坐窗前，妈妈教我折纸船，纸船飘啊飘，心儿摇呀摇……”

在女儿轻柔的歌声中，文萱站起来，飞速向后跑，重又钻进车内。

她打开大灯，加足油门朝前方的黑暗中冲去。耳边恍惚还能听见女儿的歌声，这歌声伴随着她，让她既心安又心碎。

距离码头五百米时，在大灯的照射下，对面的一切都变得清晰起来，数辆警车、忙碌的身影，以及发现她的车横冲直撞过来后的紧张与喧嚣。

似乎有人想试着冲向自己，但文萱没有减速，反而狠踩油门疾驰过去，在小冬歌声的缭绕中，她听不到来自前方的惊呼，只能看见凌乱晃动的身影和刺目的灯光。

忽然，有巨大的声音在耳畔响起：“前面的人听着！立刻停车！再不停车就开枪啦！”

那严厉的声音是通过扩音器传播过来的，它撕碎了文萱的哀伤，她朝着对面流露出一丝轻蔑的笑意，忽然向左猛打方向盘，车子咆哮着冲向河面。

文萱闭起眼睛，她分不清自己究竟是在心里向小冬说话还是真的喃喃自语出来：“再见了，小冬，我最亲爱的女儿，请你原谅妈妈……”

尾声 秋去秋来

夏夏的婚礼终于没能在九月中旬如期举行，婚礼延后到来年元旦。

晓春接到消息后喜不自胜，终于可以让闺密给自己当一回伴娘了："原先我还埋怨你后来居上，老天有眼，结婚这事儿，到底还是得讲个先来后到啊！"

聊到绑架事件，晓春仍替夏夏心有余悸："邱文萱真的为钱杀过人？"

"田宁是这么说的。"夏夏皱起眉头，"不过我总觉得，即使不为钱，她早晚也会出事，她心里好像……始终藏着一股杀气。"

夏夏这么说的时候，想到的是邱文萱在瓜屋里向她追述往事后那阴冷的表情，但她没把这些细节告诉晓春。

"要不怎么说相由心生呢！我不是早告诉过你，这女人是个妖孽了！"晓春也无意探究别人的犯罪心理，只一个劲儿庆幸，"老天保佑，总算邱文萱手下留情，把你全须全尾地给放回来了！"

参加完晓春的婚礼，夏夏又该为自己的终身大事操心了。不过绑架案之后，她的身体状况始终不太好，人也瘦掉一圈，让田妈妈心疼不已，诸事都不让她操劳："夏夏，你得好好补补身子才行，做新娘怎么可以这样瘦！"

田妈妈还想让夏夏搬到家里来由她亲自调养，但夏夏脸皮薄，没好意思，害得田宁只能一天两趟往她的小租房里跑。

她跟田宁的新房就安置在田家同一栋楼里——田宁顶下楼上一个二居室，这样小俩口将来既可以有自己的空间，也能每天和父母团聚。

事后田宁私下告诉夏夏："这其实是我妈的意思，我原先想着家里反正地方宽敞，你又跟我妈合缘，住一起也挺好。不过我妈说年轻人爱自由，还是得有个自己的地盘才行。而且住在一起久了难免会有磕着碰着的时候，牙齿和嘴唇还时不时打个架呢！”

夏夏笑道：“你妈真有远见。”

“那还用说！我妈是有大智慧的人！思想开明，心胸宽广！”田宁得意扬扬地比画着。

“那你当初跟韩晴来往，你妈怎么老看不惯人家？”

“嗨嗨！正说得高兴呢，你提这陈芝麻烂谷子的事儿干吗！”田宁龇牙咧嘴，“再说了，这不正好说明我妈眼光毒辣嘛！”

夏夏双臂往胸前一抱：“我觉得真不公平，在你之前，我可一场恋爱都没谈过，你倒好，风花雪月了个遍，我觉得我亏了。”

“那时候我不是还没认识你嘛！再怎么着也不能拿过去的事来兴师问罪啊！”

“反正我觉得不公平。”

田宁爱莫能助地一摊手：“那你想怎么着？”

“我想……”夏夏眼望天花板，作认真思索状，“在结婚之前也找个别的什么人来激情一把，这样心里才能觉得平衡一点。”

“你敢！”

“你看我敢不敢。”如今的夏夏对田宁的威胁丝毫不怵。

田宁见夏夏一脸正经的神色，有点着慌：“姑奶奶，看在我一天两顿给你送好吃好喝的分上，你别作了行不行？好了好了，我向你保证，结婚之后我要是敢对你以外的女人生二心，你就咒我生儿子没屁眼儿！”

“嗯？！”

“哦，错了错了！你，你就咒我没屁眼儿，行了吧？”

夏夏大乐：“我跟你开玩笑的，瞧把你慌的，心里真有鬼啊？”

田宁狠狠搂住她，兀自嘀咕：“我敢有什么鬼啊？人家虎视眈眈在旁边盯着呢，我要真有那什么，不白便宜了他？”

“你嘟嘟哝哝说什么呢？”

“没什么！我是说，你可以放心，我这辈子肯定对你忠心耿耿，陪着你一条道走到黑！”

夏夏偎依在田宁怀里，听着他孩子气十足的誓言，不觉甜甜地偷笑。

元旦不紧不慢地到来。

夏夏没想到憧憬中的婚礼竟会如此繁忙琐碎，光蹬着高跟鞋站门口迎宾一项就够她受的了。

幸亏西式婚纱长至曳地，实在累了，她就靠着田宁，轮番将左右脚从高跟鞋里抽出来暂歇。想到赫本在《罗马假日》中也有相似的举止，顿时心有戚戚焉。

站了一个小时，夏夏暗忖该来的都来了，询问田宁是不是可以进去了，田宁却直摇头："还有一位重量级的客人没到呢！"

七八分钟后，叶吟风的身影终于出现在酒店大堂的玻璃门外，步履匆忙，脸上挂着歉意。

"不好意思，临时碰上点儿急事，来晚了！"叶吟风跟新人打招呼的同时，及时奉上红包，"祝你们两个新婚美满，白头偕老！"

话是对两位新人说的，他的目光却始终注视着笑靥如花的夏夏。

一番客套话讲完，叶吟风向夏夏伸出手："恭喜你，夏夏。"

夏夏一时百感交集："谢谢叶总！"

手刚要伸出去，田宁已经抢先一步握住了叶吟风的手掌，并把他揽至一旁，亲热地道："老同学， 你的贺词虽然老套，可我怎么那么爱听呢！"

叶吟风用力一拍他臂膀："都当新郎官的人了，以后得稳着点儿！"又放低嗓音，"好好对夏夏，要是出什么岔子，我饶不了你。"

田宁朗声笑着说谢谢，继而也用同样低的音量回敬他道："放心！我绝不会给你老兄机会的。"

他招来导路的服务生，把叶吟风领去厅内，随后走回来接夏夏："总算齐活啦！咱们也进去吧。"

夏夏疑惑："你们俩刚才在说什么？"

"这个嘛！"田宁耸肩，"算我跟叶吟风的一个秘密吧。"

"好啊，你还有秘密瞒着我？"

"开玩笑啦，哈哈！其实我们刚才是在说，以后别再为鸡毛蒜皮的事闹翻……"田宁信口开河地胡诌着，满面春风地把夏夏拥进了宴会厅。

隆重的结婚进行曲蓦地奏响，把夏夏心头最后一丝疑惑也吹得一干二净……

又一个秋天来临时，叶吟风坐车前往某县的劳改农场，今天是农场开放日，他要赶去和邱文萱见个面。

那个绝望的夜晚，文萱想投河自尽却没能成功，事后被警方打捞起来，并及时送往医院救治得以保住一命。

叶吟风当时也在多伦码头，亲眼目睹这惨烈的一幕，并深受震撼。

他本以为文萱是带着女儿一起投河的，事后大家在搜索附近时才发现小冬躲在一棵树旁独自哭泣。

此后叶吟风一直把小冬带在身边照顾。

文萱在医院苏醒后，身心俱疲，如实交代了两起案件的始末，不久，帮助文萱作案的傅澄宇也遭到批捕。

文萱对所有罪行供认不讳，唯独在谋杀叶孝祥的动机上含糊其词，笼统归于夫妻间的财务纠纷。叶吟风深知文萱苦衷，虽然觉得隐瞒不对，但经过一番思想斗争后，他终究没有将真相捅出去。

文萱被羁押期间，叶吟风出于对小冬的怜悯，还是为其母多番奔走，最终文萱被判死缓，这意味着小冬还能看到活着的母亲，也意味着此后伴随文萱的，将是长长的铁窗生涯。

办完出入手续，叶吟风坐在接见大厅等候文萱的到来。

二十多分钟后，文萱终于出现在他面前，依旧是白净美丽的面庞，囚衣也难掩的窈窕身姿，和以往不同的是，她那一头美丽的长发已被剪掉，取而代之的是个类似男孩的超短发型，这反而让她显出几分以前从未有过的活泼来，尽管她面容沉静如昔——被判刑后，她的心情平静了不少。

简短地打过招呼，文萱就迫不及待地问："小冬怎么样？"这永远是摆在她心头第一位的问题。

"她很好。"叶吟风微笑着告诉她，"我给她转了所寄宿幼儿园，老师们都很和善，我周末有空也会去看她。"

这是叶吟风目前能想到的最妥善的处理方式，本来小冬可以交给他父母带，但叶家父母难以接受文萱谋害孝祥的事实。

"她……有说过想我吗？"

"有时候会问你去哪儿了。"叶吟风解释，"我就告诉她，妈妈有重要的事要去做，不过她早晚会回来的。她听了点点头，也就不再问了。她比我想象的还要懂事。"

泪水蓦地涌出文萱的眼眶。

"将来等她大一点，有一定的理解力和承受力了，我会带她来看你。"

文萱抬手抹去泪水，努力微笑。

虽然隔着一层玻璃，叶吟风依然能感觉到文萱身上所起的某种变化，以往那时不时会从暗处蹿出来的戾气消失了，如今的她，变得柔软、脆弱。

文萱似乎感觉到叶吟风悄然注视自己的眼神，笑笑说："你知道吗？我以前所做的一切努力都是为了生存，为了给女儿一个好的环境。根本不懂什么是爱……直到遇见你，我才明白，我渴望的是什么。"

她深情地注视叶吟风："谢谢你，吟风。"

叶吟风没说话，只是对她笑了笑。

有些话，说了也是多余，而有些话，即使不说，彼此也能懂。

当他告别文萱，走出劳改农场时，铁门再度在他身后关闭，发出刺耳的响声。这不是第一次，也不会是最后一次。叶吟风能预感到，这样的场景在他今后的生命里会重复很多次。

不管他是否愿意，他和文萱毕竟曾在命运轨迹的某一点上交汇，并将持续相伴着走下去——以一种不同于常人的方式。

他抬头仰望天际，湛蓝的碧空下，一架飞机正向远方驶去。

叶吟风的心逐渐平静下来，抛开惆怅的思绪，朝飞机行驶的方向发出轻轻一笑，云淡风轻。

——全文完